LES

MARIAGES DE FER

ROMANS JURIDIQUES

Première Série

LE BAGNE DE LA FAMILLE

I

LES MARIAGES DE FER

PAR

A. VELLAUD

Avocat, Docteur en droit, Conseiller général

TOME PREMIER

PARIS

A. LACROIX, VERBOECKHOVEN et Cie, ÉDITEURS

13, FAUBOURG MONTMARTRE, 13

Même Maison à Bruxelles, à Leipzig et à Livourne

—

1872

A. VELLAUD

LES

MARIAGES DE FER

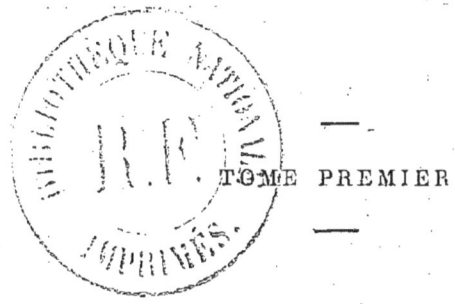

TOME PREMIER

PARIS

LIBRAIRIE INTERNATIONALE

15, BOULEVARD MONTMARTRE

Au coin de la rue Vivienne.

A. LACROIX, VERBOECKHOVEN ET Cᵉ, ÉDITEURS

A Bruxelles, à Leipzig et à Livourne.

1872.

PRÉFACE

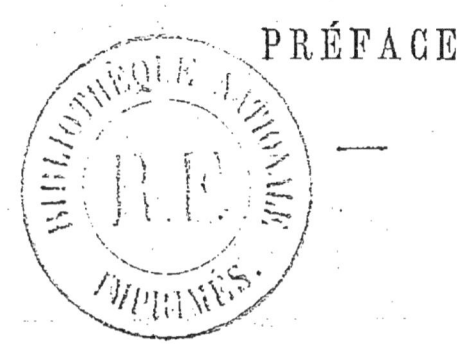

—

Depuis quelques années, on reproche au roman de
trop errer dans les bas-fonds de la littérature, et de
rechercher par de malsains et fantastiques moyens
imaginatifs, un engouement plus fructueux sous le
rapport du lucre que sous celui de la morale, du bon
sens et du style.

Quelques auteurs, au théâtre comme dans le livre,
ont déjà réagi contre ce reproche de décadence, en
reprenant à leurs différents points de vue, l'étude de
mœurs dont Balzac faisait sa principale préoccupation.

Aujourd'hui que la Révolution paraissant devoir

tout régénérer, montre que ce sont les mœurs légères et les institutions boîteuses qui perdent les nations, nul doute que la littérature ne reprenne son courant d'investigations sérieuses et ne redevienne un salutaire enseignement, plutôt qu'un profitable et illicite commerce, car la vraie récompense de l'écrivain scrupuleux est plus dans un succès d'estime que dans un bénéfice d'argent.

Heureux, si je puis apporter ma pierre au nouvel édifice ainsi compris.

J'entreprends de *vulgariser*, sous une forme accessible à tous, les grandes questions de *Droit* controversées, généralement incomprises ou mal comprises par le monde. Ce ne sera peut-être pas sans utilité pour leur réforme, puisque les lois n'étant que les résultats des mœurs, plus chacun pourra émettre un avis en connaissance de cause, plus s'établira avec influence un courant d'idée réformateur.

Je ne veux pas faire des livres de droit, je serais ennuyeux pour beaucoup de lecteurs. Je laisse le côté sérieux de mon œuvre à l'état de squelette que je pare seulement d'un vêtement de fantaisie pour le mettre à la mode ; il est un canevas sur lequel je brode une intrigue dramatique, m'arrêtant aux sinuosités de la route, philosophant sur tout, badinant au besoin et conduisant le lecteur au but par les méandres d'un jardin le plus fleuri possible, et surtout j'évite de rouler dans l'ornière des bas-fonds, comme de grimper sur l'âpre hauteur du pédagogisme ; je me tiens à mi-côte, en souvenance du précepte de Dédale, le public me dira si j'ai réussi.

C'est une série de *Romans juridiques* que je vais publier. De même que les dispositions du Code civil offrent une dualité qui réglemente soit l'état des *personnes* c'est-à-dire la *famille*, soit les *biens* c'est-à-dire la *propriété*; je diviserai ma publication en deux séries concernant : l'une la *famille*, l'autre la *propriété*.

Et comme ce que je mets en lumière est le mauvais côté des questions, qui nous tiennent comme un forçat à leur bagne :

J'appelle la première série : le *Bagne de la Famille*; la deuxième série : le *Bagne de la Propriété*.

Chaque série comprendra plusieurs romans avec sous-titres.

Ainsi, dans la première série le *Bagne de la Famille*, le roman qui paraît actuellement est intitulé : les *Mariages de Fer*, parce qu'il traite de la condition anti-humanitaire où nous place l'indissolubilité du lien conjugal; il met en parrallèle la *séparation de corps*, ce palliatif immoral du mariage malheureux, et le *divorce*, cette sage institution comprise d'une façon si fausse, par ignorance des dispositions législatives qui la réglementaient, qu'on le croit dans le monde une prime au libertinage. Chacun, après avoir lu mon livre pourra se prononcer en connaissance de cause.

Le roman de cette première série qui fera suite, s'appelle : les *Enfants sans Père*, et traite de la preuve de la filiation naturelle par la *Possession d'état*, question importante pour des enfants exposés à un oubli involontaire.

D'autres, dont les titres sont encore à trouver suivront.

- Dans la deuxième série le *Bagne de la propriété*, on publiera d'abord *Monsieur Janus*. C'est une critique de l'article 2,114 du Code civil, dont les rédacteurs, pour n'avoir pas compris la double face que le droit hypothécaire avait dans les droits grec, romain et ancien, en font un droit réel, sans discerner le droit d'hypothèque purement *personnel* du droit d'inscription seul *réel*, prohibant comme conséquence dans l'article 2,129 la collation d'hypothèques sur les biens à venir, pour la reconnaître en partie hypocritement dans l'article 2,130, méconnaissant ainsi la portée de l'article 2,092 qui nous fait aussi riche de nos biens à *venir* que de nos biens *présents*, et portant par suite une atteinte mortelle au crédit privé.

D'autres romans de cette deuxième série paraîtront ensuite avec leurs titres spéciaux.

En un mot, j'essaie de romaniser le Code civil,

pour le mettre, dans ses principales questions, à la
portée des gens du monde, et même des dames qui
ne sont pas désintéressées dans ces questions, assuré,
si leur patronage ne fait défaut à mes romans juridiques, que je n'ai pas besoin de leur souhaiter un bon
voyage.

LES MARIAGES DE FER

CHAPITRE PREMIER

UNE RENCONTRE.

Tiens, Georges, s'exclamait sur le boulevard Montmartre un jeune homme de vingt-cinq à vingt-six ans, croisant dans sa marche un autre jeune homme à peu près de son âge qui, s'arrêtant en sursaut et considérant pendant quelques secondes son interlocuteur comme quelqu'un qui hésite ou qui cherche à reconnaître la personne, s'écria à son tour : je ne me trompe pas, c'est Cancrelat! D'où viens-tu depuis ta sortie de l'école de droit qui a précédé la mienne de trois années, pendant lesquelles j'ai fait mon doctorat et je t'ai perdu de vue; je te croyais mort ou en Australie.

J'ai en effet voyagé, mon bon.

Pas pour ton instruction, je suppose ; je ne t'ai pas connu animé à ce point du feu sacré.

Oui, c'était pour affaires..., mais ne trouves-tu pas, ma vieille, que l'on cuit sous ce soleil tropical ? j'ai un tonneau des Danaïdes dans le gosier, entrons à Madrid et, *inter pocula*, je te conterai ce que j'ai fait, ce que je compte faire ; tu m'apprendras de ton côté ce qui te concerne et nous deviserons de nos petits projets d'avenir comme deux bons zigues devant louvoyer de conserve sur la mer de la vie, sans calembour, mon fiston, et partant d'un éclat de rire aussi gros que sa personne, Cancrelat entraîna Georges à l'une des tables du café devenu, à cette heure de la journée (il était environ deux heures après midi), un temple de solitude et de discrétion propice aux confidences.

D'instinct déjà, par la réserve de l'un et par la volubilité de l'autre, le lecteur a deviné la démarcation de caractère à établir entre nos deux personnages ; la conversation qu'ils vont avoir la lui dessinera plus nettement. Esquissons seulement leur état civil, moral et physique, prolégomènes nécessaires à la connaissance idiopathique de chacun de ces deux pôles de l'étude morale que nous avons entreprise.

Georges Clarmont, fils d'un négociant retiré des affaires, était resté dès l'âge de huit ans orphelin de mère, de laquelle il avait hérité au physique d'une constitution frêle et nerveuse, au moral d'une sensibilité exquise. Petit, point beau, il rachetait ces défectuosités par une mobilité extrême de physionomie qui rendait, comme fait un fil électrique pour la télégraphie, les impressions que lui communiquait le cerveau et qui, sous l'agitation imprimée par un grand sentiment, donnait aux traits un épanouissement les faisant presque jolis. S'il n'avait pas le front montagneux du génie, il n'avait pas non plus celui en vallée fuyante du crétin ; c'était un front tombant d'aplomb, bien découpé par une chevelure chataine un peu crépue. L'œil brun, très-ouvert, rayonnait d'intelligence et de bonté ; le nez gros du bout, aux ailes dilatées et mobiles, respirait l'esprit ; la bouche grande, aux lèvres rebondies et rouges, l'inférieure avançant légèrement d'un côté sur la supérieure et s'y contournant à la commissure droite, dénotait en même temps un penchant à l'amour et à l'ironie socratique. Le menton était rond ; la voix bien timbrée quoique grasseyante, comme l'ont les parisiens, sortait franchement de la poitrine ; les manières étaient aisées et un certain air de modestie non dénué d'assurance émergeait de toute sa personne. Voilà pour le portrait physique.

Quant au moral, Georges alliait à une extrême délicatesse de sentiments, une générosité sans borne dégénérant toujours en faiblesse. Aux temps héroïques, il eut été reçu Paladin ; dans son siècle positif, où il n'y a guère que deux classes d'êtres, celle des exploiteurs et celle des exploités, il dut se contenter d'être souvent dupe de son bon cœur. Enfant, ses joujoux étaient plus à ses camarades qu'à lui ; adolescent, ses friandises entraient en communauté avec celles de ses condisciples dont il expédiait au besoin les devoirs et pour qui il subissait les punitions quand, dans l'incertitude de la source du délit, le maître faisait tomber ses foudres sur lui, qui aurait cru au-dessous de sa dignité d'y échapper, en nommant le délinquant assez lâche, parfois, pour devoir l'amnistie à cette abnégation. Jeune homme, ses services, sa bourse appartinrent à ses amis, voire même à ses simples connaissances; et quoique n'obligeant la plupart du temps que des ingrats, sa bonne volonté ne se lassa jamais, tant chez les êtres moralement bien trempés, la générosité passe à l'état idiosyncrasique ! Cette libéralité de sentiments devait déteindre sur tous les actes de sa vie et lui être fatale devant la plus boiteuse de nos institutions, celle du mariage ; mais n'anticipons pas sur les événements dont cette étude est l'objet.

Quoique profondément instruit, Georges ne fut pas au lycée un de ces prodiges de précoce érudition à l'engraissage intellectuel desquels se vouent les chefs d'institution à qui ils servent de marque de fabrique.

Faire rapporter à un arbre trop de fruits avant la maturité de la saison naturelle, c'est épuiser sa sève pour l'avenir. Qui n'a connu, en faisant ses classes, de cēs jeunes nègres de la pensée, lauréats des concours, qui connaissent à peine les heures de récréation et de sortie, parce que, seul espoir de la célébrité de leur usine, il leur faut toujours courir le turf du travail et qui, l'âge de la puberté à peine passé, laissent aux ronces du labeur leur tunique de santé en lambeaux ; qui n'a connu de ces victimes de la réclame recrutées près des gens pauvres, dont on intéresse la vanité paternelle en leur faisant entrevoir une instruction gratuite devant aider leur fils à gravir l'échelle sociale et les irradier dans sa gloire future. Aveugles qui ne se doutent pas qu'ils livrent leur enfant à un surmenage propre à atrophier son esprit et à tuer son corps. Mais qu'importe aux entrepreneurs de succès universitaires ! il leur faut des élèves sur qui leur prétendu rôle de protecteur leur donne tous pouvoirs, pour les entasser dans leurs haras et les exercer aux handicap de la Sorbonne, quitte à les crever pour gagner un prix... deux prix... Après ceux-là, d'autres ! les recruteurs sont là en quête de petits êtres intelligents, comme les directeurs de théâtres lyriques sont à la recherche d'un ténor en herbe, avec cette différence que le ténor réussi gagnera cent mille francs par an, tandis que le petit être rivé à la gymnastique intellectuelle qu'on lui impose, s'il ne porte pas son corps à l'hôpital et ses os à la fosse commune sera, les courses finies, fourbu comme un cheval de fiacre, sans autre ressource, avec l'intellect étiolé et le corps rabougri, que celle de se faire expéditionnaire ou chiffonnier.

Je sais qu'il est des élèves à succès qui ont continué dans le monde politique, littéraire ou scientifique, le rôle brillant qu'ils avaient pris à leurs débuts ; mais l'exception n'infirme pas la règle ; il s'agit là de hautes intelligences enfermées dans des corps de fer et..... *non licet omnibus adire Corinthum*. Puis, ces incarnations complètes sont presque toujours le partage de fils de famille qui, tout en utilisant par un travail incessant leurs merveilleuses facultés, n'en prennent pas moins les loisirs nécessaires à la santé du corps, indispensables à celle de l'esprit ; il en est autrement du serf scolaire, taillable et corvéable à merci et qui meurt attaché à la glèbe.

Oh ! pères d'enfants roses et à mines éveillées, gardez-vous de les confier à la machine pneumatique de l'exploitation universitaire, on vous rendra des cadavres ! Laissez-les courir, s'agiter, se fortifier le physique ; le moral, en corrélation directe avec lui, y gagnera. Avant que Cabanis l'ait dit, l'antiquité l'avait déjà compris en faisant s'adonner les jeunes gens et

même les jeunes filles à tous les exercices du corps.
Aujourd'hui même un revirement salutaire s'opère
dans tous les lieux d'instruction ; on donne davantage
à l'exercice corporel et moins à celui intellectuel, qui
a le temps de s'opérer sans relâche quand le corps a
acquis son entier développement ; on a compris qu'on
ne casernait pas impunément de jeunes êtres ayant
besoin, pour pousser en force, d'air et d'exercice ; que
cette espèce de séquestration qui a pour premier inconvénient de soustraire l'enfant à la vie de famille et
à l'éducation maternelle qui a tant d'influence sur les
mœurs et l'urbanité du fils, avait encore celui de déve-
lopper, contrairement à la loi naturelle, l'intellect
aux dépens de la matière. Dans l'impossibilité de parer
au premier inconvénient, on a voulu remédier au
moins au second. Loin de moi l'idée systématique
d'anathématiser les internements dans les dépôts d'instruction, je leur reproche seulement de trop désha-
bituer l'enfant de la vie de famille ; je ne blâme pas
l'éducation en commun, au contraire, mais je ne voudrais, dans les grands centres d'études, que des ex-
ternes ; je désirerais que l'élève, après s'être préparé
par les études communes et par le contact avec ses
condisciples à la vie future du citoyen, rentrât chaque
soir à la maison paternelle pour y apprendre, par les
exemples vertueux de la vie domestique, à avoir un

jour à son tour un foyer attractif et sain pour ses enfants, au lieu de ne s'exercer que trop fréquemment
dans les grands internats, à la pratique de petits vices
qui plus tard en deviendront de grands et à l'égoïsme
de la vie isolée, qui pourraient en faire un père peu
soucieux de la bonne garde de ses enfants et un citoyen plus ambitieux de ses propres intérêts que de
ceux de la masse générale.

Je sais bien qu'on va m'objecter en faveur de l'in-
ternement, la difficulté pour les parents d'envoyer
conduire le matin et chercher le soir leurs enfants aux
cours, en raison de leurs affaires, de la distance à
parcourir, etc., je répondrai que la paternité impose
des devoirs dont on ne doit pas s'affranchir devant une
gêne plus ou moins forte; la raison de la distance
seule me touche, parce qu'il y a en elle impossibilité
absolue pour des père et mère demeurant dans une
commune éloignée du chef-lieu du département ou de
l'arrondissement qui possède la maison d'instruction,
d'en faire faire deux fois par jour le trajet à leurs enfants, et encore je ne vois pas pourquoi l'on n'aurait
pas un correspondant près de cette maison d'instruction. Il n'y aurait que ceux à qui manquerait cette
dernière ressource qui seraient internés, et comme le
nombre en serait restreint, les inconvénients seraient
diminués d'autant en permettant une surveillance

plus facile, et le chef de l'établissement serait plutôt un *pater familias* qu'un colonel de régiment.

Un autre reproche que je fais à cette instruction trop centralisatrice : c'est qu'elle est donnée uniformément à tous, sans discernement des variétés d'intelligence de ceux à qui on l'impose. Que dirait-on d'un agriculteur qui cultiverait de la même façon ses terres, méconnaissant la loi des assolements, ne distinguant pas la nature humide ou sèche, argileuse ou sablonneuse, forte ou légère du terrain, pour les ensemencer ; qui les fumerait au même degré, qui ne respecterait pas les saisons pour les différentes cultures, qui traiterait le produit tardif comme le produit hâtif ?

Le cerveau n'est-il pas une terre où les paroles du maître sont la semence qui fait germer les fruits intellectuels ? Celui-ci n'a-t-il pas l'imagination plus vive que celui-là, tel ne concevra-t-il pas mieux une spécialité, et tel une autre spécialité, de même que tel fonds de terre est bon pour le blé et le seigle et que tel autre ne l'est que pour la verdure ? Comment, dans les classes de soixante-dix à quatre-vingts élèves, distiller à chaque intelligence son mode et sa mesure ? De là, devant cette impossibilité, la coutume de ne labourer que les terres, c'est-à-dire les intelligences propres à toutes les cultures, pour en faire honneur

au couvent ; de là aussi le dégoût de l'étude pour certaines intelligences primesautières, chez lesquelles
l'heure de l'incubation scientifique ou littéraire n'a
pas sonné et qui, pour s'y être prises avant l'époque se
croient infrugifères et renoncent aux délectations pos-
thumes de l'étude.

Georges, grâce à sa nature sensitive, échappa à tous
ces écueils ; il ne fut pas la bête de somme chargée
d'ajouter un fleuron à l'écusson héraldiquement universitaire de son institution ; il ne détourna pas non
plus les lèvres du breuvage amer qu'on lui offrait. En
un mot, il fut un médiocre élève, peu puni mais jamais récompensé. Il fit ainsi ses humanités, sans
agrandir son intelligence aux dépens de son pauvre
petit physique qui eut mal supporté ce défaut d'équilibre. Aussi, quand l'heure de la culture fut venue,
de lui-même, avec le discernement qu'un autre n'aurait pu avoir, avec l'entraînement qui sourde de nos
propres idées, refit-il son instruction, la compléta-t-il et
alors que tant d'autres de ses compagnons de chaîne,
coryphées des succès d'autrefois, avaient mordu la
poussière ou s'éteignaient dans l'oubli et l'impuissance, était-il docteur en droit avec boules blan-
ches et se prit-il à aborder la carrière vers laquelle
l'entraînait sa vocation. Mais laissons maintenant aux
événements le soin de nous le montrer tel qu'il est ;

donnons-lui comme pendant le portrait de son compagnon Cancrelat.

Cancrelat fils d'un meunier du pays Chartrain était tout l'opposé de Georges.

D'une constitution musculo-sanguine, il avait encore enforci ses muscles à trotter dans les guérets, cuirassé sa poitrine, dilaté ses poumons et oxigéné son sang à s'ébattre au milieu des senteurs balsamiques des prés. A force de vivre dans la mouture, sa figure avait pris un ton blanc de fine fleur de farine ; sur ce visage de gruau s'ouvraient deux petits yeux de cochon, vrillés, dardant des lueurs à ras du sol ainsi que des lanternes de chiffonnier, comme pour chercher prébende dans la fange. Un nez bien égali, tellement mince qu'il semblait respirer en dedans, effluait, entre deux plantureux sourcils, d'un front moyen couronné jadis par des cheveux presque blonds, plats, à reflets soyeux, mais dont une calvitie précoce l'avait débarrassé jusqu'au sinciput. La bouche moyenne, aux lèvres serrées, légèrement rentrées en arc entre le nez et le menton pointu, produisait dans la mastication le bruit que fait un groin et décélait les appétences les plus matérielles ; les dents fort belles, ministres d'action d'un estomac sûr de lui, se montraient à chaque instant dans un rire de satisfaction personnelle ; le verbe voilé, mais fortement accentué, était canaille. Le cou

adipeux, les épaules et la poitrine larges, les reins
fermes, le dos arrondi, les jambes fortes, les pieds
grands, les mains épaisses avec une énorme bague à
l'auriculaire gauche, les bras ballants complétaient la
personne physique de Cancrelat que d'après cette des-
cription on pourrait croire très-fort, mais qui, par suite
de la vie épicurienne qu'il avait menée de bonne heure,
était devenu mou, soufflé de fausse graisse, un homme
en suif plutôt qu'un gars robuste. Il n'en était pas
moins pour le vulgaire et malgré son aspect commun,
un beau mâle.

Quant au caractère, s'il était dénué de méchanceté,
il était, aussi, complètement sevré de sens moral; d'où,
tout paraissait acceptable et excusable à Cancrelat
quand son intérêt était au bout. Profondément égoïste,
sa devise était de savoir travailler plutôt que de travailler effectivement; il rendait volontiers service
quand cela ne lui coûtait aucune peine, mais si son
intérêt se croisait avec le vôtre il vous sacrifiait par
les moyens les plus perfides; menteur impudent, ef-
fronté ou lâche, arrogant ou plat selon l'occasion, ses
connaissances le disaient bon garçon, parce qu'aimant
à s'amuser, il ne leur marchandait pas le plaisir. Son
habitude était de frapper sur le ventre des gens, de les
appeler, selon le degré de rang ou d'intimité, *Monsieur,*
mon bon, ma vieille, ou *vieux cochon!* nous ne répéte-

rons pas son langage familier avec le sexe. Gêné dans le monde comme il faut où il allait peu, il affectait dans l'autre beaucoup de loquèle, ce qui le faisait passer pour n'être pas fier et faisait prendre son cynisme pour de la bonhomie. Sa paresse native l'avait laissé d'une ignorance crasse compensée par une intelligence frisant la rouerie, à la mode du paysan ; comme il était pétri d'aplomb, qu'il ne s'étonnait de rien, qu'il parlait à tort et à travers de toute chose, qu'il tranchait sur tout, il avait dans la foule la réputation d'un homme ferré.

Quelques études superficielles, servies par une grande mémoire, lui avaient permis d'escroquer les diplômes de bachelier ès-lettres et de licencié en droit. Un surnumérariat dans une étude d'avoué lui avait donné une teinture pratique des affaires, la seule qu'il ambitionnât et pût ambitionner.

Mais ce que le monde ignorait et Georges le premier, c'est qu'après avoir fait son droit et griffonné quelque temps de la procédure, un protecteur l'avait fait entrer dans l'administration des contributions indirectes de la ville de Marseille, où pour suffire aux dépenses que lui nécessitaient ses goûts de plaisir, il avait puisé dans la caisse de la perception et falsifié des livres pour couvrir ses déprédations. Le fait constaté l'avait fait condamner à cinq ans de travaux forcés, sans que le

procès ait eu de retentissement, grâce à l'administration, ennemie pour elle-même du scandale et au protecteur qui lui avait obtenu une remise de peine après
un an de bagne, ayant eu assez de crédit pour présenter son cas plutôt comme une faute de jeunesse que
comme le fait d'un être gangrené. Il avait expliqué
qu'il pouvait être ramené à résipiscence, qu'il ne fallait pas briser son avenir par une trop longue détention. Libéré, Cancrelat s'était promis de ne plus s'exposer à la vindicte judiciaire; de là, sa théorie sur la
façon de friser le code pénal. Mais avant tout, il changea
de nom et profita de l'occasion pour en prendre un qui
lui servit d'appel dans sa chasse aux affaires, comme
le chasseur prend un miroir pour le tir aux alouettes.
De là encore sa recommandation à Georges de ne l'appeler que de son nouveau nom et les explications fantaisistes qu'il lui donna pour légitimer le mystère de
son absence.

S'il paraît bizarre qu'une liaison ait pu exister entre
deux êtres aussi diversement organisés que l'étaient
Georges et Cancrelat, nous la justifierons par la communauté de la vie d'études qui pousse des racines que
l'avenir extirpe difficilement, surtout quand elle se
développe à l'ombre de la conformité des occupations.
Nous ajouterons que Cancrelat, par suite de cette
antithèse qui fait aimer aux gens vicieux à rendre un

hommage tacite aux gens vertueux, sentant la nécessité de se parer de vertus d'emprunt, faisait ce qu'il
pouvait pour cultiver cette liaison qui lui servait de
manteau d'honorabilité, et que Georges, en conséquence de sa générosité dégénérée en faiblesse, n'aurait osé, quoiqu'il n'estimât pas les mœurs et les
raisonnements faciles de son camarade, rompre complètement avec lui de peur de le désobliger ; il se
contentait toutefois de ne pas le rechercher sans le
fuir, ce qui faisait de sa liaison un simple rapprochement.

— Es-tu toujours décidé à te faire avocat, ma vieille,
exclama Cancrelat après avoir paré à la siccité de sa
gorge, se dodelinant sur la banquette, la jambe gauche
étendue sur une chaise, le coude droit sur la table, la
main soutenant la tête, les yeux tournés au plafond
vers lequel la bouche chassait les spirales azurées de la
fumée d'un excellent *vegueros brevas* que la main gauche portait aux lèvres et en retirait d'une façon iso-
chrone.

— Assurément, répondit Georges se contentant d'une
pose moins voluptueuse et de moins d'assomption pour
la fumée de son simple *londrès*.

— Brrr, continua Cancrelat, tu n'entendras jamais
les affaires : crois-tu qu'il suffise de dire je me ferai
avocat pour l'être.., fructueusement s'entend ; est-ce

que toutes les places ne sont pas prises par les gens du plus grand talent ; je sais que tu n'en manques pas toi-même, mais est-ce écrit sur ton dos pour qu'on le sache, et lors même qu'on en aurait l'intuition, qui sera tenté d'en user, il y en a tant à revendre, ne craindra-t-on pas ton inexpérience ? si encore tu avais travaillé chez l'avoué, tu y aurais sucé une pratique qui t'aurait facilité la voie en même temps que tu aurais pu te ménager la connaissance de quelques plaideurs qui t'ayant vu à l'œuvre de la procédure auraient pu consentir à t'expérimenter dans le champ de la plaidoirie ; ton patron se serait peut-être laissé aller à meubler ton carnier juridique des petites causes de son étude ; les maîtres clercs avec lesquels tu aurais été lié, devenus à leur tour avoués, auraient aidé à ton glanage ; de ces petites causes, admettant que tu t'en sois bien tiré, tu aurais gravité aux moyennes, peut-être aux grandes si ton talent eût justifié leur colla-tion. Voilà la filière par laquelle il faut passer, et encore, que de soins, que d'adresse à employer ! au début on n'est qu'un ver de terre devant l'avoué, potentat qu'on craint de froisser, et pour qui l'on use de toutes les cajoleries inimaginables, pour que la main qui s'ouvre en laissant tomber un dossier dans la vôtre ne se referme pas sur lui. Jamais Roi Soleil n'eut un adulateur plus infatigable ! il faut être à l'affût des bribes de procès s'échappant de son bureau, en chien de chasse qui guette les miettes de la table du maître.

As-tu mis en ligne de compte que la plupart du temps, les clients véreux de ces petites causes ne paient pas, car tu ne seras pas en situation comme les confrères arrivés, d'être honoré prépostèrement ; déjà bien heureux qu'on te fasse l'aumône de la cause qui te fera pendre la crémaillère juridique.

Mais tu n'as même pas ces débouchés ; tout confit dans ta seule théorie et dans tes profondes études, tu vas arriver inconnu au Palais ; s'il te tombe par hasard une cause aérolithique, tu voudras te surpasser en enflant outre mesure la plus simple chose du monde, tu n'arriveras qu'à être jugé ridicule pour avoir voulu trop bien faire. Tu n'auras même pas la ressource d'être aussi souvent ridicule que tu l'auras désiré ; tu feras alors comme tant d'autres, tu te dégouteras d'une profession si difficile à aborder, tu chercheras à faire des comptes rendus d'audience dans les feuilles juridiques, ce qui te rapportera de quoi payer ton blanchissage et ta femme de ménage, ou tu te rejetteras trop tard sur le commerce auquel tu ferais mieux alors de te livrer de suite.

Je vais plus loin, j'admets que tu doives réussir : la terre du Palais est effritée, dure à défricher, combien de temps mettras-tu à tracer péniblement ton sillon ?

tu crèveras de faim pendant dix ans, tu vivoteras durant les dix autres années et tu gagneras dans les dix dernières de quoi marier ta fille à un huissier de campagne, pourvu que tu n'aies que deux enfants. Si encore tu devenais avocat de cour d'assises, tu pourrais espérer plus de bénéfices, mais outre que la place est brillamment occupée, tu ne vises qu'aux pures questions de droit. Mauvaise affaire, ma Popote, c'est beau mais c'est triste! Si une fois le pied dans l'étrier, tu possédais l'intrigue nécessaire pour te faire mousser, pour pêcher partout ce qui peut se présenter? Mais tu es puritain, tu refuseras toute cause qui te semblera quelque peu louche, et si tu n'acceptes que les bonnes tu n'en plaideras pas beaucoup. Il faut avoir le nom des Maîtres pour se permettre ce triage, ils ne sont pas embarrassés eux, le bon grain va au meilleur moulin, aussi ta meule chômera souvent et comme je te le prédis, tu arriveras au bout de trente années d'exercice, terme de carrière que je t'assigne généreusement si les soucis et les désillusions ne t'ont pas envoyé plaider avant dans un autre monde, ayant c'est vrai, honorablement élevé ta famille, mais l'ayant casée piètrement, ayant peine à subsister toi-même. Tu auras des dents et des cheveux de moins, une laryngite de plus, et il ne te restera qu'à pêcher à la ligne, plaisir des âmes candides et désenchantées, ce qui te permettra de philosopher à ton aise sur ton ex-naïveté et sur les regrets stériles que tu exhaleras alors de n'avoir pas suivi mes conseils et mon exemple d'aujourd'hui.

Si tu tiens tant à t'habiller d'honorabilité, que ne te lances-tu dans la magistrature ? C'est encore le corps le plus universellement estimé que nous ayons! par exemple il est bon d'y être riche patrimonialement parce que les appointements y sont légers ; mais comme tes goûts d'anachorète sont peu dispendieux, tu y vivras considéré sinon considérable, car tu n'as pas assez de naissance ou de protection pour arriver aux hautes fonctions. Je ne te pardonne, qu'à cette condition, ton erreur.

Il ne faut pas prendre de la vie une idée plus importante qu'elle ne comporte. Les mots *devoir, vertu, honnêteté, délicatesse, etc...*, sont des mots splendides mais des mots d'hospice ; il y en a un qui les domine tous comme Calypso dépassant ses nymphes de la tête, ce mot c'est...... *moi!* Crie si tu veux au matérialisme, à l'égotisme, je ne me préoccupe même pas du sens que peuvent avoir ces expressions, je ne m'occupe que de mon bien être, suivant en cela l'adage : *Charité bien ordonnée commence par soi-même.*

Que m'importe qu'un tas d'imbéciles m'affublent des épithètes les plus saugrenues, sont-ce eux qui subviendront, je ne dis même pas à mes fantaisies, mais à mon nécessaire? Est-ce par des mots ronflants et des actions bénies que je le gagnerai? on se rira de moi et j'en serai réduit à psalmodier sous les tuiles, les vertus théologales, devant le festin de Bilboquet.

La vie est une lutte où le plus habile tombe le plus maladroit; quand on n'y entre pas sous l'arc de triomphe d'un héritage et quand il faut soit-même se créer les rentes de la vieillesse, c'est une bataille où toutes les armes sont bonnes à employer. Est-ce qu'en guerre un général en chef prévient son adversaire des ruses qu'il va déployer pour l'anéantir lui et son armée? S'il a réussi à cacher une batterie de canons qui, démasquée, doit semer la mort dans les rangs adverses, enverra-t-il un parlementaire en donner l'avis? est-ce loyal de simuler de faux indices pour dépister l'adversaire ou pour le faire tomber dans un piége, de profiter traîtreusement de rapports d'espions pour contrecarrer ses plans? Le général Autrichien Mélas, furieux d'être toujours vaincu par Bonaparte, se disculpait en disant que ce diable d'homme ne se battait pas selon les règles de la guerre; et dans la dernière campagne d'Italie, les mêmes Autrichiens stupéfaits par la *furia* des zouaves et des turcos, clamaient que ceux-ci ne se battaient pas comme des hommes doivent se battre!

Pourquoi, ce qu'une collectivité armée fait pour le soi-disant bien de la patrie contre le pays hostile, un membre d'un pays ne le ferait-il pas pour sa conservation contre les autres membres de ce même pays, ses ennemis, dès qu'il s'agit pour chacun de l'intérêt personnel?

Tout n'est-il pas tromperie en tout et partout? le vendeur mobilier me surfait la marchandise que je déprécie outre mesure; le propriétaire me vante, pour me le louer très-cher, les agréments d'un appartement où les cheminées fument et où je serai mangé des punaises, et que je déclare trop chaud ou trop humide ou trop je ne sais quoi, pour l'avoir à moindre location; le vendeur immobilier emploiera la supercherie pour se défaire de sa maison à meilleur compte, témoin l'exemple fameux du chevalier romain Cannius trompé par Pétius; l'acheteur s'y prendra de longueur, il prêtera la somme nécessaire à l'acquisition du terrain et à la construction du premier étage, il promettra pour le reste et ne tiendra pas sa parole pour exproprier l'emprunteur en temps inopportun et avoir l'immeuble à vil prix.

Le commerçant qui veut faire rapidement fortune se fera commanditer, achètera des marchandises qu'il ne paiera pas, et il mettra le prix de revente à couvert; quand il aura tiré la corde jusqu'au bout, il se séparera de biens avec sa femme pour mettre la dot de celle-ci en sûreté, simulera une faillite et vivra de ses rentes.

Le patron rogne autant qu'il peut les gages des ouvriers, qui lui coulent le plus de temps qu'il est en leur pouvoir d'escamoter.

Le conjoint survivant vole le plus possible ses enfants, qui à son décès se volent entre eux.

La sanction des vices rhédibitoires est presque impuissante à empêcher le dol.

On ne se marie qu'en tremblant de peur de ne pas trouver la marchandise conforme à l'étiquette du sac, au point qu'un auteur, Brueys, a pu écrire que dans les mariages un menteur était aussi nécessaire qu'un notaire; et pendant le conjungo le mari et la femme s'accoupaudissent mutuellement.

Le tuteur falsifie les comptes à rendre à son pupille.

Le paysan, en labourant son champ, empiète chaque année sur celui du voisin, quand il ne déplace pas les bornes pour aller plus vite.

Les gouvernants asservissent les gouvernés qui appellent à leur tour liberté, la licence.

Le mandataire abuse de la confiance du mandant qui le dénie à l'occasion.

L'homme d'affaires vous persuadera toujours que le droit et l'équité sont pour vous.

L'avocat, lui-même, ne trompe-t-il pas involontairement sa conscience, puisqu'il y a toujours deux avocats dans un procès pour un seul qui doit gagner? à quoi sert du reste l'avocat, sinon par des artifices de langage à obscurcir la vérité des faits, à embarrasser le juge qui démêlerait bien mieux la vérité si l'on faisait comparaître les parties en personne, car pour le droit, les juges le connaissent aussi bien et peut-être mieux que nombre d'avocats. Voilà donc inutile, même nuisible, une profession dont tu fais tant d'embarras.

Le publiciste se pare dans ses écrits de vertus qu'il n'a pas. Enfin l'homme se trompe lui-même en se figurant éternels des sentiments et des goûts qui passent comme la couleur lilas aux feux du soleil.

Les animaux eux-mêmes nous montrent l'image de la lutte perpétuelle, dont le résultat est pour le plus habile ou le plus fort. Du plus grand au plus petit, tous se tendent des piéges, s'attrapent, se dévorent. Le lion mange tous les autres ; le loup croque le mouton, qui à son tour tond l'herbe tendre ; le renard, le chat se tapissent pour se lancer sur leur proie ; la belette, la fouine s'insinuent, tuent poules, faisans, perdreaux, lapins, lièvres, etc... L'aigle, le vautour, le milan, le tiercelet, la buse, la pie fondent sur leurs victimes qu'ils déchirent ; les gros poissons avalent les petits ; les insectes se gobent entre eux.

Les préfets prennent des arrêtés, moins pour empêcher le massacre des insectivores, qu'afin de leur permettre la destruction des chenilles, des vers et des mouches ; preuve que la destruction est une loi naturelle pour la conservation de l'équilibre terrestre. Sans les chats, les souris réduiraient l'humanité à la disette ; et sans les raies qui suivent les bancs de harengs pour gober les innombrables œufs que les femelles confient aux flots, l'éclosion de ceux-ci comblerait les mers en quelques années.

Jusqu'aux plantes qui s'envahissent les unes les autres !

L'homme mange tout quand il ne se dévore pas lui-même.

Et tu veux qu'au milieu de se saccagement universel, de cette mauvaise foi générale, de cette nécessité même de la destruction réciproque, j'aille préconiser la morale pure et prêcher d'exemple ? allons donc ! on peut dire que la vie civile est une vie de paix armée, et si déjà l'on a du mal à se frayer la route en se servant des mêmes armes que son prochain, que serait-ce si l'on marchait désarmé, pour le plus grand honneur des... principes ! ce n'est pas ce mot stupide qui remplira mon apothèque, et je n'ai pas de goût pour l'apostolat.

On s'arrangerait à l'amiable, si l'humanité était un composé d'anges, ce qui n'est malheureusement pas, puisque le grand Pascal a écrit que, qui fait l'ange fait la bête. Or l'Être humain étant une créature finie, faillible (hormis le Pape de par le dernier concile), n'ayant à sa disposition que des moyens de même calibre, étant en butte à tous les maux, à tous les artifices, se défend comme il peut et paie en monnaie de singe. Tous les moyens lui sont bons pour atteindre le meilleur résultat, et pourvu qu'il soit assez adroit pour ne pas tomber de la corde de la légalité sur laquelle il danse, son affaire est bonne, un roi a dit qu'il fallait savoir plumer la poule sans la faire crier, tout le secret est là; frisez tant que vous voudrez le code pénal, mais ne l'entamez pas et surtout réussissez. Dame Réussite est la grande châtelaine de tous les temps; on honnit celui qui échoue, on acclame celui qui réussit et pourtant les moyens ont été identiques.

C'est pour savoir conduire les affaires en maître que j'ai pas mal voyagé, afin d'étudier la manière de chaque pays; j'ai passé trois ans à New-York; vive la façon américaine, pas de boutiquage et de scrupules ridicules! un homme entreprenant qui n'a pas le sou aujourd'hui est millionnaire l'année prochaine, on hasarde tout, si cela réussit, tant mieux, sinon on liquide et on recommence.

Les Américains ne perdent pas leur temps à vous flanquer en faillite pour rattraper quelques tant pour cent, *Time is the money !* Vous avez sombré : on prend ce qu'on peut du *stock*, on passe l'éponge sur le reste et vous retrouvez facilement crédit pour un nouvel essai chez votre ancien créancier s'il a confiance dans votre intelligence et si votre nouvelle visée lui sourit. Tu comprends que les Américains faisant les affaires en grand et marchant sur un immense crédit, culbutent à chaque cataclysme qui les arrête un moment, cela arrive en moyenne tous les lustres, c'est comme un *steeple-chase*, ceux qui ne sont pas tués remontent sur leur bête, de là l'habitude de considérer la dégringolade commerciale comme la chose la plus ordinaire, aussi n'entache-t-elle nullement le démonté !

Les Américains ne sont pas aussi épiciers que nous le sommes, ils ne végètent pas, ils ne se privent pas pendant vingt ans de leur vie pour gagner un tranquille morceau de pain à manger dans un chef-lieu de canton le jour où l'on est édenté. L'Américain ne fait pas d'économies, mais ne se retire pas des affaires, il gagne deux cent mille francs cette année, il les dépense ; il n'en gagne que cinq mille l'année pro-

chaine, il s'en contente. Voilà pourquoi la guerre de
sécession n'a ruiné que momentanément le Sud, où
les planteurs qui vivaient en millionnaires des produits du coton et qui s'en étaient vu fermer le débou-
-ché, devenus, la culture arrêtée, aussi pauvres, faute
d'épargne, que les derniers de nos paysans, vécurent
de légumes, pour, aujourd'hui que la culture a repris,
être en train de redevenir millionnaires. Ils ont au
suprême degré la philosophie du commerce.

Il y a longtemps que je me suis dit, l'argent est
tout! que je me suis demandé quelle profession pouvait
en donner le plus possible quand on ne possédait pas
un rouge-liard, et que je me suis répondu..... celle
d'hommes d'affaires !

On ne risque rien dans une profession qui ne
demande pas de mise de fonds, pas même celle du
savoir. Le savoir-faire, l'intrigue et le bagout suffisent;
ce serait bien le diable si avec la soif que j'ai de m'en-
richir, avec la détermination prise de ne négliger aucune
porte d'entrée pour y parvenir, et de mettre au service
de cette détermination la finesse et la ruse, je n'arri-
vais pas à mes fins.

Et ne crois pas que j'aille me tuer de travail, nenni!
savoir travailler est plus que travailler. Limier des
affaires, je n'ai qu'à les éventer et à mettre sur leur

piste mes chiens de meute, ils me tireront les marrons du feu.

Désormais je me fixe à Paris, et, comme la première condition de réussite est d'éblouir la multitude, car l'habit fait le moine, je ne m'appelle plus Cancrelat mais, Rosenlauwi ! sens-tu la consonnance et le petit cachet étranger qui a cette importance que, nul n'étant prophète en son pays, on me jugera bien meilleur si l'on me croit de provenance étrangère : c'est comme les chevaux anglais, le tabac de Turquie, le cuir de Russie, la pâte d'Italie, le jambon d'Amérique, la choucroute d'Allemagne, le sapin de Norwége, les femmes de Géorgie, etc..... je ne fais de tort à personne, c'est le nom d'un glacier de la Suisse, et tu me feras plaisir de ne pas me rappeler l'autre..... pense comme une indiscrétion me serait nuisible !

Quelle vaste mine j'ai à exploiter, je fais demain annoncer à la quatrième page des journaux :

Étude de Rosenlauwi.

« Propriétés, terrains de ville et de campagne à
» proximité ou non de chemin de fer, à vendre, à
» acheter ou à louer ; placements et emprunts avanta-
» geux sur bonnes hypothèques ; fonds de commerce à
» vendre et à acheter ; on se charge de recevoir les

» rentes ; de gérer les maisons ; de négocier discrète-
» ment les riches mariages, que la position si répan-
» due dans le monde de M. de Rosenlauwi lui permet
» de connaître ; on traite en outre à forfait pour expro-
» priations, M. de Rosenlauwi étant en mesure de les
» faire avoir à meilleur compte que d'autres, comme il
» peut le prouver par le tableau des indemnités qu'il a
» déjà obtenues. »

Vois-tu accourir à mon étude, (on ne dit plus cabinet
aujourd'hui, étude est plus majestueux, jette de la
poudre aux yeux et vous donne un petit air notaire qui
fait bien dans le paysage des affaires), vois-tu, dis-je,
accourir à mon étude les emprunteurs qui sont toujours
les premiers? en attendant les fonds, j'augmente à
leurs yeux mon importance, en leur disant que je
viens de placer tout ce que j'avais de disponible, mais
que j'attends d'autres sommes considérables ; aussi
quand celui qui a de l'argent à placer me l'apportera,
l'emploi sera tout prêt ; au besoin on se recommande
de confrères à confrères. Pour les fonds de commerce,
c'est la même navette à l'inverse, c'est-à-dire que le
vendeur vient le premier, je lui fais souscrire une
promesse d'honoraires pour la vente de son fonds dont
je ne m'occupe pas, j'ai seulement soin de lire les
publications des *Petites-Affiches*, et quand j'y vois
figurer la vente de ce fonds, je réclame une indemnité

pour les démarches faites, prétendant que j'avais acquéreur et menaçant d'un procès si l'on résiste ; il est vrai que je le perdrais ; mais la plupart du temps la menace fait son effet, le client, ignorant des affaires, préfère un petit sacrifice à une grosse inquiétude, et j'ai prélevé ma dîme sans fatigue.

Pour les terrains, si je puis emmancher une affaire, c'est là qu'il y a gros à gagner ; et puis une affaire réussie de ce genre vous met en odeur d'habileté et tout vous arrive. Les rentes que je reçois, je les fais travailler à la Bourse avant de les rendre ; je tripote les successions dans lesquelles je suis mandataire ; je donne en outre des consultations de cabinet qui, si elles portent à faux, n'en font pas moins entrer les pièces de cinq francs dans mon escarcelle.

Mais le plus beau fleuron de ma couronne ce sont les expropriations : pour cela, je me mets en mesure de savoir indirectement les projets qu'a la ville de percements de rues ; je vague alors dans les quartiers sujets à démolition, j'entre chez les marchands de vins, les crêmiers, les restaurateurs, les débitants de toute espèce, je consomme, je cause ; grâce à la rondeur que je sais prendre et que je sais aménager à chaque espèce d'individus à qui j'ai affaire, je me mets bien dans ses papiers. Je frappe sur le ventre du marchand de vin en l'appelant *gros cochon, vieux salop,*

ma vielle botte, tous petits termes de familiarité qui
lui plaisent; je cligne de l'œil en affirmant qu'il doit
faire des razzias épouvantables parmi les bonnes du
quartier, cela dit devant la clientèle du comptoir le
fait se rengorger, aussi quand je suis parti chante-t-il
mes louanges en disant voilà un homme pas fier et
qui doit bien vous dégoiser une affaire; la clientèle
avec qui j'ai usé du même procédé quand l'occasion
m'en a été fournie, approuve; les domestiques stylés
par les fournisseurs, hasardent, lorsque le décret
d'expropriation arrive, mon nom devant leurs maîtres
à qui ils disent : « Ah monsieur, ou madame, il paraît
» qu'il y a un homme qui fait joliment avoir de gros-
» ses indemnités à ce que dit M. Trudon le marchand
» de vin, ou M. Pacôme l'épicier, ou M. Grabot le
» fruitier; » cela met la puce à l'oreille des maîtres
et quand j'arrive faire mon boniment, j'enlève la place
d'assaut, faisant accroire au bourgeois qu'il aurait tort
de confier son expropriation à un avocat civil dont ce
n'est pas l'affaire, qui ne pourra la soigner à cause de
ses multiples occupations et qui ne saura s'en tirer
comme quelqu'un qui en fait sa spécialité. J'ajoute
que personne ne la mettra sur le chantier et ne la plai-
dera aussi utilement que je puis le faire; car je plaide-
rai, mon vieux loup, comme cela je ne partagerai pas
les honoraires. Et quand je serai lancé, j'aurai mes

courtiers qui feront ce raccolement dont je ne daignerai plus m'occuper, je ne ferai plus que trôner dans
un somptueux cabinet, je serai le Jupiter de cette foule
grouillante à mes pieds. Et alors que tu végéteras et
que tu hésiteras à remplacer ton habit noir, montrant
la corde, je gagnerai quatre fois les appointements d'un
président à la Cour de Cassation, je serai au bois, dans
les fins soupers avec les plus sémillantes cocottes le de
Rosenlauwi, à la mode; mes chevaux seront cités,
mon amabilité sera vantée, je mènerai ample et
joyeuse vie sans oublier l'encaisse de l'avenir. Je ferai
construire un lavoir ou une école ou quelque chose
d'utile dans ma commune qui me nommera conseiller municipal, maire; je me porterai candidat au conseil d'arrondissement, au conseil général, et qui sait
si je n'escaladerai pas la députation.

Tiens, tu me fais pitié, je te tends la perche de sauvetage, associe-toi avec moi! tu seras le côté sérieux
du bazar, ce qui par sa rareté pourra ne pas être inutile; avec toi *quo non ascendam* ! c'est tout ce je me
rappelle de mon latin parce que c'est ce qui m'a frappé
le plus; nous nous enrichirons doublement, et riches,
tout sera à l'encan pour nous !....

Épuisé par cette longue profession de foi, de Rosenlauwi, comme nous l'appellerons désormais, vida d'un
trait son bock, en commanda un autre, ralluma un

cigare, étendit sur la chaise la jambe droite au lieu de la gauche, changea de bras pour appuyer sa tête et dans une position identiquement inverse à la précédente et de l'air infatué d'un orateur qui se croit irréfutable, condescendit à écouter Georges.

Un demi-sourire s'encastrait sur les lèvres de celui-ci quand il se prit à dire doucement : Oh ! fabricant de paradoxes, est-ce à moi que tu feras accroire que l'homme ne vit que de pain et de plaisirs matériels ! Il faudrait pour cela qu'il n'ait que l'enveloppe et les organes du corps; que fais-tu donc de l'âme, cet autel où fume l'encens des sentiments exquis, des idéalités charmantes, des pensées consolantes ? à quoi te servira de gorger ton corps d'épices, de saturer tes sens de jouissances, si tu ne peux te garantir de la satiété et si, pour combler le vide et l'ennui successeurs de satisfactions qui ne durent pas plus que la cause qui les produit, tu es obligé, comme Ixion tournant sa roue, à une répétition incessante, précurseur de la prostration complète, du dégoût éternel, de l'apathie incurable, de l'impuissance et du suicide, dernier port des imprudents qui ont tué l'esprit avec la chair et qui ont empoisonné le parfum émané des tendresses du cœur et des chastes émotions.

Que fais-tu en un mot de la conscience ? peu m'importe de porter un habit un peu lustré, si le vêtement de celle-là se conserve immaculé; de n'avoir pas de fortune, ni de positions brillantes à donner à mes enfants, si je les ai richement dotés en amour du travail, de l'ordre, de l'économie et de la conduite; de m'éteindre obscurément et dans le strict nécessaire, si j'ai le contentement de moi-même. Crois-tu que ma fille faisant, à la campagne, le bonheur d'un galant homme qui fera le sien et que tu considèreras comme de situation médiocre et conséquemment chagrinante, parce qu'elle portera de la toile au lieu de soie, des souliers, voire même des sabots pour des bottines, parce qu'elle mangera de gros légumes et de la viande ordinaire en place des primeurs et des mets raffinés dont tu émoustilles ton palais, parce qu'elle ira en carriole au lieu d'aller en huit-ressorts, parce qu'elle ne hantera pas les concerts, les spectacles, les bals, tous les divertissements de la Capitale, crois-tu, dis-je, que ma fille sera malheureuse ?

Dans son simple vêtement, elle n'aura pas le souci de ne pouvoir payer sa couturière qu'aux dépens de l'honneur conjugal; sa grossière nourriture lui constituera un bon estomac que ne détruira pas le brutal corset, aussi pourra-t-elle atteindre au luxe défendu à tes citadines, d'allaiter elle-même de joufflus enfants qui suspendus à ses fortes mamelles, comme les grappes de vendange vermeilles au chaix, font les délices

des vraies mères; si elle ne roule pas en voiture, elle
ne s'en portera que mieux; l'habitude de circuler au
grand air lui épargnera ces milles petites incommo-
dités des habitantes des villes et un bleuet ou une
marguerite dans les cheveux ébouriffés par le souffle
ambiant, lui siéra mieux que tous les diamants du
monde. Foin de tes bals où l'on s'agite dans un tortillement idiot, au milieu d'une atmosphère de marais
Pontins et où le bras téméraire d'un valseur enserrant
la taille de l'échappée du couvent, y prélude avec les
doigts, l'arpège des amours illicites; pauvre petit corps
tremblottant comme l'alouette dans les serres du milan, qui va trop tôt apprendre aux ondulations lascives
de la valse, au sirocco de lèvres indiscrètement collées
à l'oreille, le mystère des chaudes électricités.

Foin de tes théâtres où par une chaleur sénégam-
bienne on assiste en action à la drôle de morale que tu
prêchais tout-à-l'heure.

Dans la prairie de son village, ma fille pourra danser et voir danser les siens, sans craindre pour elle ou
pour eux les dangereux magnétismes. La danse ainsi
pratiquée, sur un parquet herbeux qui ne renvoie pas
de poussière, dans la brise rafraîchissante, deviendra
un exercice salutaire, au lieu d'être nuisible à la santé
du corps et de l'âme.

Quel théâtre vaut celui de la nature! les vertes mois-

sons qui blondissent et s'agraffent les couleurs des
fleurs les plus variées; les pampres verts ou rougis-
sants; les pommiers noueux qui ont remplacé leur
neige par des fruits écarlates; la forêt qui couronne
de sa ligne ardoisée le côteau courant en pente douce
jusqu'au fleuve, qui promène ses ondes d'émeraude à
travers le dédale des îles et les méandres de la prairie; le soleil qui, selon les accidents du terrain, l'incendie ou le laisse partiellement enveloppé d'une couche d'ombre et ménage ainsi d'admirables transitions;
le ciel tantôt bleu uni ou estompé de gris, tantôt zig-
zagué de rouge et saupoudré d'or qui encercle le
panorama; n'est-ce pas le plus beau des spectacles?

Et tout cela égayé par le ramage des oiseaux, le
bourdonnement des insectes, le murmure des feuilles
et des herbes agitées sous les baisers de la brise, et ces
mille bruits qui se fondent sans se heurter et forment
l'admirable orchestration de la nature.

Imprudent! c'est toi qui cours à ta perte en lâchant
pour des satisfactions fugitives et finies ces jouissances infinies comme l'âme dont elles sont la poétique
rosée.

Tu ne peux être heureux qu'à condition d'avoir les
moyens d'acheter tes plaisirs et la force de te plonger
en eux. Si la fortune ou la santé te fait défaut tu subis

le sort de Tantale, si ce sont tous les deux qui te fuient
tu te dessèches dans un vide horrible !

Mes plaisirs à moi sont gratuits, je peux les goûter
dans toutes les conditions de la vie, et si le malheur
s'étend sur moi, ils m'aident à le supporter et même à
l'oublier.

Tu t'égares avec tes théories à l'américaine, elles
sont faites pour séduire les impatients, elles ne vont
pas aux sages ; je préfère à la fiévreuse agitation de
ces Titans commerciaux, la tranquillité patriarchale
de nos boutiquiers comme tu les appelles avec dédain ;
s'ils ne gagnent pas des millions ils amassent de quoi
vivre honorablement et élever leurs enfants dans une
saine continence de tout. Mieux vaut la médiocrité
dont parle Horace, et son satellite la sérénité morale,
que ces cascades de bonne et de mauvaise fortune qui
se font toujours aux dépens de la tranquillité et de
l'honneur. A essayer tout, on se blase sur les moyens,
le sens moral s'abdique ; pour courir après la fortune
on déserte la vie de famille dont le lien se desserre, on
n'a plus qu'un dieu l'argent, avec son prophète l'amour
propre ! Laissons donc les Américains à leur caractère,
né de leur origine et de leur géographie, ils sont encore des aventuriers d'hier, rien d'étonnant qu'ils en
aient les mœurs, que des siècles de polissage et l'essor

de l'agriculture modifieront. Car tu te figures à tort, qu'un peuple est riche parce qu'il a de l'or, ce n'est qu'une valeur d'échange qui ne se mange pas, qui n'enrichit que le petit nombre qui la possède et laisse la tourbe misérable. La Hollande ne fut jamais plus pauvre que lorsque, régentant les mers et le commerce, l'or ruisselait sur ses marchés; l'Angleterre, pays manufacturier par excellence, qui lui a arraché son sceptre, a ses lords cousus d'or et son peuple cousu de haillons. Destinée de tous les pays non agricoles... la manufacture et l'industrie enrichissent leur maître, mais l'ouvrier réduit à son salaire, rogné par la cupidité, le chomage, la cherté des vivres, n'est que le spectre de la faim. L'agriculture fait vivre tout le monde, voici pourquoi si l'on ne voit pas en France de mythologiques fortunes, personne au moins n'y meurt de faim.

Laissons donc les Américains à ce que j'appelle leurs excentricités, laissons-les considérer les affaires comme un *steeple-chase*, se battre en duel avec des locomotives, quand le combustible des steamers en lutte de vitesse est brûlé, jeter leurs jambons dans la chaudière chauffée à blanc, au risque de la faire éclater et de sauter avec elle, pour le simple amour-propre d'arriver avant le concurrent. Nous sommes, comparés à eux, un peuple pasteur, paissons donc tranquillement notre modeste aisance et n'allons pas rugir dans les espaces après le veau d'or.

Quant au titre de noblesse que tu t'es conféré, je te le passe s'il fait ton bonheur, c'est un joujou innocent, et je te promets de ne pas me tromper d'appellation.

Je sais que la profession que j'embrasse est hérissée de difficultés, mais sans me faire illusion, je ne la crois pas aussi inaccessible que tu l'affirmes, et sans briguer être une sommité on peut se contenter d'un moindre rang et l'on est déjà récompensé par l'estime dont on entoure les adhérents à une telle carrière.

Je sais qu'il y a quelques avocats qui, oublieux de l'espèce de sacerdoce qu'ils exercent, mêlent, comme on le dirait d'une autre corporation, le temporel avec le spirituel et sortent trop souvent du puritanisme exigé par leur profession; c'est leur exemple que tu me proposes comme circonstance atténuante de ma détermination. Assurément, si elle eut eu un but mercantile, je ne me serais muni que d'un bagage superficiel de science, d'une légère teinture de la pratique des affaires, j'aurais hissé au mât de ma nullité la voile de la présomption et du chantage; mais les études sérieuses que j'ai faites indiquent qu'il y a toujours chez moi l'idée d'aborder sérieusement une profession.

Je n'ai pas choisi celle-ci comme on le fait de la
coupe ou de la couleur d'un habit, par fantaisie ou par
conseil, c'est par vocation que je me suis senti en-
traîné vers elle ; j'ai compris que cette profession enno-
blissait, parce que, touchant à tout, il fallait tout savoir pour la pratiquer ; qu'on ne devait pas la commencer en apprenti mais y débuter en maître, je ne
dis pas comme un maître, mais en maître de ses
connaissances, de façon à n'avoir pas besoin de demander des conseils théoriques à un ancien et à n'attendre que de la consécration de la pratique et du
temps le degré d'illustration auquel on peut atteindre.
C'est parce qu'on n'envisage pas assez cette profession
dans son essence même et qu'on l'assimile trop à un
métier, que l'on voit des individus la prendre et s'en
servir comme tel ; c'est alors qu'est vrai ton dire que
l'avocat n'est bon qu'à obscurcir les affaires. Mais
celui qui, joignant la science à la dignité, arrête le
plaideur imprudent au seuil du procès louche, qui
donne déjà un prix d'excellence à une affaire par le
fait qu'il s'en est chargé, qui la fouille et en met
en lumière les moindres points, embarrasse-t-il le
juge ?

C'est un dicton trop répandu au palais et mis en
avant par les eunuques de la vraie science, qu'il est
inutile d'y plaider le droit, que c'est fatiguer les juges

qui ne vous écoutent pas ayant leur opinion préconçue, qu'il suffit de leur établir le fait. Je comprends que, si des jurisconsultes de ton acabit veulent se donner le ton d'argumenter en droit, comme ils ne peuvent se traîner que dans les sentiers battus, les magistrats se montrent à bon droit impatients du temps qu'on vole à l'audience ; mais qu'un vrai pionnier leur ouvre de nouveaux aperçus, sois sûr qu'ils écouteront avec l'avidité d'amateurs et le désir de bien juger.

Cette profession exige en plus qu'on ait l'instrument, car la science ne suffit pas si l'on ne sait la faire résonner. Paganini, avec un stradivarius faux, eût écorché les oreilles. Il faut une voix bien timbrée, prise dans le médium, ton naturel de la causerie ; qui, en se haussant et se baissant, prépare les effets oratoires, tandis qu'une voix trop aigre est fatigante. A cela qu'on joigne un geste sobre, une étude profonde de l'affaire, permettant de la réciter au lieu de la lire et laisse soigner la diction, châtier le style et marquer les nuances.

Quand un avocat réunira le fonds et la forme, il trouvera toujours des juges qui l'écouteront avec intérêt et avec plaisir, quoi qu'il puisse plaider ; car, comme le disait un jour un président, il n'est pas indifférent d'avoir la monnaie d'un billet en or ou en billon.

Crois-tu qu'envisagée à ce point de vue scientifique, la profession d'avocat n'ait pas déjà un noble attrait? mais il y a plus : cette profession touchant à tout, il faut pour être complet être encore historien, littérateur, financier, commerçant, chimiste, physicien, connaître un peu la mécanique, les sciences naturelles, la politique, l'économie sociale, l'histoire, et être avant tout observateur; en un mot, l'avocat doit être un homme..... universel! Comment plaidera-t-il en Cour d'assises s'il ne connaît le cœur humain et l'influence sur l'homme des milieux où il se trouve? Comment comprendra-il une question internationale, s'il n'a analysé le souffle différent des peuples? Comment son âme s'épanouira-t-elle aux belles choses et aux nobles inspirations, s'il ne l'a baignée aux grandes sources de la nature et s'il ne lui a donné deux ailes puissantes, *l'observation* et la *méditation* pour s'élever dans les régions de la logique? L'observation personnelle est la meilleure étude, est-ce que des traités de géographie, d'ethnographie et d'ethnologie ont jamais donné au lecteur, sur les lieux et les choses, des idées aussi précises que les voyages?

Ce sont eux qui m'ont formé au temps des vacances. Tandis que tu t'enfouissais dans un moëlleux compar-

timent de première classe pour sillonner, par genre,
les promenades de la *High Life*, ne t'arrêtant que dans
les villes pour ne pas manquer de bons hôtels, ne
rapportant, comme impressions de route, que des
cartes de restaurant; je filais en touriste, blouse et sac
au dos, bâton à la main, carnet en poche, pour noter
tout ce qui pouvait exciter ma curiosité : mœurs, légendes, productions, géologie, climat, fuyant les villes
où tout se ressemble, m'enfonçant dans les campagnes
les plus désertes pour entendre, le soir, sous le manteau de la grande cheminée, les légendes populaires
et y prendre les mœurs sur nature; c'est ainsi que
même dans la belle Normandie je trouvai des localités
presque sauvages. En Bretagne, c'était bien autre
chose : j'ai longé les fameuses côtes de Plougniours et
j'ai vécu avec les naufrageurs (peut-être sont-ils plus
civilisés aujourd'hui), gîtant comme des renards dans
des trous de falaises qu'ils s'étaient appropriés en demeure et y attendant, quand ils ne les provoquaient
pas, les naufrages, pour ramasser à marée basse les
épaves de la tempête, volant et assassinant au besoin
ceux qui survivaient.

Voici comment ils procédaient : ils attachaient un
falot allumé à la corne d'une vache dont ils rappro-
chaient la tête du pied au moyen d'une corde, ils faisaient bouger la vache dans cette position, ce qui, im-

primant à la tête et au falot un mouvement de tan-
gage, simulait le balancement d'un vaisseau à l'ancre
et laissait croire aux navires au large qu'il y avait
là un port et les amenait, pour y entrer, à s'engager sur les récifs dont la côte est hérissée et à s'y
briser.

J'ai vu le champ de Karnac et je me suis demandé
comment les Celtes, à qui l'on ne connaît aucuns
moyens mécaniques, ont fait pour y amener ces
énormes dolmen.

J'ai passé de longs jours sous les sombres couverts
du Morvan et de l'Auvergne, solitaire, au sein de la
végétation luxuriante, des cascades qui bruissent en
rapant la paroi du précipice caché à l'orifice par un
tapis de plantes nerveusement enchevêtrées, j'y ai
rêvé forêts vierges d'Amérique. J'ai visité les chaumières égarées aux points culminants où toute la famille, père, mère, garçons, filles, couche dans le même
lit de feuilles et dort presque tout l'hiver à la façon des
marmottes, alors que le travail chôme, pour économiser le feu, l'éclairage et la nourriture ; j'ai traversé,
toujours à pied, les monts et lés glaciers sauvages de
la Suisse et, comme antithèse, j'ai parcouru après l'in-
dustrielle Belgique.

J'ai étudié juspu'à la moëlle Londres, la moderne

Babylone ; je suis allé un peu en Espagne et en Allemagne ; je regrette de n'avoir pas vu le Nouveau-Monde.

Il faut que tu sois bien peu physiologiste pour supposer que tes raisonnements ou plutôt tes déraisonnements puissent changer une vocation appuyée sur de tels antécédents ; chacun prend son bonheur où il le trouve.

Tu le places dans la fortune, que tu crois la seule dispensatrice de tous les plaisirs, et tu cours après elle.

Je le mets dans le respect et le contentement de soi-même, dans les joies du cœur, dans les délices de l'étude.

Tu me prends en pitié parce que tu ne me comprends pas et que tu me railles de viser à des fantômes, tandis que je m'exclame que c'est toi qui t'acharnes après des chimères.

L'avenir tranchera la question. Je ne voudrais pas pour cela te servir de sinistre augure, je souhaite que ma prédiction, juste en général, soit fausse pour toi, mais je crains le contraire. Ne t'inquiète pas de moi ; il faudrait que la chance fût bien marâtre à mon égard pour ébranler ma philosophie.

Amen, s'écria de Rosenlauwi, remettant en position

naturelle bras et jambes, soldant la dépense, prenant son chapeau, présentant le sien à Georges et sortant avec lui sur le boulevard, où les deux discuteurs se donnèrent une poignée de main en même temps que leur adresse et se séparèrent.

CHAPITRE II

LA MAISON DE LA RUE MONTMORENCY.
RÉFLEXIONS DE CABINET.

Georges enfila les boulevards jusqu'à la rue Saint-Martin qu'il descendit pour gagner la rue Montmorency où il habitait au numéro 4, proche la rue du Temple, au troisième étage, un petit logement composé : d'une chambre à coucher, d'une minuscule salle à manger servant de salle d'attente aux rares clients en veine de consultations ; d'une autre petite pièce élevée à l'honneur de lui servir de cabinet et d'une cuisine grande comme une guérite. Le modeste patrimoine de Georges lui défendait d'habiter un appartement de location chère, et sa profession ne lui permettant pas de n'avoir qu'une seule pièce, il s'était réfugié dans un quartier où, en raison du genre de la population, les loyers n'étaient pas d'un prix exorbitant. Le mobilier était médiocre comme l'habitation.

Une vieille portière faisait pour dix francs par mois le ménage et le déjeûner de l'avocat.

Dès sept heures du matin en hiver et à cinq heures en été, Georges était à son bureau, en train d'étudier ses dossiers ; son cadre fait et le problème juridique posé, voici comment il le mettait sur le chantier, il divisait son travail en cinq parties :

La première partie, qu'il appelait travail d'invention, consistait à recruter dans ses cahiers de cours, dans les auteurs modernes et anciens, dans les discussions du code au Conseil d'État et au Tribunat, tout ce qui pouvait avoir trait à la question de droit ; et il jetait ses notes sur le papier au fur et à mesure de ses recherches. Il appelait aussi plaisamment cette opération le tirage des idées juridiques à la conscription.

La seconde partie, intitulée travail de classement, était la mise en ordre des notes confuses, l'élimination de celles inutiles, ce qu'il disait être, dans la continuation de la plaisanterie, le passage des idées juridiques au conseil de révision.

La troisième partie, nommée travail d'instruction, était la mise en œuvre écrite de la plaidoirie avec ses arguments de fait et de droit tour à tour acceptés, raturés, repris, retournés, il la disait encore l'instruction. militaire des idées juridiques et l'étude du plan de campagne.

La quatrième partie était la mise au net de la précédente avec les dernières adjonctions ou abrogations suggérées par l'inspiration dans le cours de la copie. Le plaidoyer existait ainsi correct comme un mémoire fait pour un délibéré de tribunal, c'était le plan de campagne lui-même.

La cinquième partie, dite notes d'audience, était un sommaire par abréviations et signes de convention, contenant les points de repère nécessaires, au cas où la mémoire aurait failli dans le développement graduel des arguments, ou les aurait oubliés dans la chaleur de l'improvisation. C'étaient les tirailleurs destinés à protéger les flancs du corps d'armée.

Le fond de son affaire ainsi élucidé, Georges s'occupait de la forme. Enfermé dans sa chambre, posé devant une glace pour y étudier ses gestes, une table devant lui en guise de chaire, il déclamait sa plaidoirie comme s'il eût été à la barre du tribunal ; cette épreuve de diction qu'il faisait subir à son travail lui en montrait mieux les défectuosités, le sens de l'ouïe venant ajouter son contrôle à celui des autres, en faisait corriger les côtés peu euphoniques.

Cette gymnastique juridique faite, Georges possédait tellement ses points de fait et de droit que, sans les savoir par cœur, il les produisait à l'audience avec la facilité de la plus heureuse improvisation sans besoin de consulter ses notes, les expressions lui arrivaient aisément pour peindre des idées aussi familières, il pouvait ainsi soigner sa diction, syllaber ses mots, marteler ses phrases, de façon à intéresser vivement les magistrats, ce qui était déjà un grand point pour la conception à prendre de ses arguments.

Le tribunal habitué à sa manière et ne redoutant pas de sa part des longueurs et des redites inutiles, lui laissait la latitude désirable, acceptait tout de lui, ce qui était d'une grande aide pour son œuvre ; aussi à sa naissante réputation de bon jurisconsulte se joignait déjà une petite renommée d'éloquence.

Sa vie était réglée par l'uniformité du devoir : matinal au travail, il déjeûnait à neuf heures et demie pour être à temps à l'ouverture de l'audience, quand il avait à plaider. Son déjeûner frugal composé invariablement d'un peu de charcuterie ou d'un plat pris à un petit restaurant voisin que lui montait sa portière, d'eau à peine rosée de vin et d'un pain de dix centimes n'allourdissait pas son cerveau dans le labeur de la digestion. S'il n'avait pas à plaider, il reprenait son travail de suite ; dans le cas contraire, il rentrait s'y remettre sitôt la plaidoirie finie, au lieu de muser au café avec ses jeunes confrères. Quand il n'avait pas de

plaidoirie à préparer, il relisait les philosophes et les
poëtes. Divers auteurs avaient surtout sa prédilection
et il laissait rarement passer un jour sans se retremper
aux sources de leur sublime raison. C'étaient Rousseau
et Shakespeare. Il disait que celui qui ne connaissait
que le droit n'était pas un avocat, que le droit ne se
composait pas seulement des formules convention-
nelles colligées pour le besoin social, mais de tous les
grands principes philosophiques des gens de génie qui
avaient servi à la notion du juste et de l'injuste, qui
éclairaient ces formules, y suppléaient. Il ne lisait
aucun livre sans l'annoter. Il mettait en parallèle les
auteurs pour en saisir les similitudes ou les diver-
gences. C'est ainsi qu'il avait fait une étude compara-
tive et concomitante de Shakespeare, de Schiller et de
Goëthe, et qu'il donnait sans contredit la palme au
premier. Il admirait le lyrisme de Schiller, la haute
philosophie de Goëthe, mais pour lui l'un n'était qu'un
grand poëte, l'autre qu'un grand savant, tandis que
Shakespeare était le tout à la fois. Il avait coutume de
dire que les livres pouvaient disparaître, à la condition que l'œuvre de Shakespeare restât pour refaire
l'éducation de l'humanité ! Il était pour lui plus que
le peintre de mœurs qui, ne décrivant que la nuance
de passion inhérente à tel ou tel être, n'est qu'un critique comme Dickens, il était le peintre des passions

elles-mêmes, bonnes ou mauvaises, mobiles de nos actions, régentant le monde. Il était créateur. Il ne pouvait se lasser d'admirer la diversité des types peints par cet immense génie passant avec une facilité merveilleuse du sujet le plus abstrait au plus pratique, quittant les splendeurs de la poésie pour la bonhomie la plus bourgeoise, déployant le dramatisme le plus senti à côté du comique le plus ébouriffant, montrant en sa personne la réunion de tous les talents qui l'ont précédé et de ceux qui l'ont suivi comme des aérolithes tombés de sa sphère, tels Byron, Molière et Hugo ! Son ambition était de plaider sous l'inspiration du souffle Shakespearien.

A six heures sonnées, Georges allait dîner soit à une table d'hôte du quartier, soit en ville chez des connaissances, il se permettait alors un repas un peu plus solide que celui du déjeûner et allait jusqu'à boire sa bouteille de vin, ne craignant pas de se réconforter aux dépens du travail dont il ne s'occupait plus après dîner ; il donnait ce temps aux visites, aux nécessités du monde et rentrait se coucher à dix heures, pour pouvoir se lever le lendemain aussi alerte au travail que le jour précédent.

Une année s'était écoulée depuis qu'il s'était rencontré avec de Rosenlauwi qu'il avait peu vu depuis, absorbé par la régularité de son travail et ne cherchant pas à faire naître les occasions de rapprochement.

Un événement inattendu avait bonifié sa piètre situation. Il venait d'hériter d'un frère de sa mère qui, après avoir perdu successivement sa femme et ses deux enfants, était mort lui-même de chagrin, léguant à son neveu les deux cent mille francs qu'il possédait. C'était une fortune, relativement aux goûts simples de Georges qui ne changea pas sa façon de vivre et de se conduire, mais qui ajouta seulement un peu de luxe à son ameublement. C'est à cette époque que se place l'événement qui marqua le jour néfaste du restant de son existence.

Georges, doué d'une imagination vive, devait être enclin à l'amour ; mais comme à cette imagination s'ajoutait une sentimentalité native, ce n'était pas la grossière ardeur des sens mais une aspiration idéale qui pouvait le troubler, il ne devait pas songer à *la* femme, mais à *une* femme. Seulement, son expansion, sa confiance naïve qui lui faisaient juger le prochain d'après sa propre nature, c'est-à-dire voir tout en beau et en bon, jointes à son inexpérience de la vie, à son isolement et au manque de conseils, devaient en le réduisant aux seules impulsions de son cœur, l'exposer à une duperie et à des artifices que sa franche nature ne pouvait soupçonner.

Il semble que les bonnes natures devraient se pressentir et n'être attirées qu'entre elles : eh bien, bizarrerie des choses humaines, c'est l'inverse qui a lieu, la loi des contrastes paraît gouverner le moral comme elle régit les phénomènes physiques de l'électricité ; de même que les électricités de nom contraire s'attirent et se repoussent quand elles sont de nom semblable, de même une nature électrisée par les sentiments résineux du cœur se sentira entraînée vers la nature électrisée par les sensations vitreuses du cerveau.

Mais de même aussi que les électricités différentes, devenues de même nom par le contact se repoussent incontinent, de même le trait d'union entre les natures positives et négatives n'existe pas longtemps et la répulsion arrive bientôt.

Pourquoi la Providence soumet-elle l'humanité à ces tristes épreuves et ne la laisse-t-elle pas se diriger de suite vers la félicité ? Est-ce parce qu'il n'est permis à l'homme, jeté misérable sur la terre, d'être heureux qu'après avoir fourni les étapes du malheur, afin de mieux apprécier, par la comparaison, son bonheur ultérieur ? Est-ce pour lui servir d'apprentissage dans la connaissance du cœur et pour lui éviter par une première école d'en faire d'autres ? Est-ce pour que le contact même passager d'une bonne nature sur une mauvaise, la modifie quelque peu en bien, et qu'il entre dans les décrets de la Providence de faire servir les bons au polissage des mauvais, au moins dans leur génération ? Nous voyons en effet que la vie universelle n'existe que par un croisement perpétuel, les plus belles espèces d'animaux et de végétaux sont obtenues par la greffe ; les races humaines ne se conservent qu'à condition de fusionner entre elles ; une grande cause de la décadence des Castes et des Familles c'est d'avoir méconnu cette loi ; la Féodalité est en partie tombée pour avoir repoussé ce qu'elle appelait les mésalliances, à force de n'avoir allié entre eux que des rejetons usés par la facilité à se procurer l'abus des plaisirs, au lieu de les avoir retrempé de temps en temps dans un sang plébéien mais idoine, aux pousses vigoureuses, il n'est resté que des êtres énervés, incapables de comprendre et de guider les grandes aspirations populaires, impuissants à y opposer une digue. Aussi quand les franchises municipales eurent fait leur chemin et que le peuple fut mûr pour la liberté, ne purent-ils que s'anéantir ; les portes de leur castel tombèrent au son de la trompette de Jéricho de la régénération sociale.

Je ne jette pas la pierre à l'époque féodale, elle eut son utilité un moment, je ne la blâme que lorsqu'elle n'eut plus de services à rendre et qu'elle fut une

entrave. On a généralement une propension à enve-
lopper dans une même réprobation toute une institution d'époque, parce que la jugeant du point plus civi-
lisé de son siècle, on ne la trouve plus de mise, c'est
un tort; c'est comme si pour juger du caractère d'une
personne on se servait du sien en guise d'étalon.

Chaque institution a eu sa raison d'être quand elle
a surgi, elle a même été une amélioration sur le passé;
ce n'est qu'en voulant se maintenir éternellement,
oublieuse à son tour de la loi du progrès, qu'elle est
devenue mauvaise et qu'elle a dû laisser la place à
d'autres.

Ces fameux Romains qui unissaient les vertus guer-
rières et civiques aux civiles, qui quittaient le manche
de la charrue pour l'épée du dictateur et venaient simplement le reprendre quand ils avaient sauvé la
patrie; qui, sortis des dignités, étaient trouvés dînant
chez eux d'un plat de lentilles; que l'or ennemi laissait
incorruptibles; qui, pour ne pas se parjurer retour-
naient rouler dans un tonneau garni de clous; qui
refusaient de voir les belles captives de crainte de se
laisser aller à une lâcheté, firent leur pays du monde
entier et lui rendirent le service d'y propager la culture et la civilisation. Mais le jour où ce ne fut plus
l'étincelle patriotique qui enflamma les cœurs, où ce
furent la soif des honneurs et les calculs de l'intérêt

personnel qui guidèrent les têtes, le jour où l'on fes-
toya dans la salle d'Apollon et où l'on jeta des esclaves
en pâture aux murènes des viviers, où l'or de Jugurtha
apprit à se vendre, le jour où les triomphateurs firent
grâce aux royales captives du char triomphal et les
mirent dans leur lit, où les chefs de guerre se firent
sacrer César... La sève antique disparut avec les vertus
domestiques, le bas Empire avec son cortége d'incestes,
d'empoisonnements, de matricides, de parricides, de
fratricides, de sororicides, de démences de toutes
sortes, insinua le poison dans les veines sociales. Le
mot d'ordre fût *orgie !* l'orgie sous toutes ses faces, dans
l'atrium des citoyens comme dans l'embolum de Théo-
dora quand elle ne courait pas sur les ports avec
Messaline. Les discussions politiques du Forum furent
remplacées par des polémiques de Cirque, et un éton-
nement profond saisit tous ces Corybantes, quand on
sut qu'il y avait encore un homme de bien, le grand
jurisconsulte Papinien, qui s'exposa à la mort plutôt
que d'obéir à l'injonction de son impérial élève en
faisant l'apologie du meurtre de Geta.

Le Peuple lui-même, abruti, incapable de régénérescence ne savait plus que demander du pain et des
jeux.

L'épopée Romaine était finie et la décomposition
allait faire le vide partout, si la Providence n'eût en-

voyé à temps les hordes sauvages mais pleines de
virilité pour s'emparer de ce corps pourri et lui infuser
un sang nouveau.

Venues de pays arides, sur la foi des merveilles que
de rares voyageurs leur racontaient de l'Italie et de la
Gaule (allèchement dont se servit la Providence pour
en faire les instruments de la régénération), ils ne
s'en allèrent plus; vous avez, disaient-ils, du vin, du
blé et des femmes, l'utile et l'agréable, nous man-
quons de tout cela dans nos déserts, nous restons. Les
Visigoths au sud, les Burgundes à l'est, les Francs au
centre s'implantèrent. Les richesses des vaincus furent
en partie distribuées par le chef suprême à ses Leudes
(Antrustions) qui l'avaient mis sur le pavoi; quand
elles furent épuisées il fallut donner la terre, le Fief
se forma; quand il n'y en eut plus on dût pour satisfaire à des exigences toujours croissantes, concéder les
droits *régaliens*, de justice, de battre monnaie, etc. Et
sous les faibles successeurs de Charlemagne, l'héré-
dité des bénéfices consacrée vers 867 par le capitulaire
de Quiersy, institua définitivement la Féodalité.

Il était temps : les terres mal cultivées sous le bas
Empire à cause des *latifundia*, ruinées par l'invasion
composée de soldats et non de laboureurs, reprirent
leur fécondité dès que le suzerain possesseur de la

terre eut intérêt à sa bonne culture par les vas-
saux.

Voilà comment la Féodalité sauva l'agriculture et
dans quel sens je la qualifie de bonne institution,
comme le servage l'avait été précédemment en con-
servant la vie que sacrifiait l'esclavage auquel il avait
succédé.

Mais quand la Féodalité voulut s'immobiliser pour
le bien-être seul de ses privilégiés, quand elle mécon-
nut les aspirations libérales et voulut les borner aux
quelques terres de franc-alleu, sur lesquelles elle
n'avait pu avoir une main-mise complète, les villes
s'insurgèrent et arrachèrent peu à peu pour leurs
municipalités des chartes plus larges ; des guildes se
formèrent ; les rois eux-mêmes, trop muselés par cette
noblesse terrienne, firent cause commune avec le
peuple, aidèrent à son affranchissement pour s'affranchir eux-mêmes et lui concédèrent comme reconnaissance les chartes provinciales. Une nouvelle prospérité s'ensuivit, les terres qui commençaient à redevenir
incultes parce que le seigneur les négligeait ou les
mettait en gage pour emprunter l'argent nécessaire à
ses plaisirs et à cet engouement d'expéditions lointaines
qui s'était emparé du siècle, reprirent leur fécondité
quand celui qui les cultivait put en espérer la propriété ; cette progression vers l'unité monarchique fut

un grand bien comme l'avait été la Féodalité, et avant, la domination romaine; mais elle devint à son tour un mal quand elle tendit à s'isoler, dans l'omnipotence unitaire et despotique d'un Louis XIV dont la France de 89 fut obligée de faire justice en la personne de son successeur.

L'inquisition elle-même fut utile à sa naissance, alors qu'elle suppléait avec la torture, pour la recherche des crimes, à l'absence de toute procédure orale et écrite. Plus tard elle ne fut plus aussi qu'un instrument dévoyé de domination occulte.

L'Eglise ne fut-elle pas un envoi providentiel pour s'emparer, lors de la dissolution de l'empire Romain, des sciences, des lettres, et les sauver de la ruine de l'invasion ; si les barbares étaient appelés à régénérer le corps, l'Église était destinée à sauver l'esprit; mais son tort fut de ne pas vouloir le rendre quand sa mission fut terminée, on fut obligé de le lui arracher, et cette institution si utile à sa création pour combattre le pervertissement universel par la morale et l'exemple, pour garder le flambeau éteint des lumières jusqu'au jour où il pourrait se rallumer, pour adoucir les mœurs des envahisseurs, deviendrait aujourd'hui, s'il était en son pouvoir, l'obstacle le plus résistant à l'émancipation des masses; il en est malheureusement ainsi dans l'humanité

faillible. Chaque époque de décadence enfante providentiellement des apôtres de régénérescence sociale
qui, enflammés de l'idée sainte du devoir, oublieux
d'eux, ne s'occupant que du prochain, acquièrent
ainsi une influence, une autorité légitimes, des biens,
produits de la reconnaissance et propres à faire mieux
exercer cette autorité salutaire ; mais des successeurs
plus épicuriens quoique chrétiens, perdent de vue le
but de l'œuvre, ne pensent plus assez au spirituel,
trop au temporel, il font tout pour l'augmenter (traîtrise, poison), et ne veulent plus le lâcher sous le prétexte que Dieu le leur a donné. De là les scissions religieuses qui sont à la religion ce que les invasions sont
aux empires : des moyens de rénovation !

La coutume, disions-nous, des familles féodales, de
ne chercher des mariages qu'entre elles, avait amené
l'épuisement des Castes et leur disparition ; cherchez
les Montmorency et tant d'autres, ce sera en vain !
C'est ainsi que nous voyons les races royales s'atrophier par cette même coutume de ne pas s'épouser en
dehors des altesses, et disparaître ainsi du trône et du
monde. Où sont les Capétiens, les Valois, les Bourbons ? Où seront dans un siècle les dominateurs du
jour ?.... [1].

1. Ceci était écrit un an avant la chute de l'Empire.

Qui ne comprend que, la vie de cabinet, les travaux de tête, la nourriture trop substantielle, les plaisirs inhérents à la vie du grand monde et dont on ne peut s'abstraire complétement, tel ménager qu'on en soit, rendent, selon que l'un ou l'autre goût domine, les tempéraments apoplectiques ou exsangues et amènent le rachitisme dans la reproduction ; quant à la pléthore ou à l'appauvrissement du sens moral par suite des présomptions que donne le pouvoir, le souverain est perdu dans sa postérité.

Une dynastie ne peut durer longtemps qu'à condition de tenir son moral également éloigné des velléités pléthoriquement despotiques ou des faiblesses anémiques du pouvoir, c'est-à-dire en tenant compte à chaque instant du progrès des temps, des vœux des citoyens, en se mettant à l'avant-garde des idées et non à leur remorque, en se gardant des résistances insensées comme des concessions dangereuses, puis en faisant épouser au rejeton un peu pâlot, maigriot, une bonne roturière, fruit de dessus du panier de la bourgeoisie et même du peuple, qui relève la force de la race [1].

1. Ceci fut écrit sous l'Empire, et l'auteur l'a laissé parce que le passage a encore son application pour les états monarchiques.

Georges avait ces idées à l'endroit du mariage, il pensait qu'avant tout il fallait épouser une femme pour elle-même, riche surtout de santé afin d'avoir des enfants bien constitués, il s'était promis de la prendre telle, n'importe la région où il la trouverait, pourvu qu'elle fût élevée honnêtement. Il n'avait jamais tenu à l'argent, il y tenait encore moins depuis l'héritage qui lui assurait les moyens d'élever une famille et il nourrissait, à l'état latent, ces idées matrimoniales, dont il se faisait un roman divin. A force de se représenter dans ses rêves volontaires l'ingénue sur les joues de laquelle ses premiers murmures d'amour devaient amener l'incarnat des désirs timides et des terreurs pudiques, il était devenu réellement amoureux d'un être impalpable, sans que, chose remarquable, il l'eût, en imagination, matérialisé à la façon des cervelles amoureuses, qui se créent ordinairement un mannequin de fantaisie blond ou brun, à l'œil noir ou bleu, perçant ou mélancolique, à la bouche grande ou petite, lascive ou moqueuse, aux dents de perles sur un banc de corail, au nez grec ou retroussé, chaste ou polisson, aux épaules fortes ou frêles, à la taille virile ou de sylphide, tambour-major ou naine, selon le goût particulier.

C'est que Georges ne devait pas aimer avec les sens, mais avec le cœur, et qu'en conséquence il n'avait pas pensé à l'enveloppe de l'objet rêvé, ne songeant qu'à son essence. L'idée de la femme ne lui était pas venue mêlée du désir clandestinement curieux de la construire avec des formes appropriées à l'appétit sensuel ; il ne se préoccupait que de la vive affection qui devait rendre si heureux deux êtres destinés à doubler au foyer les bonheurs de la vie ou à en alléger les malheurs.

Il pensait aux douces causeries, sans s'arrêter à l'idée de la bouche et des dents ; aux regards noyés dans de muets duos d'amour, sans voir les yeux eux-mêmes ; à la félicité de cultiver dans la serre de l'égoïsme, à l'abri de tout indiscret, une charmante petite fleur qui ne se parera de ses pétales multicolores que pour vos yeux enchantés, qui n'exhalera ses suaves parfums que pour embaumer votre cerveau engourdi dans des songes célestes, dont la corolle ne s'ouvrira que pour le pollen d'amour que vos lèvres ravies déposeront en baisers sur son frêle pistil.

Telles étaient les rêveries de Georges qui s'attendait peu que le hasard allait leur donner un corps. Comme le fruit mûr qui, le pédoncule détaché de la branche, tombe à terre, ses pensers d'amour, mûrs aussi, étaient prêts à se détacher du vague pour tomber dans la réalité ; le moindre souffle magnétique devait suffire, il allait se produire, voici comment.

CHAPITRE III

LA FAMILLE GENDARME.

Un soir que, comme de coutume, Georges revenu à son domicile à dix heures, entrait chez la portière prendre la clef de son logement, il se trouva nez à nez avec une jeune et belle fille qu'il ne se rappela pas avoir vue, et qui, après avoir rougi à son approche, jeté un *quirehui* de perdreau surpris, fait un petit bond en arrière, un crochet de côté, s'enfuit, comme une antilope effarouchée, par le haut de l'escalier.

Georges resta interdit, tant de l'inaccoutumance de ce spectacle, qu'intrigué de n'apercevoir que pour la première fois cette jeune fille paraissant habiter la maison. Il en oubliait de prendre sa clef, et restait comme en catalepsie sur le seuil de la loge, plongé dans ses réflexions, sans remarquer que le petit œil loustic de madame Veste, la vénérable cerbère de la maison, fonction qu'elle cumulait avec celle d'être sa femme de ménage, s'attachait sur lui comme pour l'inviter à des questions qu'elle brûlait de satisfaire.

Mais Georges, soit qu'il crût inconvenant de faire enquête sur une femme, soit inconscience de lui dans le trouble présent, s'en allait machinalement après avoir pris sa clef de même. Ce défaut de curiosité ne faisait pas le compte de madame Veste qui aurait désiré voir l'effet produit sur Georges par son racontage ; elle hésitait cependant à l'interpeller, connaissant sa répulsion pour les commérages et se rappelant avoir été rembarrée dans les quelques tentatives malheureuses qu'elle avait faites à ce sujet, mais cette fois l'occasion était trop belle et trop irrétrouvable pour ne pas la saisir, aussi hasarda-t-elle un timide : Eh ! M. Georges ! qui fit s'arrêter celui-ci comme s'il s'attendait à cet appel, il rentra dans la loge et se planta devant madame Veste dans l'attitude du sphynx donnant une énigme à deviner. Le trouvant de sa bonne composition madame Veste s'enhardit :

— Vous ne l'aviez pas encore vue hein, qu'en dites-vous !

— Qui ? de quoi ? répondit Georges cherchant à faire l'innocent et à prendre un air indifférent contrastant

avec son empressement à obéir à l'appel de madame
Veste.

Celle-ci faisant semblant de ne pas s'en apercevoir,
ajouta :

— Qui? pardi c'beau brin de fille qu'vous venez de
faire envoler; et j'vous demande comment vous la
trouvez?

— Cette fille..... ah oui!... je n'ai pas bien fait attention, répliqua Georges continuant son air indifférent
et qui se serait bien gardé d'avouer qu'il eût remarqué une femme, ce que dans ses principes il eût craint
qu'on ne traitât d'indécence.

— Peste! vous êtes peu amateur, on n'en pèse pas
comme ça des douzaines à la livre, et si les bouchers
donnaient de c'te réjouissance là au lieu d'os, i'
n'manqueraient pas de pratiques.

— Elle est donc bien, dit Georges donnant juste la
réplique, pour faire croire à son indifférence affectée
et pour encourager madame Veste aux confidences.

—Si all' est bien!... on voit q'vous n'avez pas autant
d'yeux qu'un fromage de gruyère, s'exclama madame
Veste, enhardie dans ses métaphores par la complaisance peu habituelle de Georges à l'écouter! si all' est
bien! il n'y en a pas dans tout l'quartier qui l'approche,
pas même à la Cour, pauvre chatte et v'là qu'çà aura
ses seize ans aux prunes,

— Elle est donc de la maison puisque vous la connaissez si bien et semblez être la fée louangeuse qui a présidé à sa naissance.

— Certainement qu'all' en est et que je la connais et vous la reconnaîtriez aussi, si j'avais osé vous en parler quand all' venait de la pension voir sa mère ; mais Monsieur est si renfermé que, chaque fois qu'on ouvre le bec pour lui couler les choses intéressantes du quartier ; il vous impose silence par un « ça ne me regarde pas. »

— C'est que je suis si occupé, madame Veste, allons prenez votre revanche aujourd'hui, je fais amende honorable dit hypocritement Georges, ayant l'air de se laisser forcer sans être obligé de déceler sa propre impatience à connaître les détails concernant la belle inconnue.

Tombant dans le piége, madame Veste, heureuse de pouvoir donner un libre cours à sa langue, et fière d'un tel auditeur, s'empressa de profiter de la permission octroyée et de soigner le plus possible ses expressions et ses phrases, dont nous conservons la tournure ecxentrique.

— Eh bien, Monsieur, c'te belle fille que vous v'nez d'voir, qui m'a causé ni plus ni moins qu'si j'avais été eune de ses camarades, qu'les anges du paradis en seraient jaloux, c'est Charlotte, qu'j'appelle familière-

ment Totote, c'est la fille à la mère Gendarme votre
voisine de d'sous, pas étonnant q'vous la connaissiez
pas; quand vous êtes v'nu demeurer ici il y a trois
ans, elle était en pension d'pis deux, venait aux
grandes vacances et à Pâques, mais vous n'étiez jamais
ici à ces moments-là, ah! c'est que la mère Gendarme
a voulu qu' sa fille ait d'l'inducation, c'te pauvre chérie,
et qu'a n'a pas voulu quand al'a évu l'âge de raison,
après la première communion, qu'al' reste avec elle
dans son commerce, pour qu'a n'entende pas les gros
mots et qu'al' soit à l'abri des galants. Fallait la voir
quand all'était p'tiote, qu'all'était jolie comme la
Sainte Vierge et ben habillée comme un cierge, qu'à
vous avait déjà un air de princesse, quand sa mère
qui n's'couchait jamais sans l'avoir frisée l'emmenait
avec elle au Temple, ousque tout le monde la gâtait et
qu'tout l'long du ch'min, les boutiquiers la connaissaient et lui donnaient des bonbons; all'faisait la
révérence et avait un p'tit sérieux comme une reine,
qui sait qu'ça lui est dû. Qu'al'est gentille disait tout
le monde! faut voir les pratiques que sa jolie frimousse
attirait à la boutique, al'faisait l'article et par son
parlage faisait qu'les gens marchandaient moins, et
gardait la boutique quand sa mère était en course;
aussi c'était la mère Gendarme qui faisait l'pus
d'affaires du Temple; mais y n'manquait d'rien à sa

fille, et comme n'pouvant s'absenter, c'était moi qui
- l'dimanche la m'nais voir les bêtes au jardin des Plantes;
j'étais sa seconde mère, et celui qui l'épousera pourra
s'vanter d'avoir une fière femme.

Malgré la rusticité du langage, Georges écoutait avec
avidité la narration de la portière, et sans qu'il s'en
rendît compte, la dernière phrase le fit songeur.

Madame Veste qui s'était arrêtée un moment pour
reprendre haleine, voyant que son auditeur ne répon-
dait rien, et prenant son mutisme pour un acquiesce-
ment à ce qu'elle continuât à filer son histoire, reprit :

— C'est qu'c'est une travailleuse la mère Gendarme,
all' n'était pas riche quand son homme mourut, la
laissant enceinte de Tortillemuche et mère déjà de
Totote qui avait cinq ans, et d'une sœur aînée Herminie
morte depuis, et qui avait alors dix ans. Pendant
qu'son homme était occupé sur la rivière à tirer le
sable des bateaux, all'allait dans les cours crier les
vieux chiffons à vendre, par la pluie, la neige et le
soleil. C'était moi que j'donnais un coup d'œil aux
enfants. Herminie, la fille aînée, habillait et débar-
bouillait Totote ainsi que le p'tit frère à qui la mère
avait donné à téter jusqu'à six mois, dame ça l'avait
gêné dans ses affaires, mais comme il était venu au
monde en avril, qu'c'était l'été, all' l'emmenait dans
une lustrine noire en andouyère (bandoulière), et le

nourrissait en faisant ses affaires. L'hiver, all' le sevra, et Herminie le gardait et m'le descendait pour lui faire prendre sa bouillie. C'te pauvre Herminie mourut d'une fièvre siphoïde (typhoïde), le père mourut à son tour d'une fusion (fluxion) de poitrine, attrapée d'un chaud et d'un froid dans son diable d'état, ousqu'on sue tant, qu'on y travaille tout nu rien qu'avec le pantalon.

Vous comprenez que la mère Gendarme n'eut qu'a tricoter des bras et des jambes. Sur ces entrefaites, une vieille connaissance à elle qu'avait eune p'tite boutique de modes au Temple, avait décédé en donnant son fonds à la mère Gendarme qui s'y installa, et la gentillesse de Totote aidant, all'y fit si ben ses affaires qu'all' put induquer sa fille, qu'all' a un beau mobilier, du linge plein son ormoire, et que quand Totote se mariera, y aura encore huit à dix mille francs à fourrer dans le boursicot de son prétendu ; et y n'en manquera pas pour eune fille, qui en outre, joue du piano mieux que la fille du charcutier du 27, et qui chante : *j'ai perdu mon Oscar* et des grands airs d'opéras à se pâmer. Quant à Tortillemuche, qu'a dix ans aujourd'hui, c'est un galopin que j'n'aime pas parce qu'y ne veut rien faire, qu'des farces à tout le monde ; au lieu d'aller à la mutuelle, y fait l'école pissonnière (buissonnière), avec un tas d'vauriens comme lui;

q'l'épicier a menacé de l'faire arrêter parce qu'y lui chipait ses pruneaux ; y jette des noyaux de cerises sur l'escalier pour faire tomber le monde, des fulminantes qu'mame Jaquotet, la rentière du premier, qui descendait pour aller chercher du charbon avec Charlemagne dans ses bras, Charlemagne, c'est son loulou, a marché sur un qu'à peté si fort, qu'all'a cru qu'la maison était minée, qu'all' en fit un tel saut en tombant qu'son ratelier s'en avait détaché et qu'all' s'avait, comme a dit l'médecin, lustré le faux mur (luxé le fémur), que c'polisson de Tortillemuche qu'était caché en haut de l'escalier riait comme un parpaillot qu'il est, criait v'la l'ratelier à terre et l'ânesse aussi ! c'te fois, ça c'est pas passé comme ça, il a été au commissaire de police qui l'a menacé de l'mettre en prison, et la mère Gendarme lui a tiré les oreilles, mais il a été gâté, c'était l'dernier, all' est trop faible pour lui, jusqu'à sa sœur à qui qu'y fait des méchancetés, y lui attache des cocottes en papier à sa robe quand all'sort, et y lui met des zannetons (hannetons) dans son lit, mais qu' j'l'y prenne, y f'ra connaissance avec mon manche à balai. Croiriez-vous qu' l'aut'jour y m'd'mande en passant si mon mari a mis sa veste de travers, qu'y n'a eu qu' le temps d's'ensauver.

Après ce flot d'éloquence madame Veste s'arrêta et fut on ne peut plus désappointée quand, au lieu de recevoir les compliments auxquels elle s'attendait, et de voir le récit tisonné par des interrogations de Georges, celui-ci se leva vivement et monta chez lui pour s'enfermer avec les nouvelles pensées qui grouillaient dans sa tête.

Sans se rendre compte de *l'entombissement* qui le gagnait, il sentait comme des bouffées de chaleur lui souffler au visage, et comme le balancier d'une pompe lui tirer le cœur par intervalles; le pouls battait le pas accéléré, il se crut la fièvre, se coucha; mais le sommeil ne vint que par intervalles, agité, émaillé de visions fantastiques et comme il ne lui en était jamais apparu. Il voyait une belle fille couverte d'un long vêtement blanc, avec deux ailes dont elle fendait l'espace, et une queue squammeuse de poisson qui lui servait de gouvernail dans sa navigation aérienne. L'apparition venait se coucher contre lui, l'invitait à monter sur son dos, ce qu'il faisait; il se sentait enlevé doucement avec des suffocations de balançoire, et il planait au dessus des toits des maisons, serrant son originale monture des jambes et des bras; il lui semblait alors que la moelle de ses os cuisait, mais à un feu qui loin de le brûler et de lui faire mal, lui causait une douce chaleur qui dilatait tout son corps. Il se sentait enfler et cela lui faisait du bien, lorsqu'au détour d'une cheminée, la vision s'évanouissant il

crut tomber et fit dans son lit un soubresaut qui le
réveilla inondé de sueur et pantelant; il essayait de se
rendormir et quand à grand'peine il y parvenait, le
même rêve, avec de légères variantes, se reproduisait
et lui donnait une espèce de délire qui le rendit le
lendemain courbaturé et inapte à ses travaux habi-
tuels.

C'était la vendange d'amour qui fermentait pour la
première fois dans la cuve des sens, car tel chaste
qu'on soit, il s'allie toujours, même à notre insu, un
peu de terrestre aux idéalités, c'était le cas de Georges.
Le souvenir de la belle fille dansait dans son cerveau,
miroitait à ses yeux, bourdonnait dans ses oreilles !

Tout le jour il voulut chasser ce souvenir importun
et charmant qui revenait sans cesse en Protée, vingt
fois il fut sur le point de remettre la conversation de
la veille sur le tapis avec madame Veste qui, faisant le
ménage, tournait autour de lui avec une audace qu'elle
n'avait pas eue jadis et comme pour le mettre à son
aise; il n'osa pas, s'en voulut, s'en applaudit, s'en
voulut encore, fut sur le point de descendre donner
une course imaginaire à la portière, pour avoir le prétexte d'une interrogation anodine, cala encore, bref
passa une nuit aussi tourmentée que la précédente et
il avait la figure changée quand il se leva le second
jour.

Que veut dire cela, se demandait-il in petto, pourquoi suis-je ainsi depuis le soir où cette jeune fille
m'est apparue, est-ce une Déjanire, qui vous jette une
invisible et brûlante tunique de Nessus? mais je ché-
ris presque mon martyre, est-ce donc qu'elle aurait
dérobé mon amour, car, d'après ce que j'en ai entendu
raconter et ce que j'en ai lu, c'en sont bien là les prolégomènes, mais outre que je l'ai à peine entrevue,
est-ce que l'amour vous foudroie ainsi subitement?

Georges se débattait ainsi contre son hallucination
et en l'honneur des principes cherchait à s'illusionner
sur la cause, qu'il s'avouait mentalement, de ses sens
troublés.

Je suis bien bon, se disait-il, de m'alarmer pour
une fièvre passagère, à laquelle se mêle le portrait
d'une personne entrevue, lors du commencement des
symptômes, qui aura frappé mon imagination, c'est
vrai, et sous l'empire de la souvenance duquel j'aurai
rêvé, parce que le rêve de la fièvre porte toujours sur
le dernier événement qui a le plus impressionné;
mais je ne rêve plus maintenant, comment se fait-il
que ma pensée se reporte avec insistance vers cette
fille, que j'y trouve plaisir, malgré moi.... non, c'est
impossible!... je mène une vie si sédentaire qu'il
n'est pas étonnant que cette fraîche enfant.... l'histoire touchante de sa famille racontée d'une façon

originale par sa seconde mère.... aient intéressé ma pensée, oui, mais pourquoi n'en ai-je pas dormi? eh bien, j'en aurai le cœur net, se promit Georges, furieux de ce dialogue de sa conscience, je reparlerai de mademoiselle Charlotte avec madame Veste, je la reverrai même et quand après cela mon esprit aura repris sa sérénité habituelle, je serai bien certain que je ne suis pas amoureux. Il ne se doutait pas que le meilleur moyen non-seulement de savoir si l'on n'est pas amoureux, mais de ne pas l'être, c'est de fuir la personne, de laisser le souvenir se fâner peu à peu à la gelée de l'oubli et de donner à l'effervescence le temps de se calmer; ou plutôt il se doutait bien du moyen, mais une fatalité attractive l'entraînait à sa perte et il passa le Rubicon de ses hésitations.

Avant de connaître comment il s'y prit pour savoir s'il était ou non amoureux, esquissons le vrai caractère de Charlotte, que ne pouvait définir que sous un jour égaré l'affection de madame Veste, et commençons par compléter les détails ayant rapport à sa famille.

Madame Gendarme avait un nom parfaitement en rapport avec son physique; grande, maigre, un nez busqué, une bouche mince et serrée, à lèvres pâles et duvetées s'ouvrant à peine dans un rire grimaçant pour laisser voir des dents pareilles à celles qui effrayèrent le petit Chaperon-Rouge; l'œil gris, petit,

vitreux, à sclérotique dure ; le front étroit, fuyant ; les
cheveux noirs, criniformes, plantés à la façon des
fauves ; le menton pointu, des poils follets jusque sur
les pommettes saillantes des joues, le teint métallin,
légèrement granulé de variole et les traits accentués,
telle était la mère de Totote, à qui avec ses longues
jambes, ses grands longs bras, ses épaules pointues,
son corps flexueux, son air hommasse, il n'eut manqué qu'une moustache plus apparente pour sembler
être réellement la personnification de ce qui n'était
que son nom.

Le caractère concordait admirablement avec le physique : rien des grâces et des mollesses de la femme,
tout, sauf une voix de tête sauce poivrade, était viril
chez madame Gendarme, elle n'avait jamais dû connaître l'amour ni aucune autre affection, elle était
anaphrodite. Si elle avait l'air d'aimer ses enfants
c'était par égoïsme de propriété ; elle les aimait pour
elle, et quand rentrant le soir harassée, elle prenait
sur son sommeil pour mettre en papillottes les cheveux de sa fille, qu'elle frisait le lendemain avant de
partir, se levant pour cela un quart d'heure plus tôt,
c'était par amour-propre, parce que la frisure attirait
davantage l'attention des passants s'extasiant sur la
joliette enfant.

Elle était comme la fourmi, pas prêteuse ; mais

comme elle aussi, économe, même avare, ce qui la
dispensait à son tour d'emprunter; envieuse, elle ne se
gaudissait que des infortunes d'autrui; le plaisir le
plus sensible qu'on pouvait lui causer était de lui
apprendre que quelqu'un de sa connaissance avait
fait de mauvaises affaires. Elle ne lisait dans les journaux que l'article des faillites et des décès. Si elle
achetait des friandises à sa fille ou à son garçon, elle
leur recommandait de ne pas en donner aux autres
enfants, de les manger en cachette. Ceux-ci lui racon-
taient-ils que telle petite fille avait une robe comme
ceci, tel petit garçon une culotte comme cela, elle
n'avait de cesse qu'elle leur en eût donné de pareils;
leur disant : n'ayez pas peur, vous serez mieux habil-
lés qu'eux. Elle ne se gênait pas pour dénigrer devant
ses enfants les gens et leurs actions, et leur recommandait, quand elle parvenait à leur faire des méchancetés, de n'en rien dire, ne se doutant pas qu'elle
les formait ainsi à être personnels, menteurs, jaloux,
vaniteux et méchants, cinq fois plus qu'il n'en faut
pour rendre exécrables les titulaires de pareils vices.

Madame Gendarme n'avait qu'une qualité, c'était
d'être travailleuse infatigable, qualité négative chez
elle, l'absence de toute spiritualité l'ayant rendue
machine. Heureusement qu'elle la possédait ; c'était la
seule entrave qui l'eut empêchée de faire connaissance

avec le Code pénal. Étant donné en effet un être dé-
pourvu de sentiment, n'ayant que de mauvais instincts,
il fera le mal par défaut d'apitoiement pour son prochain joint au besoin du bien-être personnel; il n'existe
qu'à l'état de nature du fauve, tous moyens lui sont
bons pour satisfaire ses passions. Madame Gendarme
s'était trouvée sauvegardée par la barrière du travail;
sans lui elle eut demandé au vol, à l'escroquerie, au
meurtre, etc... le nécessaire qu'elle gagnait par un dur
labeur ; et comme elle était ainsi que tous les gens
organisés matériellement d'un moral lâche, elle préférait, par crainte du talion, ne devoir son existence qu'à
des moyens honnêtes, puisque cela ne lui coûtait
aucune peine. Malheureusement, les gens ainsi lotis
sont presque toujours paresseux, alors la nécessité les
poussant, leur lâcheté morale ne leur sert pas de bou-
clier contre les délits et les crimes.

Le mal est contagieux; les gens vicieux ne font pas
attention que, ne se contentant pas d'être vicieux pour
leur compte, ils ne cèlent pas assez leurs défauts à
leur entourage ; leur haine pour tout ce qui est au-
dessus d'eux comme fortune, instruction, manières
distinguées, estime publique, les aveugle à un tel
point que d'incessantes diatribes domestiques, comme
un air malfaisant, empoisonnent le cœur des enfants
imprégnés de tous les vices du père et de la mère sans

avoir hérité en même temps des minces qualités qui chez eux faisaient un léger contrepoids.

Les milieux mauvais dans lesquels on vit, voilà la cause qui amène sur le banc de la police correctionnelle des mineurs de seize ans, rivalisant déjà de cynisme avec les roublards blanchis sous les harnais du crime!

Oh! aberration de l'espèce humaine! Qui ne comprend pas qu'en exhortant ses enfants à se cacher de leurs camarades pour dévorer un gâteau, elle leur donne une leçon d'égoïsme et de gourmandise; qu'en leur promettant qu'ils seront mieux mis que tels autres, elle les exerce à la jalousie et à la vanité; qu'en se plaignant devant eux, avec des paroles acrimonieuses, de n'avoir pas la prospérité du voisin, elle les initie à l'envie et à la recherche des moyens de nuire pour calmer celle-ci, c'est-à-dire à la méchanceté; qu'en se réjouissant du malheur d'autrui, elle émousse leur sensibilité; qu'en leur imposant la discrétion pour les mauvaises actions qu'elle aura faites, elle les rend menteurs, hypocrites.

On ne comprend pas que l'être livré à lui-même est déjà assez sollicité par les mauvais instincts, sans qu'on fasse pencher la balance de leur côté, en leur donnant l'autorité d'une approbation tacite et de l'exemple.

On ne voit pas que tout s'exagérant en ce monde, le bien comme le mal, l'enfant sera pire que soi; qu'il demandera à des manœuvres illicites la satisfaction des besoins matériels que le travail dont il ne sera pas doué comme soi ne pourra lui procurer.

On aura beau s'écrier : mais ce n'est pas l'exemple que je lui ai donné! On ne sera de bonne foi que dans la résultante, on se trompera dans la cause. Parce qu'on n'aura pas volé soi-même, pense-t-on ne pas avoir formé au vol l'enfant à qui l'on a appris à désirer ce qu'il n'a pas, à haïr ceux qui le possèdent et qui trouvera plus simple de s'en emparer par la ruse ou la force, plutôt que de le devoir à des efforts de travail dont il sera incapable?

Croit-on être absout en affirmant qu'on n'a jamais eu l'intention de former l'enfant au vice ? Mais l'impéritie égale ici en résultat la volonté, et la loi romaine Aquilia la punissait encore plus sévèrement que l'ignorance. Ce qui était un sujet de contrariété pour soi il fallait le garder en sa pensée; mais l'égoïsme ne s'arrangeait pas de cette réserve, il opérait comme un émétique sur le fiel qui débordait en récriminations publiques, c'est le propre des médisants de trouver un calmant dans l'audition de leur diffamation.

On aura beau protester et gémir, c'est bien son ouvrage et c'est sa punition.

Deux éléments essentiels concourent à la formation morale de l'être : l'éducation et l'instruction ! L'éducation est le devoir de la famille, elle se compose d'exemples et de préceptes moraux ; si vous n'êtes pas parfait, ayez au moins la sagesse de concourir au perfectionnement de l'être moral en n'agissant mal qu'en dehors de lui, en ne le rendant témoin que de vos bonnes actions ; inculquez lui les bons préceptes en les appropriant à son âge ; n'ayez jamais un mot imprudent devant cette jeune imagination, disposée à mal interpréter ou à exagérer l'interprétation.

L'imagination de l'enfance est comme une terre vierge où les mauvaises graines, plus rustiques que les bonnes, germent davantage, et dont la végétation plus vigoureuse étouffe l'autre, à moins que par la culture on ne détruise les mauvaises herbes et que par l'engrais on ne donne aux bonnes la force qui leur manque.

Labourez donc l'imagination de l'enfant par de bons exemples pour en extirper les mauvais, engraissez la d'exhortations pour affermir le germe des principes et pour que les mauvais ne les envahissent pas.

Vous aurez ainsi ameubli la terre et l'aurez préparée pour la grande culture de l'instruction dont la nécessité n'est pas assez comprise de beaucoup de pères de famille, non pas mal intentionnés, mais qui ne la comprennent pas assez, même en raison de leur situation infime et de leur ignorance, et que l'État devrait rendre obligatoire pour remédier au mal.

Quand vous aurez eu des enfants bien éduqués, des adultes bien instruits, vous possèderez des hommes honnêtes et des citoyens; la nation entièrement éclairée comprendra mieux ses devoirs et ses droits, et on aura fermé la porte aux révolutions, aux guerres et aux disettes.

Voilà ce que ne comprenait pas Madame Gendarme, parce que ses parents ne l'avaient pas compris eux-mêmes. Fille d'un athlète nommé Carnier qui, sur les places publiques, enlevait des poids à bout de bras et cassait des barres de fer sur ses biceps, tandis que sa mère faisait faire le cercle, adressant le boniment à la foule, percevant la recette et portant à son tour des poids sur le ventre, placée horizontalement, le cou et l'extrémité des pieds posés sur la dernière traverse de deux chaises mises dos à dos, elle n'avait jamais eu avec ses parents que des rapports cimentés par des coups et des injures. Elle avait été plusieurs fois témoin de scènes de violences entre eux, où pour les motifs les plus futiles la femme lançait ce qui lui tombait sous la main à la tête du mari qui la traînait par les cheveux et la criblait d'ecchymoses. Lorsque Adélaïde Carnier, c'était le prénom et le nom de fille de

Madame Gendarme, vint au monde, le premier vocabulaire auquel on l'initia fut celui des calottes ; à mesure qu'elle grandissait on la fit passer à la syntaxe
des coups ; quand elle eut l'âge de raison sa mère se
déchargea sur elle des soins du ménage. Que de fois le
père rentrant ivre et trouvant imaginairement comme
cela arrive aux gens entre deux vins, sa soupe trop
chaude ou trop froide, trop fade ou trop salée, lui lança
son assiette à la figure. Que de fois la mère, non moins
adonnée à la boisson, lui demandant la bouteille d'al-
cool qu'elle ne se rappelait pas avoir vidée, la lui cassa
sur la tête, lui reprochant de l'avoir bue.

Un jour son père ramena une gourgandine à la
maison et voulut en expulser sa femme, une bataille
s'ensuivit à la suite de laquelle le père eut un œil
poché, la mère une dent cassée et l'intrue des poi-
gnées de cheveux arrachés ; puis, comme d'un commun accord, tous trois conclurent un armistice devant
une bouteille d'absinthe, battirent Adélaïde qui ne les
servait pas assez vite et ne lui laissèrent la paix que
quand les libations les eurent couchés sous la table.

Le lendemain le père s'en alla avec sa connaissance
et ne revint que le soir ; l'ouvrage avait chômé ce
jour-là et comme il n'y avait pas de foin au râtelier les
ânes se battirent de nouveau et par diversion gifflèrent
leur fille.

Celle-ci était le bouc émissaire du logis. Quand le père était de mauvaise humeur, ce qui était son état permanent, et quand sa femme n'était pas là pour qu'il lui chantât pouille, c'était à sa fille qu'il s'en prenait. Quand la mère avait été battue, elle se vengeait sur Adélaïde ; souvent même quand les époux s'étaient bien escrimés ensemble, ils terminaient en tournant les horions contre l'enfant.

Ne mangeant que des rebuts et la plupart du temps sans rien à se mettre sous la dent, le père et la mère dépensant à boire au dehors l'argent qu'ils gagnaient, Adélaïde, sans les secours de voisines charitables, fût morte de faim ; mais cette âme rendue anesthésique par les mauvais exemples, loin d'en concevoir de la gratitude, n'en garda que l'envie contre ceux qui étaient dans une meilleure situation qu'elle.

Chose étonnante ! Au milieu du libertinage, de l'ivrognerie et de la paresse, elle resta sobre et travailleuse. Cela était-il dû à la continence forcée qu'on lui imposait et à l'obligation de travailler constamment pour être moins battue ? Elle aurait pu se sauver de la maison paternelle, elle ne le fit pas ; on ne peut cependant lui attribuer cette résignation à louange, il faut plutôt supposer qu'abrutie dès l'enfance par les coups et les grossiers propos, la corolle de son âme n'aura pu fleurir à la rosée du sentiment, qu'elle aura vécu d'une vie animale, comme l'âne qui, rossé à toute heure du jour, ne mange que la maigre pâture qu'il rencontre sur sa route et n'en fait pas moins machinalement sa besogne.

Un beau jour sa mère partit, pour ne plus revenir, avec un concurrent de son mari, qui de plus avalait des sabres et des étoupes enflammées. Adélaïde, qui avait alors quatorze ans, resta avec son père, doublement battue et malmenée depuis que sa mère n'était plus là pour faire dériver sur elle une partie des mauvais traitements. Carnier amena une autre femme qu'il avait trouvée une nuit couchée sur le quai des Ormes près d'un bateau à lessive ; celle-ci voyant le père battre sa fille, voulut user du même procédé, mais Adélaïde, qui était déjà grande et forte se fit ramingue, administra à sa belle-mère de contrebande une volée de taloches, lui déclarant que, n'étant pas sa mère, elle n'avait pas le droit de la battre, que son père avait seul ce pouvoir, et qu'elle repousserait la force par la force. Carnier, flatté de cette reconnaissance de ses droits de suzeraineté approuva, et l'on convint qu'on vivrait en bonne intelligence, pourvu que la nouvelle installée ne s'arrogeât pas un droit qui ne lui appartenait pas. Elle se vengea par la diplomatie, en excitant en arrière le père contre la fille, dont elle fit doubler la dose de correction, ce qui revint au même que si elle l'avait battue en propre, mais pour Adélaïde, l'honneur était sauvé.

A quelque temps de là Carnier tombant, étant saoûl, la tête contre l'angle d'un trottoir, s'y fendit la boîte encéphalique et en mourut. Adélaïde avait quinze ans, manquait d'état, mais avec ses qualités négatives devait se tirer d'affaires ; comme elle paraissait plus âgée que son âge l'indiquait et qu'elle était taillée en porte-respect, elle put circuler sans danger, pour le commerce des chiffons, qu'elle avait entrepris.

Il y avait cinq ans qu'elle se suffisait ainsi à elle-même, sans qu'on lui eût connu de galant. Elle n'avait pas manqué de propositions matrimoniales, beaucoup n'avaient pas vu avec indifférence cette jeune femme taillée en parapet de pont et assez travailleuse pour alimenter le ménage pendant que le mari se coulerait la vie douce au cabaret ; mais Adélaïde, qui avait été échaudée se doutait du tour, et comme elle n'agissait pas sous l'entraînement du sentiment, ne voyant pas venir ce qui lui convenait, elle rebuta tous ses poursuivants et passa pour une vertu farouche.

Un jour, la seule connaissance qu'elle eut faite en commerçant, à cause de la conformité des caractères, « car les êtres organisés comme Adélaïde ne peuvent se créer des amitiés mais de simples relations, par le

besoin qu'elles ressentent, non de marier des sentiments, mais d'épancher leur bile, » Ursule Jaboteau,
qui exploitait au Temple la boutique qu'elle légua
plus tard à Adélaïde, à qui elle achetait les vieux
chiffons qu'elle décrassait, reteignait et employait à
des coiffures de cuisinières venant à se marier, invita
Adélaïde à venir manger avec elle et son mari une
matelotte à Bercy. C'était la première partie de plaisir
d'Adélaïde ; on alla à pied le long des quais. Arrivés au
pont de Bercy, les promeneurs voyant du monde regarder par-dessus le garde-fou de ce pont, s'approchè-
rent et virent que ce qui attirait l'attention était la
décharge d'un bateau de sable par des gens demi-nus,
les uns envoyant des pelletées de sable dans les brouet-
tes que d'autres poussaient sur une planche volante
reliant le bateau à la berge où ils allaient jeter leur
charge. Tout cela se faisait rapidement, en courant,
la sueur coulait le long de la peau basanée de ces
hommes qui, à la façon dont ils s'agitaient et grâce à
leur costume, semblaient des damnés accomplissant
leur peine.

Ce qui attirait surtout l'attention c'était l'un d'eux,
haut d'environ six pieds, au torse d'Hercule, à la
peau plus bistrée encore que celle de ses camarades et
qui, dans le mouvement qu'il faisait pour enlever sa
pelletée de sable, laissait voir des biceps qui montaient

et descendaient selon le mouvement de contraction ou
de dilatation comme des pistons de chaudière à vapeur. De loin on ne distinguait pas bien ses traits, on
ne voyait qu'une tête énorme, ronde comme une boule,
hérissée de cheveux courts et laineux, une espèce de
tête de nègre.

Un fier homme, ne put s'empêcher de s'exclamer
Adélaïde, peut-être par souvenir de famille! et nos
personnages allèrent s'attabler sous une tonnelle à
quelques pas de là, où ils se régalèrent de la matelotte
traditionnelle et d'un bleu à dix sous le litre (c'était
avant l'annexion), qui fit leurs délices. Ils en étaient
à cette heure du repos où, riches comme pauvres, à
un guéridon emmaillotté de linge fin, blanc, lustré,
couvert de mets savoureux et de vins exquis, ou à une
table de taverne boiteuse et nue, les convives se repo-
sent dans la béatitude de l'estomac qui digère; c'est le
far niente des autres organes endormis dans la douce
chaleur que donne celui qui s'occupe de leur répara-
tion.

Nos quatre dîneurs sirotaient la chicorée qu'on
venait de leur servir en guise de café, quand deux individus entrèrent dans le jardin, s'essuyant le front
et cherchant un endroit pour s'y rafraîchir; mais
toutes les tables étaient occupées et ils se disposaient
à s'en aller, quand le mari d'Ursule, reconnaissant

deux des tireurs de sable qu'ils avaient regardés, et dans ces deux le colosse en question, leur offrit de s'attabler près d'eux ; la table étant de huit places et eux n'étant que trois.

Venez, les hommes, leur dit-il, la compagnie ne nous effraie pas ; il y a de la place ici.

— Merci monsieur, mais nous n'aurions osé le faire de nous-même, répondit le colosse, il y a des dames et nous aurions eu peur de gêner. Ces quelques mots, dits d'une voix qui n'avait rien de brutal et d'un air tout-à-fait convenable surprirent Adélaïde, accoutumée chez son père à voir la rudesse unie à la force ; ce fut avec toute la sympathie dont elle était capable qu'elle regarda le colosse prenant place près d'elle et dont elle put continuer le portrait. Le visage était rond, le front bas mais pas étranglé, les yeux grands, noirs et bulbeux quoiqu'encaissés sous l'orbite, étaient surmontés de sourcils épais, très-cerclés et d'un noir de jais qui eussent donné un air dur à la physionomie si cette dureté n'eût été tempérée par la douceur du regard ; le nez était bien fait, la bouche était moyenne et pourvue de belles dents ; le teint était olivâtre, on eut dit d'un métis ; l'air général n'était pas canaille, on sentait, au contraire, que ce géant devait avoir la douceur d'un enfant.

La glace fut bien vite rompue entre les attablés : les nouveaux venus surent de suite qu'Ursule faisait avec son mari un repas de lune de miel, qu'elle était marchande au Temple et son mari tailleur de pierres et que leur compagne s'appelait Adélaïde et était courtière en chiffons. Par réciprocité ils exposèrent leur état civil, ils étaient tireurs de sable, le colosse s'appelait Hector Gendarme, il était Lorrain. Orphelin, voici deux ans qu'il était à Paris, son état était fatiguant, mais comme il ne boudait pas à la besogne, il vivait sans dettes et même avait deux cents francs de côté pour son trousseau de mariage. Adélaïde trouva pour la première fois que celui-là ferait un bon mari ; on se donna son adresse, on s'invita à se revoir, bref, un an après, Adélaïde Carnier devint madame Gendarme. Elle porta la culotte du ménage, aussi fut-elle sur le point de regretter Hector quand il mourut d'une fluxion de poitrine à la suite d'un refroidissement attrapé après un excès de travail. Elle n'en continua pas moins d'élever ses enfants. Nous savons qu'Ursule étant décédée plus tard sans postérité, lui laissa son fonds de commerce, qu'elle le fit fructifier, non par ses grâces, mais parce qu'étant assidue travailleuse, le monde était sûr de trouver chez elle ce qu'il lui fallait, et cela suffisait, à défaut d'amabilité, pour ses petites affaires. Au point où nous en sommes de ce récit, Madame Gendarme possédait une vingtaine de mille francs.

Photographions rapidement le fils avant de passer à la fille.

Théodore, dit Tortillemuche, avait dix ans à l'époque où nous écrivons ceci.

Tortillemuche était un sobriquet que lui avaient donné ses camarades des rues parce que, rebelle au mouchoir, il reniflait avec un drôle de tortillement du nez et de la lèvre supérieure les chandelles qui, en plein jour, avaient l'audace de se montrer aux fenêtres de ses narines.

C'était un de ces garnements comme on en voit tant à Paris parmi les enfants du peuple, petits frondeurs qui ne respectent ni l'âge, ni le sexe, ni la faiblesse, ni rien. Contempteurs prématurés des convenances et des lois qu'on les envoie méditer dans la maison de correction, quand le père de famille n'est pas lui-même obligé de la requérir préventivement. Esprits forts en herbe qui singent déjà l'homme fait, dont ils enflent les défauts, de l'inconséquence et de l'étourderie de la jeunesse.

L'enfance est cruelle, a dit La Fontaine, ce mot résume tout : l'homme vicieux qui cherche à satisfaire ses passions, comptera encore avec la raison de sa conservation personnelle ; il calculera les chances de réussite et se tiendra coi si, comme le dit le proverbe, le jeu n'en vaut pas la chandelle; l'intérêt primera son amour-propre. La jeunesse, dans son manque de discernement, ne calcule rien, n'obéit qu'aux excitations tumultueuses d'un sang qui monte en bouillant des veines à la tête, comme l'onde qui arrive s'échapper écumante d'entre les hausses du barrage; l'amour-propre l'emporte chez elle sur l'intérêt personnel.

Les exemples ne manquent pas pour attester cette théorie.

Il n'y a pas beaucoup d'années qu'un jeune apprenti, qui s'était échappé de l'atelier pour aller voir guillotiner, revint tellement fanatisé de ce spectacle qu'il répondit aux reproches de son patron sur son absence, en se jetant sur lui avec une arme tranchante, fait qui, soit dit en passant, ne prouve pas beaucoup en faveur de l'efficacité exemplaire de la peine de mort, que nous n'approuvons pas pour cette unique raison que les mœurs sauvages de la corporation des assassins provenant des milieux dans lesquels ils ont été élevés, ce n'est pas absolument leur faute s'ils ont été pourvus d'un tas d'agréments féroces. Si l'on m'objecte qu'ils les ont puisés dans le sang de la famille, je réponds que l'éducation aurait purgé le sang de cette bile atroce ou en aurait fait au moins des crimi-

nels plus tendres; si l'on réplique que les parents bru-
tement vicieux eux-mêmes n'ont pu leur servir de
parangons, je duplique que si la société rendait obligatoire l'instruction qui polit les mœurs, les parents
auraient été plus aptes au rôle d'éducateurs, et les
enfants eux-mêmes accaparés par l'instituteur qui aurait pétri leur moral de bonne farine, n'en auraient
pu augmenter la fange au limon de leur vie désœu-
vrée et aventurière. Les vrais coupables qu'on devrait
guillotiner seraient les parents ou la société.

Donc, en attendant qu'on fasse de ces enfants perdus des citoyens au lieu de les laisser bohémiens, la
transportation ne serait-elle pas un bon succédané de
de la peine de mort.

La société qui est en faute de ne pas leur avoir
donné l'obligation de l'instruction pour les débarbouil-
ler de leurs vices, leur doit des dommages intérêts en
vertu de l'article 1383 du Code Napoléon, qui a édicté :

« Chacun est responsable du dommage qu'il a causé
» non seulement par son fait, mais encore par sa né-
» gligence ou par son imprudence. »

La société a été négligente et imprudente à l'égard
de ces fils du vice, elle leur doit comme dommages
intérêts de ne pas leur ôter la vie quand ils ont suivi

fatalement la voie qu'elle ne leur a pas éclairée du falot de la vertu.

Elle n'a même pas à arguer de sa propre sécurité, puisqu'une séquestration lointaine et éternelle de l'être nuisible, la mettra aussi bien à l'abri de ses récidives que lorsque le couteau triangulaire aura anéanti son existence, et au moins elle pourra espérer, par un aménagement policé, bien entendu, réconcilier avec la droiture, les malheureux qui ne partiront pas du monde dans leur suaire d'iniquité, de scepticisme et de désespérance.

Revenons à Tortillemuche ! c'était un de ces enfants de Paris, qui sous le nom de titis perchaient au poulailler des théâtres de l'ancien boulevard du crime, égayaient les entr'actes de leurs lazzis et quelquefois la pièce elle-même, qui avaient leurs acteurs de prédilection qu'ils chauffaient et pour entendre lesquels ils faisaient queue dès trois heures de l'après-midi, se passant de dîner, mais ayant deux sous dans leur poche pour acheter de la galette qu'ils mangeaient en écoutant la représentation. S'ils n'avaient pu trouver place, ils montaient la garde à la porte de sortie, devinaient l'ennuyé qui s'en allait ou le bourgeois qui, craignant de s'attarder, filait au dernier entr'acte, sollicitaient la contre-marque et s'ils l'obtenaient, se précipitaient comme des lapins dans leur terrier, à travers les escaliers, les couloirs, bousculant les hommes qu'ils faisaient jurer, les femmes qui criaient, jusqu'à la galerie où ils faisaient un de trop, le donateur étant d'un autre endroit, où ils prenaient les premières places venues, quelquefois les meilleures et où cela amenait, au retour du titulaire, un assaut d'injures et de coups qui arrêtaient la pièce au milieu des : « à la porte, » des autres spectateurs et au grand déplaisir des habitantes du Marais interrompues dans leurs larmes!

Qui sous le nom de voyou, sur lequel Barbier a fait le distique connu, plongeaient dans le canal pour y ramener une pièce de deux sous, ouvraient la portière des voitures, vous demandaient votre bout de cigare à l'entrée des établissements.

Tortillemuche était un vrai zingari de la grande ville; petit, mais leste comme un écureuil, étique et nerveux, les cheveux poussaient et s'entremêlaient sur sa tête microcéphale, comme les liserons dans les champs, sans avoir jamais eu leur végétation étouffée par un couvre-chef quelconque; ses grandes oreilles étaient cérumineuses et à hélix recoquillé; le front montait assez haut; de petits yeux vairons très-ciliés, affectés de lippitude s'échancraient à la chinoise sous des sourcils clair-semés; le nez, retroussé en pied de marmite, avait l'air d'enlever la lèvre supérieure qui laissait voir, dans l'intervalle laissé entre elle et l'in-

férieure, des dents espacées et déjà rendues ontolithi-
ques par la nicotine; la bouche était fortement mandi-
bulée, lippue et fuligineuse; le teint était porracé; le
menton était pointu; le cou long et étroit sortant d'un
col de chemise toujours déboutonné, était, par sa sa-
leté, presque de la même couleur que le sayon de sia-
moise bleue rayée, toujours raccomodé et blanchi et
toujours sali et déchiré, ouvrant sur la poitrine par
suite des boutons arrachés et appliqué aux hanches
par une courroie cassant toujours l'ardillon de sa bou-
cle; le pantalon rapiécé par derrière, troué aux
genoux, laissait tomber ses effiloques en branches de
saule pleureur sur des souliers éculés, montrant les
talons caleux, sortant de bas démaillés; ajoutez à cela
des épaules minces, des bras trop longs pour la peti-
tesse du corps, des petites jambes, des mains gantées
de crasse avec des ongles pigmentaires à leur racine
et le célèbre reniflement orbiculaire, qui ayant con-
tracté les traits dans le même jeu de physionomie lui
donnait le masque du chat.

Voilà le portrait physique de Tortillemuche, dont le
portrait moral n'était pas plus beau; on pouvait réciter
toute la litanie des défauts qui assiégent l'espèce humaine et la lui appliquer. Ce n'est pas que nombre de
plaintes n'eussent été adressées à sa mère qui n'avait
pu manquer de le battre; il se roulait alors par terre,

s'arrangeant de façon à ce que la plupart des coups portassent à faux, hurlant comme si on l'eut écorché ; la correction finie il se relevait prestement et se sauvait tirant par derrière la langue à sa mère, qui occupée du matin au soir de son commerce n'avait pas le temps de le surveiller ; il était incorrigible et recommençait sans cesse ses peccadilles.

Nous avons entendu madame Veste raconter un spécimen de ses jolies petites farces ; il avait bien d'autres tours dans son sac, un jour que le commissionnaire du coin de la rue dormait sur son crochet, il l'y avait attaché par les jambes, si bien que cet homme, appelé par une pratique et se levant en sursaut, avait roulé à terre avec le susdit crochet en carapace ; sans le marchand de vins, Tortillemuche passait un mauvais quart d'heure. Il changeait de porte et d'étage les boîtes au lait que la laitière déposait le matin sur les différents paliers ; dans la saison des hannetons, il en glissait adroitement en chemin sous la collerette des dames ; il fourrait des souris mortes dans les poches des paletots ; il attachait le soir aux sonnettes des portes, au moyen d'une longue ficelle, des chats qui, voulant fuir, la faisaient tinter, se tenant sans bouger au bruit de la porte qu'on ouvrait, pour recommencer quand elle était refermée, à la grande colère des mystifiés qui, venant avec de la lumière, finissaient par trouver la cause du tinta-marre. Il envoyait la sage-femme chez des gens nou-vellement mariés ou chez des vieillards, et des billets de faire part de décès avec invitation de se réunir à la maison mortuaire, à des gens qui trouvaient le décédé en train de déjeuner. Il colportait la nouvelle qu'un ancien conducteur de la malle-poste venait de tirer sur le chef de l'Etat, qu'un anglais déguisé en maçon avait volé la plus haute statue de la tour Saint-Jacques, qu'en fouillant dans l'église Saint-Sulpice des ouvriers avaient découvert l'ancien caveau de l'abbaye rempli de mille pièces de vin de vieux bordeaux, dont le cha-pitre de l'église et le préfet se disputaient la propriété; qu'une ronde de police entendant la nuit un bruit souterrain, avait fait enlever la dalle d'un égoût, y était descendu et y avait trouvé cinquante personnes, hommes et femmes, jouant au piquet et buvant du punch. Faisant le chien couchant près de sa sœur, quand il avait à lui soutirer des sous; il lui faisait tous les trains possibles quand il avait ce qu'il voulait ou qu'elle n'avait rien à lui donner, et la traitait de g.... et de p.....

Esquissons maintenant la sœur pour avoir le por-trait complet de la famille qui va jouer un rôle si désastreux dans les destinées de Georges.

Charlotte à quinze ans en paraissait dix-huit : ni

grande ni petite; le corps admirablement membru, encerclé par une taille mince dont le svelte s'épanouissait sur une croupe fortement rebondie dans une cambrure andalousienne; la poitrine évasée et splendidement capitonnée; le dos bilobé par un sinus fuyant sous le corsage; les pédicules du cou, des poignets et des pieds d'une force s'harmonisant avec la puissance de la carnation; un front hautain, bien découpé, encastré dans une chevelure longue, épaisse, moirée noir-bleu; des sourcils arqués comme ceux de la belle Chryséis d'Homère, et si bruns qu'ils en paraissaient peints; l'œil vert de mer, ardent, à sclérotique nacrée, mais dur à force d'être cristallin; le nez effilé d'une fille d'Epire, aux ailes frémissantes de volupté; la bouche petite, les lèvres rubescentes et le menton à grasse buccule, signes de lascivité; les dents superbes, un teint de lait, des traits dont on aurait pu dire avec Charles Nodier que, dessinés avec toute la régularité du galbe grec, ils avaient quelque chose de numismatique.

Telle elle se faisait voir, cachant sous une apparence marmoréenne quelque chose de chaud et de passionné comme un reflet du soleil Ibérique. On voit que pour la taille, Charlotte et son frère, ne tenaient pas de la géanterie dont ils étaient issus.

Son caractère était aussi trompeur que son physique ; on était tenté de s'écrier à première vue comme le fit mentalement Georges : *Mens blanda in corpore blando* (âme chaste dans un corps chaste)! Une immense vanité était son mobile ; jouant à ravir la modestie et même la pruderie, elle avait aussi des emportements selon les situations et les personnes ; intelligente à l'excès, elle s'était approprié superficiellement ce qui lui manquait comme fond ; ainsi elle avait le langage du grand monde et elle ignorait l'orthographe ; elle feignait la tolérance n'ayant que la dicacité ; elle s'atintait plutôt qu'elle ne s'habillait avec goût, comme celle dont Montaigne a écrit qu'elle était un peu trop curieusement et mollement godéramée pour une fille ecclésiastique ; elle était charitable par ostentation et aimable par politique ; elle tenait de sa mère le levain de l'envie et de la jalousie, qu'elle vernissait de manières papelardes empruntées à la bonhomie du père et propres à empateliner les gens.

Le résultat de son éducation boiteuse stimulée par instinct, était une immense aspiration au luxe et à la domination, avec un mépris caché pour les personnes de sa condition, mais trop tacticienne pour lever le masque avant d'avoir pu fréter le navire qui devait la conduire au port de ses désirs, elle se faisait humble avec tous, ce qui justifie les éloges que lui donnait madame Veste. La néanteté dans le cœur, tout était dans sa tête, elle savait ménager les plus infimes, sauf à les rejeter impudemment, le besoin d'eux passé; susceptible de calculs et non d'affection, elle devait briser inplacablement ce qui obstruerait sa route.

Cette belle créature cachait la griffe sous le velours de la patte, mais le jour où l'aplomb de l'âge et l'entier développement des passions coïncideraient, les tempêtes et les convulsions devaient se déchaîner dans son être. Elle était comme le beau jour qui, à son aurore obortite, s'annonce plein de belles promesses, mais dont un imperceptible pommelé fait pressentir pour le midi, à l'astronome, les nuages, la foudre et les cataclysmes.

Mais pour un homme naïf comme l'était Georges, la sirène avait beau jeu; attiré vers elle par l'entraînement des sens, la plus aveugle de toutes les attractions, qu'il devait confondre avec l'élan du cœur, il ne pouvait que se la figurer douée de toutes les perfections, et prendre ses stercoraires pour des perles.

CHAPITRE IV

PILE OU FACE.

Nous avons laissé Georges ballotté par deux sentiments : l'un de complaisance à se rappeler une apparition ravissante, l'autre d'impatience d'avoir le cerveau
envahi par une image qui lui faisait subodorer l'amour
et le redouter d'instinct ; nous savons qu'il avait pris la
détermination de se démontrer l'inanité de ses craintes
en courant au danger. Le baigneur qui n'entre que
progressivement dans l'eau sent des frissons glacés et
des suffocations lui remonter au cœur, en induira-t-il
qu'elle est froide, irritante, et qu'il faut en sortir sans
s'y enfoncer davantage ? non, car s'il s'y plonge résolû-
ment, d'un seul coup, le saisissement désagréable qui
n'a pas le temps de se produire est remplacé par les

douces sensations d'une onde émolliente qui vient ruisseler autour du corps en baisers rafraîchissants.

Ainsi se disait Georges : la vue de cette jeune fille me fait frissonner les sens, parce que n'ayant fait que l'entrevoir, je n'en ai reçu que la commotion électrique ; mais que je me plonge dans plus d'intimité, ce saisissement que la vue inattendue de tant de charmes m'a causé, disparaîtra pour ne laisser que le plaisir de contempler un beau tableau, augmenté de la douce délectation morale qui doit suivre un commerce avec un être charmant et bon. Je veux jouer à pile ou face l'effet définitif qu'elle doit me faire ; si c'est face, et je suis bien rassuré de ce côté, c'est que j'en serai amoureux ; si c'est pile, je ne serai plus inquiet à chaque commotion que la vue d'une jolie femme pourra me causer, je saurai que c'est un effet purement nerveux qui n'a aucune ramification au cœur, oui c'est cela, la femme est une bouteille de Leyde d'inoffensive ustion !

Il était de bonne foi dans son sophisme ; les amoureux, même sans le savoir, ont toujours un motif plausible de rechercher la société de la femme qui vient les initier au culte vénérien. On voudrait pour sa tranquillité fuir l'image tentatrice, la conscience l'insinue, mais les sens qui dansent déjà la tarentelle émettent de faux avis qu'on suit plus volontiers, parce qu'ils sont d'accord avec les incandescences de la jeunesse et les illusions du cœur.

Georges s'apprêta donc à descendre sur le paradoxe du raisonnement, le précipice des désillusions, des amertumes et des turpitudes sans nombre.

Il lui était facile de renouer chez lui, avec madame Veste, une conversation sur laquelle celle-ci était intarissable, mais il était capou dans sa détermination, il ne voulait pas se laisser pressentir, il lui semblait que de cette façon madame Veste eût deviné ses intentions. L'homme plein d'une idée et qui ne s'absout pas de l'avoir, se figure que chacun va la découvrir dans ses moindres actes et dissimule sur les choses les plus simples ; c'était le cas de Georges, qui imagina de prendre un billet de spectacle qu'il donna à sa portière, sous prétexte qu'on lui en avait fait cadeau et que ne pouvant en profiter, il serait fâcheux d'en perdre l'emploi, pensant bien que la personne qu'elle s'adjoindrait serait Charlotte, qui devenant ainsi indirectement son obligée, lui en conserverait une certaine reconnaissance.

Ce fut avec force remerciments que madame Veste accepta cette gracieuseté innacoutumée, ce qui surtout la gonflait de joie était la présence du second billet, qui lui donnait à son tour l'importance de la libéralité envers qui elle voudrait.

— Ainsi il est indifférent à monsieur que j'emmène avec moi n'importe quelle personne?

— Absolument madame Veste, puisque c'est pour que ces billets ne soient pas perdus que j'en dispose en votre faveur, je vous remets en même temps tous les droits possibles à leur égard.

— Quel bonheur! j'connais eun' p'tite sournoise qui va t'être ben contente, j'cours la prévenir et prier la locataire du cintième (cinquième) d'garder la loge en mon absence; j'vous en raconterai d'belles, demain.

— Bien du plaisir, madame Veste, dit en s'en allant Georges enchanté de la réussite de son petit strata-gême, car les mots (la petite sournoise) ne constituaient pas pour lui un hiéroglyphe indéchiffrable.

Le lendemain il attendit avec impatience l'heure de l'arrivée habituelle de sa femme de ménage, il lui semblait qu'elle était en retard, jamais il ne l'avait autant désirée; cette femme qui il y a peu de temps n'était rien pour lui, prenait tout à coup des proportions cyclopéennes dans le monde de ses pen-sées, elle était le point qui devait relier la rive de son existence à celle de Charlotte. Sitôt qu'il l'entendit ouvrir la porte du carré, il fit l'homme absorbé dans son travail, pensant qu'elle allait entrer dans son cabinet lui rendre compte des jouissances de la soirée; il ne voulait pas avoir l'air de se souvenir de ce qui avait eu lieu, mais il comptait sans la réserve qu'il avait imposée jadis à madame Veste pour se garer de son racontage fastidieux, elle se rappelait trop les fois qu'elle avait été rabrouée pour avoir essayé de rompre le silence, et surtout pour avoir tenté de violer le mystère du tabernacle où son seigneur se livrait au travail.

Georges l'entendait faire discrètement ses mille tours, dans les autres pièces, mais le seuil du cabinet était respecté ; il accusait la stupidité de cette femme qui était son fait, et qu'en d'autres temps il eut qualifié de réserve, car l'homme est ainsi fait, que les événements prennent à ses yeux telle ou telle couleur, selon le mobile actuel de ses passions. Force lui fut donc pour satisfaire sa curiosité de passer dans sa chambre comme pour y chercher quelque chose, mais madame Veste continua à s'occuper en silence du ménage ; soit qu'elle observât exatement la prescription, soit qu'elle affectât de le faire, devinant avec la finesse de la femme, qui existe même chez les portières, que Georges avait envie de la faire parler, se vengeant ainsi de la rigueur de l'ancienne consigne.

Georges qui n'osait faire la première avance, toujours par crainte d'en laisser deviner le motif, rentra, pesta, ressortit, bouscula tout, marmonna comme si le cycle régulier de sa vie fût dérangé ; la cruelle

Méquenne fit semblant de ne s'apercevoir de rien.

Enfin outré, il poussa sans le vouloir un cri d'agacement qui le rendit immédiatement confus, car madame Veste se tournant vers lui, s'exclama : ah mon dieu vous vous êtes blessé ! ce n'est rien, dit-il, saisissant le prétexte offert de bonne foi, je me suis piqué le doigt en rencontrant la pointe des ciseaux.

—Il faut sucer, monsieur, pour empêcher le sang de se déposer.

— C'est peu de chose, ce n'est pas la peine.

Montrez, je vais voir si c'est dangereux, car quelque fois sous l'ongle.....

— Je vous dis que c'est une misère répliqua Georges mettant la main dans sa poche.

— Monsieur à l'air de mauvaise humeur aujourd'hui.

— Non, c'est quelque chose que je cherche et que je ne trouve pas.

Madame Veste se remit à faire le ménage et Georges rentra furieux dans son cabinet. Maudite femme s'exclamait-il *mezzo voce*, on dirait qu'elle a juré de me faire endiabler ; elle, dont j'ai tant de peine, d'habitude, à endiguer le bavardage ne peut profiter aujourd'hui du pertuis que j'ouvre à sa loquacité, il faut alors que je brûle mes vaisseaux.

— Et sortant à nouveau, ouf, fit-il ! j'ai une céphalalgie qui m'empêche de travailler.

— Je vais vous aller chercher de l'eau sédative.

— Non dit Georges arrêtant par sa manche l'officieuse madame Veste, mais puisque je ne peux travailler, parlez moi de votre amusement d'hier, cela me distraira et sera le meilleur dérivatif à mon hémicrânie.

— Notre amusement vous voulez dire, car nous étions deux, répondit en souriant malicieusement la digne camérière. Ah, monsieur, qu'c'était donc beau et quel acteur que c'Mélingue ! mais d'abord, faut vous dire qu'avec votre permission j'ai emmené Totote.

— Avec ma permission, interrogea Georges reprenant son rôle d'indifférent ?

— Je veux dire que c'est tout comme, pisque vous m'aviez laissée libre d'emmener qui bon m'semblerait ; j'ai donc couru à Totote, vite qu' j'lui ai dit v'la des billets de théâtre que c'bon monsieur Georges te donne à toi et à moi.

— Mais Madame Veste je ne vous ai rien donné pour Mademoiselle Charlotte, et lui avoir parlé ainsi c'est me compromettre et avoir peut-être offensé cette jeune fille à qui je n'ai pas le droit de faire des cadeaux.

— Mais pisque vous m'avez donné pour donner à

T. I.   7

qui que je voudrais, c'est comme si vous aviez donné vous même : j'vois pas pus d'*lanterneries* qu'ça moi. Offensée ! Ah ! ben ouiche, qu'all était contente comme eune grive et gaie comme un pinson ; est'i aimable c'Monsieur d'penser à moi, disait-elle, etc...

— Mais je vous répète Madame Veste que Mademoiselle Charlotte s'est méprise, et que c'est vous qui êtes cause.....

— Mon Dieu, mon Dieu, qu'c'est donc drôle que c'thomme se fâche quand on le remercie d'sa bonté. Qu'y en a pus d'cent qu'auraient été enchantés si is avaient entendu d'eux c'que disait d'vous ma p'tite Totote : q'vous aviez l'air ben comm'i faut, qu'on voyait ben q'vous étiez un savant et q'vous paraissiez si doux, si doux q'tous ceux qui vous connaissaient devaient vous aimer comme l'bon cidre.

— Mademoiselle Charlotte est vraiment trop indulgente, je ne mérite pas.....

— Et que j'lui ai répondu q'vous étiez encore ben mieux qu'tout ça et qu'al'm'a questionné sur vous, sur votre famille, sur votre genre de vie, si vous étiez riche, est-c'que j'sais... Al'prend ben d'l'intérêt à vous, car elle qui n's'occupe que de la pièce ordinairement, ne m'parlait que d'vous dans les entr'actes.

Georges rougissant de plaisir, ne s'apercevait pas de l'habile manœuvre de Totote, qui se servait de l'ingénuité de la bonne Madame Veste pour décocher à son adresse lés flèches de l'amour-propre dont tout jeune homme chérit les piqûres.

— C'est égal c'était une ben belle pièce ousque M. Mélingue est un ben bel homme et qu'il a une manière d'marcher, d'parler, c'est comme un roulement d'tambour ; j'aurais aimé un homme comme ç'a, moi !

— Comme vous vous enflammez, Madame Veste, pour votre repos je ne vous donnerai plus de billets de faveur pour aller admirer M. Mélingue.

— Histoire d'parler, mais faut que j'vous raconte eune aventure qui nous est arrivée avec c'gredin d'Tortillemuche. V'là q'ui voulait savoir ous'qu'allait sa sœur, qu'nous n'avons pas voulu lui dire parce qu'il aurait fait l'train pour qu'on l'emmène, i s'ferait passer eune omnibus su l'ventre pour aller au spectacle ; mais v'là qu'l'malin singe quant i nous a évu partir, nous a suivis d'loin, il a évu ous que nous entrions ; comment a-t'i fait pour entrer à son tour ? Faut croire qu'on lui aura donné eun'contremarque, d'autant plus qu'nous n'l'avons évu qu'après la quatrième acte. Faut vous dire q'vos places étaient ben belles, des fauteuils d'première galerie. Totote était heureuse. V'là comme j'voudrais toujours aller au théâtre si j'étais riche qu'a m'disait et qu'tout le

monde la reluquait, et qu'j'entendais murmurer :
Ah ! la belle fille ! c'qu'c'était pas peu flatteur pour
moi, qu'on m'croyait sa mère, qu'y avait à côté de
moi un vieux décoré avec du linge !... qui m'disait :
vous avez eune ben jolie fille, Madame. — Mais oui,
Monsieur, que j'répondais. Et qu'il m'offrait à moi et
à Totote des liche chiens qu'il appelait (lichens) dans
une boîte en écaille, me questionnant où je d'meurais,
s'intéressant à moi ; et qu'à côté de Totote y avait un
jeune homme ben aimable aussi, qui lui a fait venir
un p'tit banc et qui nous a donné le programme et
nous a expliqué les acteurs et les actrices.

Ces dernières paroles avaient amené une contraction chagrine sur le front de Georges, qui essaya de
faire comprendre à Madame Veste qu'il était inconvenant pour des femmes seules de converser trop familièrement avec des hommes et surtout de donner des ren-
seignements dangereux ; la dent de la jalousie le
mordait préposèrement.

Mais comme Madame Veste ne paraissait pas comprendre son imprudence et le danger qui pouvait en
résulter, Georges qui ne voulait pas l'éclairer davantage dans la crainte de dévoiler en même temps son
secret, la laissa continuer.

— En somme, reprit-elle, nous nous amusions
ben, quand à la quatrième entr'acte nous entendons

Totote et moi une voix ben connue qui nous fait sauter de d'sus nos siéges et qui criait du poulailler : « Pus qu'ça de genre, mam'selle Totote et la mère Culotte aux premières, on a donc hérité ! » Tout le monde regardait ; nous, nous n'bougions pas. Totote rouge comme eun'pivoine fourrait le nez dans le programme qu'alle faisait semblant de lire ; moi indignée, pâle, que j'l'aurais coti comme un pruneau, je d'mandais au vieux monsieur, pour me donner une contenance, des détails sur la maladie de la vigne ; qu'heureusement la toile s'est levée et qu'on n'a pus cherché à qui qu'ça s'adressait. Mais v'là qu'à la sortie, c'malin gamin qu'aura dégringolé pus vîte que nous, nous accoste à la sortie, en demandant si on peut savoir par quelle protection mam'selle Totote se carrait aux premières. Nous pressons le pas sans avoir l'air de l'connaître et l'vieux Monsieur qui nous avait protégé d'la foule, à la descente des escaliers, croyant qu'c'était un gamin qui voulait nous insulter, se met à le m'nacer de lui tirer les oreilles, si i n'nous laissait pas tranquilles.

— De quoi, de quoi, s'écria alors c'polisson, tournant son derrière au vieux Monsieur, s'baissant et lui montrant entre ses jambes sa figure qui lui faisait des grimaces.

— As-tu fini, vieux Pintadou, on t'en donnera des

oreilles à un louis la pièce, c'est donc toi qu'a payé le
théâtre à ces dames, j'm'étonne pas si elles sont si
fières et si t'as mis ta belle perruque sur ta vieille
couenne maquillée ! Le vieux Monsieur en colère voulut s'élancer sur Tortillemuche qui, vif comme un
chat sauvage, se redressa, fit demi-tour et d'un croc en
jambe envoya l'vieux à terre en lui disant : « Affale-
toi, vieux marsouin, t'a pus les guiboles solides. »
La foule s'avançait, le vieux se relevait furieux ; profi-
tant de ce tohu-bohu nous nous sommes sauvées avec
Totote et nous sommes rentrées sans avoir revu ni le
vieux ni Tortillemuche.

Georges ne se rappelait qu'une chose du récit de
Madame Veste, c'est que Charlotte s'était constamment
occupée de lui, il avait donc fait impression sur elle !
Un petit nuage venait, il est vrai, obscurcir l'horizon
de son bonheur : il n'était pas le seul qui remarquât
la splendide beauté de cette enfant de quinze ans et
demi, déjà femme ; s'il suffisait que Charlotte parût
comme un météore lumineux, pour attirer dans son
orbe tous les regards, que serait-ce quand une liberté
plus grande lui donnerait la faculté de rayonner partout ? N'y avait-il pas là une somme d'inquiétude pour
qui voudrait gagner à lui seul ce trésor ? Mais de quoi
allait-il s'occuper, puisqu'il ne voulait pas en être
amoureux et que l'expérience qu'il tentait était juste-

ment pour s'en démontrer l'impossibilité. N'importe, l'homme est bizarre : il avait beau se répéter mentalement que ce qui la concernait devait lui être indifférent, les attentions affectées du macrobe et de l'adulte lui lutinaient la tête, il fut obligé pour excuser aux yeux de sa raison la préoccupation que lui causait cette jeune fille, de la mettre sur le compte de l'intérêt qu'inspire à tous, la jeunesse unie à la beauté, quand on craint pour sa chasteté les maculations pouvant résulter de son inexpérience.

— Quel malheur, se disait-il, si ce bel ange blanc qui ne demande qu'à déployer ses ailes aux brises des chastes affections, dans les sphères bleues du firmament, se trouvait enlevé par la trombe foudroyante des passions pour retomber broyé sur terre.... Bah ! il n'y a pas de danger ! Si sa confiance l'égare, sa pureté la défendra des pick-pocket du sentiment et le bouton de rose ne sera pas mangé par la hideuse chenille.

Telles étaient les idées qui arrivaient au cerveau de Georges comme le flot et le jusan d'une marée de pensées contradictoires.

Histoire éternelle des naïfs d'amour, dont l'imagination primesautière et le cœur vierge qui n'en sont qu'à l'aube érotique, se plaisent à inventer des madones parées de toutes les grâces, habillées de toutes

les vertus, qu'ils placent dans la châsse de leur enthousiasme, jusqu'au jour où la châsse vermoulue et la
madone rongée par le ver de la réalité et de l'expérience, tombent en poussière et ne laissent que le
squelette du vice et de la honte.

Georges devait faire comme tant d'autres ces cruelles
étapes, mais comme tant d'autres aussi il était loin de
les soupçonner, jugeant, avons-nous dit, son prochain
d'après lui. Sa nature aimante et droite était une
fausse pierre de touche, il suffisait que l'image de
Charlotte prit possession à l'état latent de son être,
pour qu'il la créât à sa propre image ; ce garçon qui
sous le souffle d'une magicienne venait d'éclore aux
sentiments roses, se complaisait dans l'idée d'une
génitrice pure, génuine adorable, fée qui devait l'emporter dans son royaume de rêves dorés.

Cours, infortuné, à ta perte ! L'amour mal placé est
la lave ardente qui brûle tout sur son passage, tu crois
planter un jardin de félicité dans son parcours, tu ne
récolteras que l'aride et triste pouzzolane, et c'est
dans la cendre refroidie du volcan éteint de ton cœur
que tu enseveliras les joyeuses illusions de ta jeunesse.

Le récit de Madame Veste terminé, Georges se hâta
de se soustraire à ses autres commentaires et de sortir.
Il avait besoin d'air, de mouvement, de recueillement.

Au milieu de cette foule qui allait, venait sans s'occuper de ce qui le préoccupait si vivement et qu'il méprisait pour cela, il se sentait plus seul que chez lui.
Il marchait sans but, devant, à droite, à gauche, au
milieu des gens, des voitures, n'évitant les heurts que
comme un somnambule ; car sa pensée se claustrait
en lui, ou plutôt il ne pensait pas, il avait le visage
illuminé, l'œil comme fixé sur une forme indécise, la
pensée comme enchaînée à une idée vague dans une
espèce de catalepsie ambulatoire, dont il ne fut tiré
que par l'appel aigu d'une voix en fausset qui lui
criait :

— Bonjour, M. Georges, ous'donc que vous allez
comme ça lancé en arbalète, vous v'nez d'être frolé
par la roue d'un sapin sans que vous vous soyez garé
au juron du cocher, et v'là une biche qui fait des
yeux de merlan frit parce que le geste de votre coude
lui a effarouché son chignon qui n'est pas à elle ; ayez
pas peur, Mademoiselle, s'il s'envole on vous l'paiera,
j'garantis Monsieur que j'connais.

Georges ainsi tiré de son état extatique et reconnaissant dans son interrupteur Tortillemuche plus
débraillé que jamais, ne put contenir un double mouvement de mauvaise humeur aussitôt réprimé, se
rappelant que Tortillemuche était le frère de Charlotte, qu'il avait pour lors intérêt à être bien avec lui,

et que puisque l'occasion se présentait de le mettre dans son camp, il fallait en profiter.

— Ah! c'est toi, mauvais sujet, que fais-tu ici, lui dit-il d'un air paterne en lui pinçant amicalement l'oreille et regardant lui-même où il se trouvait?

— Vous voyez, M. Georges, je n'fais rien; j'suis sur la place de l'Hôtel-de-Ville, j'croyais y trouver Camusard et Coquendru pour faire une partie de billes, j'sais pas c'qui font ces fainéants-là à m'faire croquer le marmot , j'nai vu passer que l'Préfet de la Seine, j'ai pas osé l'inviter à jouer, si y m'avait invité à déjeûner lui, c'est moi qu'aurais pas fait le fier, qu'aurais accepté, ça doit être rup c'qu'on mange chez lui, avec ça qu'j'ai une faim de crocodile ; ça doit pas pu sentir l'moëllon ou l'mortier que n'sentait autre chose c'te pièce qu'un empereur des Romains qu'a inventé le commerce à M. Riché, faisait renifler à son fils à ce qu'j'ai entendu dire, pour lui montrer qu'y a pas de sot métier, qu'y a que d'sottes gens.

— Tiens, voilà dix centimes, va acheter un crois-sant chez le boulanger et dis-moi pourquoi tu flânes là au lieu d'être à l'école.

En deux bonds Tortillemuche fut chez le boulanger et revenu, tout en dévorant son croissant en même temps qu'il faisait de son nez une turbine pour empêcher ce qui tentait d'en sortir d'aller se mêler à son manger, il piailla :

— J'vas vous dire tout, vous êtes un homme que j'vénère, M. Georges, et votre croissant est bien bon, mais j'suis sûr que ce voleur de boulanger a pas mis le poids, c'est passé comme une lettre à la poste.

— Tiens voilà de quoi en acheter un autre, les deux en feront bien un, mais conte moi avant ton his-toire.

— V'là ce qu'c'est : ma gueuse de sœur...

— Tortillemuche c'est fort mal de vous servir de pareilles expressions vis à vis de votre sœur qui est une femme, et qui en cette double qualité a droit à votre respect, reprit vivement Georges, froissé d'en-tendre déflorer sa divinité par une malsonnance venant même de son frère.

— Ma sœur, une femme ! Une gamache que j'calo-tais y a pas encore ben longtemps, une mijaurée qui garde tout pour elle pour aller faire sa poire, au lieu d'emmener son frère pour lui procurer un peu d'amu-sement.

— Mon ami, vous avez tort d'accuser votre sœur, je sais au contraire qu'elle est bien bonne à votre égard, et que c'est vous qui abusez de sa bonté ; si vous faites allusion à son divertissement d'hier, c'est moi qui ai

donné deux places de spectacle à Madame Veste qui a
emmené Mademoiselle Charlotte. Vous voyez donc
bien qu'elle ne pouvait vous emmener ; vous devriez
être assez raisonnable du reste pour convenir que vous
n'avez pas une tenue à faire honneur à une fille gentille et soignée comme elle, mais si vous me promettez
de ne plus la tourmenter, je vous donnerai aussi à
vous des billets de théâtre pour y aller avec vos camarades.

— Vrai ! vous êtes un brave homme. Je m'disais
aussi en vous voyant passer souvent et quoique vous
n'ayiez pas l'air d'faire attention à moi, c'est pas par
fierté qu'M. Georges fait ça, c'est parce qu'il est
absorbé dans ses méditations, il ne faut qu'un moment
où il me connaîtra et où il m'appréciera. J'vous
promets tout ce que vous voudrez. J'm'fiche pas
mal de Totote, c'est à dire non, j'm'en fiche pas, elle
est ben gentille, ben douce puisque que vous la trouvez comme ça, vous vous y connaissez mieux qu'moi ;
j'demande pas mieux qu'd'être son serviteur et l'vôtre
puisque vous y prenez intérêt.

— Tu te trompes, mon ami, interrompit Georges,
anxieux de craindre son intention devinée, l'intérêt
que je porte à ta sœur est celui que je porterais à toute
jeune fille que je saurais être en butte aux malices
d'un petit fou comme toi qui n'est pas méchant au

fond, mais qui cherche à s'amuser ; eh bien amuse-toi d'autre façon et je t'en dédommagerai.

— Avec bien du plaisir, et puisque v'là expliqué ce qui m'avait monté la tête, v'là ce qui s'est passé : voyant Totote se mettre sur son trente et un et partir avec la vieille Culotte...

— Tortillemuche soyez respectueux aussi pour Madame Veste qui est une brave et digne femme, c'est encore une de mes protégées.

— Va aussi pour la Veste. J'vous disais donc qu'en les voyant sortir toutes deux avec leurs affiquets, j'les suivis pour savoir où elles allaient, ma sœur me l'ayant caché ; j'les vis entrer au théâtre, je fus alors furieux contre Totote que j'croyais m'l'avoir caché pour n'pas m'emmener et j'résolus d'lui faire une farce. J'avais pas le sou, mais à force de guetter à la porte j'trouvai un bon enfant qui partant avant la fin m'donna sa contremarque et j'grimpai au poulailler, où je m'faufilai au premier rang. J'les vis pas d'abord, car l'diable m'emporte si j'avais l'idée de les dénicher aux premières places, c'est c'qui fait que j'm'ai exclamé comme j'lai fait, ça m'a vexé d'autant que je m'suis dit : v'là une sœur égoïste qui va aux belles places, quand elle a un frère à qui elle n'paie pas seulement l'paradis ; j'résolus alors d'lui en faire des reproches à la sortie, quand un vieux est venu à s'en mêler.

— Oui, Madame Veste m'a conté tout cela ; ce que j'ignore c'est la suite que tu vas m'apprendre.

— Eh bien ! c'vieux jujube là est v'nu se mêler de c'qui n'le r'gardait pas, j'lui ai dit et fait son affaire, qu'i piaulait comme une poule qu'a perdu ses poussins; le monde riait de voir c'te vieille sardine en colère, se démener en ramassant son chapeau dont il avait fait une galette en tombant dessus, et me montrer le poing en me menaçant des sergents de ville, de la correctionnelle, quand en v'là un pour tout de bon qui, pendant que j'm'amusais à faire des poses académiques au vieux, m'empoigne par derrière et m'emmène au poste où l'vieux fait sa déclaration. On m'fourra au violon pour me m'ner l'lendemain matin chez le commissaire. Moi j'fais le bonasse en route et j'amusais l'policier en lui contant à ma façon l'histoire du vieux, et comme i riait et qu'i n's'méfiait pas d'un gamin comme moi, arrivé à une ruelle que je connais et qui a une double issue, je m'élance dedans par un saut de côté et au lieu de déboucher par l'issue je grimpe au haut de la dernière maison ous c'que je me cache dans les communs ; l'agent crut que j'avais continué, y s'mit à courir, y court encore. Par prudence j'restai une heure dans ma cachette, j'n'us qu'à répondre trois ou quatre fois en grossissant ma voix, *y a quéqu'un,* pour ne pas être dérangé, et en sortant je m'suis dit : la mère Gendarme va m'flanquer ma pile, d'autant plus carabinée qu'Totote aura parlé, j'n'en aurai pas plus ce soir, j'vas aller au rendez-vous d'habitude faire ma partie avec Camusard et Coquendru ; mais c'est comme un fait exprès, leurs affaires les auront empêchés d'v'nir et j'étais en train d'me dire que j'dévorerais ben un quignon quand la Providence vous a envoyé pour m'tirer d'embarras.

— J'en suis enchanté, mais je voudrais te faire comprendre mon ami, que la vie que tu mènes n'est pas exemplaire ; à quoi te conduira de passer ton temps à jouer dans les rues avec de mauvais sujets? A te faire pincer comme hier et peut-être à quelque chose de plus grave si tu ne réformes ta conduite. Tu devrais t'instruire le plus possible à l'école mutuelle, entrer après en apprentissage et devenir un bon artisan, contentant ses parents, élevant honnêtement ses enfants, faisant un citoyen utile à son pays. Crois-tu que ta mère n'est pas désolée de voir qu'elle ne peut rien faire de toi, il te serait si facile de la rendre heureuse ; essaie, tu verras comme c'est bon de recevoir des compliments au lieu de reproches, je t'aiderai dans tes efforts et pour te donner une preuve de l'envie que j'ai de te ramener au bien, tu vas me suivre à la maison, j'obtiendrai ton pardon sans qu'il t'en advienne de mal et je me porterai garant de ta bonne conduite à l'avenir, si tu me promets de m'obéir en tous points. Sois raisonnable et alors c'est moi qui me chargerai des petites rémunérations à consacrer à tes amusements.

Georges croyait faire un coup de maître; il se ménageait une entrée avouable chez Charlotte et faisait une bonne action.

De son côté Tortillemuche avait pris un air de componction à faire honneur à un Lazariste, il répondit qu'il était prêt à se conformer à tout ce qu'exigerait de lui M. Georges, et qu'il allait le suivre à dix pas de distance, n'ayant pas une tenue à marcher de pair avec lui.

Georges remonta alors la rue du Temple et Tortillemuche emboita le pas à la distance annoncée.

— Ouais, se disait ce dernier en *a parte* avec la perspicacité du gamin de Paris, c'est bien singulier que c'Monsieur qui jusqu'à présent ne m'avait pas seulement regardé le bout du nez, se trouve pris subitement d'un intérêt si grand pour ma chétive personne; est-ce qu'il ne s'intéresserait pas plutôt à Totote? car ce n'est pas non plus en vue de la maman Gendarme qu'il m'a l'air de saisir un prétexte pour s'introduire chez nous; oui c'est ça! Totote est une luronne qui n'est pas piquée des vers, elle lui aura donné dans l'œil; autrement pourquoi un Monsieur, un avocat qui

n'est pas de notre monde, serait-il aussi aimable pour
un vaurien de mon espèce et me ramènerait-il au ber-
cail? Ce n'est pas un membre de la société de Saint-
Vincent de Paul ; on n'me l'met pas à moi, c'est pour
Totote, après tout j'm'en fiche si ça me procure des
picaillons. Totote sait ce qu'elle a à faire, ça la regarde ; pour moi tant que le pante aboulera j'serai son
ami, mais quant à sa morale de sacristie tiens v'là ce
que j'en fais ! A ce moment Tortillemuche passait
devant l'étalage d'un épicier dont il escamota prestement deux pruneaux : il en fourra un dans sa bouche,
l'autre dans une narine en l'allongeant, et réunissant
dessus les doigts de ses deux mains, il fit à Georges ce
que depuis la création du monde on a appelé un pied
de nez.

Arrivé rue Montmorency, Georges sentit son assurance diminuer ; il comprenait lui-même que ce prétendu intérêt qu'il portait à Tortillemuche pourrait
paraître louche à des esprits sensés, mais il était trop
tard pour reculer, d'autant plus que devinant ses hésitations et craignant pour l'avenir de ses monacos,
Tortillemuche s'était élancé dans l'escalier, criant à
Georges : j'vas vous annoncer.

Ce fut avec une lenteur calculée et de grands batte-
ments de cœur que Georges arriva au deuxième étage ;
Tortillemuche le guettait par l'entrebaillement de la

porte qu'il ouvrit grande, sitôt que dans le rayon lumineux qui s'en échappait il aperçut la silhouette de son protecteur.

— Entrez, seigneur, entrez les cieux sont ouverts, déclama-t-il par réminiscence du théatre. Il devenait hardi pour avoir surpris le secret de Georges, sentant qu'on ne pouvait se passer de lui.

Georges entra le chapeau à la main, le corps courbé. D'un rapide coup-d'œil il aperçut Charlotte, il s'excusa près d'elle, avec un léger tremblement dans la voix, de la déranger, mais il croyait trouver Madame Gendarme à qui il ramenait son fils dont il venait plaider la cause, en faveur des promesses de bonne conduite à venir que celui-ci faisait.

Charlotte non moins embarrassée que le jeune homme, répondit qu'il était trop bon de prendre cette peine pour un garnement incorrigible.

— Dis-donc toi, Mademoiselle Bonbec, ne m'habille pas tant de galons où j'dirai que tu t'enfarines le museau avant de te coucher pour qu'il soit blanc le matin et qu'à chaque instant tu tiens tes bras suspendus en l'air comme si tu bénissais le fumiste d'en face, pour que le sang se retirant de tes doigts te fasse une menotte de belle dame, et Tortillemuche allait continuer sur le même ton si Georges ne l'eut rappelé à leur convention.

— Voyez, Monsieur, dit Charlotte courroucée, comme il est méchant, mais c'est assez s'occuper de ce chenapan. (Chenapan ? marmotta Tortillemuche à la cantonnade, tu me paieras ça.) J'ai à vous remercier de votre amabilité et du plaisir qu'elle m'a procuré.

— Je suis honteux, Mademoiselle, d'avouer que je ne mérite pas vos remerciements, je n'aurais osé, ne vous connaissant pas, vous faire une avance, malgré le vif désir que j'en aurais eu ; vous devez les adresser à Madame Veste, à qui je sais gré de m'avoir fourni indirectement l'occasion d'être agréable à une aussi charmante personne que vous.

Tout cela avait été débité d'un trait sans qu'il osât regarder son interlocutrice, qui au contraire remise la première de sa surprise, le fixait de l'air d'un chimiste qui fait une expérience et semblait se dire avec un air de contentement peu dissimulé : je ne m'attendais pas que ma tactique eût si vîte réussi, la poudre est sèche, elle brûle bien, le jour où je mettrai le feu à la sainte-barbe les scrupules sauteront et *Ite missa est !*

Charlotte servie par son instinct de femme qui lui faisait comprendre qu'avec une nature impressionnable et engouée comme celle de Georges, il n'y avait aucun inconvénient à marcher vite, qu'au contraire il valait mieux frapper du premier coup une empreinte ineffaçable, lui répondit :

— Prenez donc un siége, Monsieur, je vous prie, ma mère va rentrer, je veux lui conserver la satisfaction et l'honneur que lui procurera votre démarche ; en ce qui me concerne, laissez-moi vous rendre en hospitalité le plaisir, dont indirectement puisque vous le voulez, je vous suis redevable.

Georges s'inclina et s'assit en face de Charlotte qui fit la roue sur sa chaise en paille comme une duchesse à tabouret de la cour de Louis XIV.

— Vous aimez beaucoup le spectacle, Mademoiselle ? commença Georges.

— Oh ! oui, beaucoup, Monsieur, et vous, ne l'aimez-vous pas ?

— Si, mais cela dépend du genre de pièce et des acteurs.

— Contez-moi donc vos prédilections, Monsieur ? Pour une pauvre ignorante comme je le suis, ce sera une excellente leçon, qui donnée par un homme de votre sorte, ne pourra que m'être profitable.

L'astucieuse fille craignait de faire preuve de mauvais goût en faisant la première sa profession de foi et préférait connaître les appréciations de Georges pour en faire sa règle ; son instinct féminin la servait à merveille, car elle serait descendue d'un fameux cran

dans l'estime de son adorateur , si elle eût avoué
qu'elle n'aimait que les drames à effet, où les sentiments les plus faux et les plus exagérés se heurtent au
milieu des faits les plus impossibles.

Georges flatté dans le fond et dans la forme de cette
déférence, se récria contre une prétention qu'il ne
pouvait avoir, prétendant que l'instruction ne sert à
rien pour juger les choses d'art, qu'elle donne seulement un passeport plus élégant à la pensée, mais qu'on
juge avec le cœur et non avec la tête, et que sous ce
rapport mademoiselle Charlotte n'avait rien à lui
envier; qu'au contraire, elle devait avec la finesse innée
chez la femme, percevoir plus délicatement les nuances,
qu'il ne se méprenait pas sur le motif qui l'enga-
geait à lui passer la parole, qu'il était dû à sa modestie
et à son tact hospitalier; qu'il avait trop de savoir vivre et
d'envie de lui être agréable, pour ne pas obéir ; qu'elle
eut toutefois de l'indulgence pour sa théorie, car son
défaut si c'en est un, était d'être absolu en art comme
en tout; son *criterium* étant le mot *sentiment*, qu'il eût
volontiers inscrit au frontispice de chaque chose.

Ces précautions oratoires prises, Georges entra en
matière, animé du double désir de cueillir une palme
d'excellent appréciateur, de beau diseur, et d'essayer
s'il trouverait chez Charlotte un écho à ses propres
sensations.

Je ne vous ferai pas l'injure, mademoiselle, de vous supposer une attraction pour ce qu'on appelait jadis les drames du boulevard, ces grosses machines forgées d'événements biscornus, inscrustées de poison et de poignards, que vous n'avez du reste pas pu connaître, la mode en étant heureusement passée, mais dont vous auriez pu entendre parler, et dont une jeune fille d'un jugement moins sain que le vôtre aurait pu s'exalter l'imagination.

Ce genre grossier a laissé des enfants, plus policés il est vrai, mais qui n'en sont pas moins encore entachés du vice originel; ne croyez pas que je veuille faire de la critique, je me rappelle trop le vers de Boileau pour cela : je raisonne pour moi, pour ceux que je désire voir à mon unisson et non pour la tourbe, aussi je ne veux pas non plus proscrire le genre en question. J'ai déjà admis pour des questions plus sérieuses, que chaque chose a eu et a sa raison d'être, par cela seul qu'elle a existé et qu'elle existe. Si donc, à cause de mes études, de la tournure de mon caractère, de la propension de mon tempérament, je ne puis digérer des amalgames de faits excentriques qui heurtent mon jugement, ou des données banales à mots sonores vides d'idées, ballons soufflés d'air qui crèvent à l'oreille sans atteindre l'âme et qui froissent ma sensibilité, ce n'est pas une raison dis-je, pour que je frappe d'ostracisme ce genre ennuyeux, faux et vide pour moi, parce qu'il y a des gens qui s'y délectent; tous ne sont pas organisés de la même façon, de même que l'habitude des mets raffinés donne au palais une sensualité qui lui fait détester les mets grossiers, de même la culture des idées raffinées inspire à l'âme l'horreur des idées grossières; de là l'Être qui n'a jamais eu que la nourriture grossière du corps et de l'âme s'en accommode, la comparaison ne lui ayant pas fait connaitre le mieux; conséquemment je comprends les gens qui, ne pouvant juger avec les pures intuitions de l'âme, le font avec des hallucinations du cerveau; le manque d'exercice paralyse les organes, l'enfant qu'on n'essaierait pas de faire tenir sur les jambes, ne marcherait jamais, celui qui n'a pas ouvert son âme aux grandes impressions de la nature, qui n'a pas médité, qui n'a pas exercé la faculté de sentir, a le sentiment atrophié, il sent moins ou faux. C'est pourquoi je comprends que les gens de cette catégorie impuissants à s'inspirer des sentiments délicats et vrais, aient besoin d'avoir plutôt l'écorce extérieure frappée; le coup de couteau ou de feu, le verre de poison, l'héroïne de la pièce dans une situation à faire frémir le bon sens, tout cela les touche par son exagération, les fait sangloter, alors que l'homme de goût a peine à ne pas hausser les épaules; il en faut pour tous les goûts dit un proverbe bien vrai, reste à savoir maintenant de quel goût on veut être; voilà pourquoi tout en m'en réservant d'autres, je désire les voir partagés par ceux que je me plairais à considérer comme mes amis, aussi vous me pardonnerez, mademoiselle, si j'ai été ici la cause médiate que vous ayez assisté à une de ces représentations rayées de mon catalogue, mon cadeau ne s'adressait qu'à une personne en harmonie avec l'espèce de divertissement, si j'avais pu prévoir que vous le partageriez, je l'aurais offert d'un autre ordre.

— Vous êtes trop bon, monsieur, de vous excuser; j'ose vous avouer que je me suis presque ennuyée à la représentation d'hier, et que je préfère comme vous, ce qui parle à l'âme, à ces choses creuses et à ces fadaises.....

— As-tu fini; en v'la une colle, interrompit Tortille-muche! qui, présent à ce commencement de conversation pendant laquelle il n'avait reniflé que onze fois par respect pour Georges, oublia devant le jeu hypo-crite de sa sœur, ses intérêts et les siens, pour ne contenter que sa rancune : j'te conseille de faire la Sophie, ça t'va comme un bonnet d'évêque sur un pou, avec ça qu'tu n'vas pas au Temple quoique maman te l'défende, sous le prétexte de l'aider, mais pour voir le fils de la marchande à côté, la mère Surard, qu'est figurant à l'Ambigu afin d'avoir des billets de faveur qu'tu lui dis qu'ça t'amuse tant, et quand tu n'peux pas le voir, q'tu m'envoies le trouver à l'estaminet pour lui en demander et qu'tu m'emmènes pour ma peine, qu'c'est pour ça qu'j'étais si furieux hier que tu m'laissais de côté, parce que je croyais qu'c'était Surard qui t'avait donné les billets !

— Charlotte essayait d'interrompre cette philippique, adressant en même temps à Georges des regards suppliants accompagnés de mouvements d'épaules signifiant : ne croyez pas aux ragots de ce méchant enfant ; quand elle put enfin placer son mot, ce fut pour dire : ne prenez pas à la lettre ce que ce polisson raconte ; madame Surard est une amie de ma mère, le fils a voulu me faire de ces galanteries qui n'engagent à rien ; j'ai accepté pour ne pas paraître fière, pour ne pas les désobliger, et aussi pour faire plaisir à ma bonne Veste qui raffole des drames ; s'il m'est arrivé quelques rares fois d'envoyer mon frère à la quête de billets, c'est pour elle qui désirait voir la pièce en vogue, monsieur Théodore a bien tort de parler d'une façon qui pourrait donner mauvaise opinion de nous à monsieur Georges, lui faire regretter de s'être intéressé à nos personnes et nous priver de sa connaissance.

Tortillemuche comprit la parabole et le pas de clerc

fait, même contre ses propres intérêts; aussi tâcha-t-il de parer à son intempérance de langue en jurant qu'il avait voulu plaisanter, mais point ne lui était besoin de battre la chamade, les minauderies de Charlotte avaient trop achevé de griser Georges pour qu'il ne fût pas aveugle sur tout ce qui la concernait et disposé à la croire sur parole.

Il tança de son côté Tortillemuche, lui déclarant que c'était la dernière fois qu'il lui passait une niche à sa sœur.

Celui-ci jura qu'on ne l'y prendrait plus, et dit qu'il allait guetter le retour de sa mère pour les en prévenir, mais en réalité pour se soustraire à un cours d'idéologie qui le faisait bâiller et qu'on recommença après son départ.

Tout en ne faisant pas ses délices accoutumés d'une chose, il ne faut être exclusif en rien; les plus mauvaises choses ont toujours un petit côté utile, comme les poisons qui tuent absorbés à doses ordinaires, mais qui guérissent pris en petites quantités et aux heures voulues.

Sans donc être partisan de ces pièces à tiroir, de ces opérettes ou le sublime du bête coudoie le *nec plus ultra* de l'invraisemblance, j'y vais quelquefois rire, je ne vois pas là une dépravation du goût et une décadence de l'art, comme certains Jérémies le prophétisent parce que ces farces n'ont rien de commun avec l'art et qu'il y a en dehors d'elles, des pièces vraiement philosophiques et littéraires ; en outre, on ne peut toujours être sérieux, il est des dispositions d'esprit ou l'on ne pourrait aller entendre du Racine et même du Molière, comique sérieux ; au corps malade, il faut de la tisane, des antiphlogistiques ; à l'esprit fatigué par le travail, il faut le rire facile qui calme la phlegmasie du cerveau en détendant les nerfs. Ces facéties insensées qui à l'état sain déplairaient à l'esprit demandant des aliments plus substantiels, font son affaire lorsqu'il a une indigestion de labeur, et qu'il a besoin pour la faire passer du thé des gaudrioles. Un homme qui a bien dîné ne se remettra pas à table pour manger, il grignotera des colifichets de dessert.

Les drames dont nous parlions tout à l'heure ne trouvent grâce au tribunal de mon jugement qu'en raison de la sphère de gens à qui ils s'adressent ; les farces ont une circonstance atténuante de plus, c'est qu'elles rendent service par accident aux gens sérieux, tout en étant la pâture habituelle des gens nuls qui ne savent rien faire.

Je ne partage donc pas l'avis de ces puritains pessimistes qui ne voudraient qu'un seul genre dramatique sérieux, car malgré ses qualités il serait bientôt le

genre ennuyeux, puisque l'idonéité des intelligences
n'existant pas plus que celles des corps, il faut assortir
les genres aux diverses aptitudes intellectuelles. Pour
n'avoir qu'un genre, il faudrait les hommes formés
au même moule, puis je le répète, de même que l'estomac est omnivore, le cerveau l'est aussi; si la viande
grillée, rôtie, bouillie, est la base d'une bonne nourriture, les légumes, les pâtisseries, les fruits, les sucre-
ries en sont les accessoires indispensables, selon les
dispositions climatériques, la saison, l'état de santé, etc.
Si les idées sérieuses, académiquement exprimées,
sont le fond alimentaire du cerveau, les choses badines
en sont le délassement, selon le degré de conten-
tion.

En résumé je comprends qu'il y ait des intelligences
supérieures qui, n'ayant pas besoin de ces dérivatifs,
les méprisent, sans que ce soit une raison pour les
anathématiser, si d'autres moins altières y trouvent à
l'occasion une récréation, et si d'aucunes effacées en
font leur pain quotidien; il y a des gastrites de cerveau qui ne peuvent s'ingérer que des fariboles,
comme les gastrites de l'estomac qui ne peuvent supporter que l'ingestion de laitages ou de bouillons. Je
me suis pris au théâtre du Palais-Royal à me tordre
avec la salle entière d'un rire épileptique, tant les
situations quoique niaises quelquefois, étaient drôle-

ment rendues par les comiques, et je remarquai dans le nombre des rieurs des gens qui ne passaient pas pour des imbéciles. Le bon Charles Nodier s'amusait bien aux parades de Guignol !

Mais je vous le dis, ce n'est que comme hors-d'œuvre que je considère ces récréations, quand l'esprit échauffé a besoin d'une purge ; aussi pour les dames qui ne sont pas dans ces conditions, dont l'esprit fin répugne plus à ces pasquinades, dont les oreilles ne doivent être effarouchées en aucune façon, et dont l'âme a davantage besoin de se buer aux sentiments roses, je n'admets que les pièces lyriques et la comédie de mœurs.

C'est dans la comédie que vous trouvez réunis l'utile et l'agréable ; le précepte s'y présente sous une forme plaisante, on prend le bonbon et l'on suce la morale ; il faut encore fuir ici l'avis de certains esprits méticuleux qui repoussent la comédie à images et à impressions réalistes, je ne parle pas d'un réalisme grossier, excluant tout sentiment honnête, mais du réalisme *bien entendu*, n'étant que l'idéalisme qui descend des hauteurs de l'instruction et se concréfie pour mieux frapper les sens ; ainsi, l'égotisme que le célèbre philosophe Locke donnait comme moteur à toutes les actions humaines, n'était que l'égotisme *bien entendu*. La comédie est une étude de mœurs, autrement dit,

8.

un cours de morale fait par le professeur Plaisir.
Castigat ridendo mores, dit le vieux brocard. Si elle
n'était qu'un sermon peu s'y rendraient; prou y vont
à cause de l'attrait qu'on trouve dans le savant enche-
vêtrement de scènes judicieuses, attendrissantes,
comiques, rendues encore plus compréhensibles par le
jeu expressif des acteurs. Il y a plus, les spectateurs
n'ont ordinairement en vue que l'agrément, et c'est à
son occasion qu'ils prennent une douche d'enseignement.

On peut donc hardiment prétendre que dans la
comédie la forme emporte le fond. Dépouillez-la de la
poésie, du style, des péripéties émouvantes, des traits
spirituels, c'est-à-dire de ce qui frappe en même temps
à la porte du sentiment, de l'imagination et du jugement, vous n'aurez qu'un squelette sans amateurs,
parce que l'homme profond s'accommodera mieux du
traité de morale qu'il peut lire avec l'aise des pantoufles et du divan, chez lui, et que la foule superficielle
n'ira pas voir une chose qui l'ennuiera.

La comédie parée est donc un divertissement pour
l'érudit et une nécessité pour le vulgaire qui, à la
faveur de l'occasion, y puise un fonds salutaire d'enseignement, c'est l'éducation obligatoire sinon gratuite.

Plus les bonnes comédies se multiplieront, plus la

civilisation marchera, il y a à côté de la leçon, un plaisir honnête, public, supérieur à certains divertissements privés que le mystère aide à laisser dégénérer en licence. C'est en la faisant appropriée à la compréhension populaire qu'on éduquera à son insu l'ouvrier, et qu'on lui fera perdre le goût des drames amphigouriques où il ne puise qu'un faux plaisir, pour celui de pièces qui, sous l'épiderme du vrai délassement, lui laisseront un acquit utile ; en l'habituant peu à peu à mordre à l'arbre de la science par l'attrait de la pomme ; il en arrivera à pouvoir apprécier la haute comédie revêtue d'ornements moins frivoles et les classiques complètement dépouillés d'oripeaux ; de Thalie il s'élèvera à la hauteur de Melpomène.

Mais la récréation la plus suave que l'homme peut se donner est celle de la musique, et surtout de la musique humaine ; conséquemment les représentations lyriques sont celles qui le délecteront le plus, c'est là que tout en prenant une distraction qui reposera son esprit fatigué et toujours l'enseignement utile, il aura de ces aspirations qui élèvent l'âme et dilatent la sensibilité.

C'est par des chants que la nourrice apaise les cris du petit enfant ; c'est par des chansons que se terminent les réjouissances intimes ; c'est au son guerrier des instruments que le soldat affermit son courage, et

l'antiquité nous rapporte l'exemple de ce mauvais général mais grand poëte, prêté par les Athéniens aux Lacé-
démoniens pour leur faire pièce, Tyrtée dont les chants
héroïques les électrisèrent au point de leur faire cueillir
la victoire. C'est par les chants du *Te Deum* que les
souverains de la terre remercient le Roi du Ciel de sa
protection, ne croyant pas trouver une forme plus
agréable de congratulation ; c'est enfin par les chants
unis à l'instrumentation que les fêtes mondaines et
les cérémonies religieuses s'accomplissent.

Qui ne se sentirait ému, quand sous les hauts ar-
ceaux de l'antique église, il entend monter dans un
mariage harmonieux le son des voix et de l'orgue.

La musique rend l'homme meilleur ; voyez les services rendus à l'adoucissement et au polissage des
mœurs par le développement des sociétés orphéoni-
ques ! Les jeunes ouvriers des villes se réunissent
dans leurs loisirs pour des exercices qui leur font une
économie de santé, de moralité et d'argent ; dans
quelques campagnes déjà, des jeunes gens suivent le
dimanche cet exemple, au lieu de s'abrutir au cabaret ; qui sait, si dans les maisons de correction et de
détention, la répétition en commun des chants moraux ne ferait pas perdre l'habitude des refrains obscè-
nes qui n'est qu'une fanfaronnade privée.

S'il y a une ressource de guérison chez ces êtres

gangrenés moralement, la musique est la panacée ; là
où elle ne peut rien, l'être est inguérissable ; la greffe
est impuissante sur un arbre mort.

« Défiez-vous des gens qui n'aiment pas la musique,
« ils ont l'âme comme un noir Tartare, » a fait dire à
Portia dans son *Schylock*, le génie qui a le plus connu
et analysé le sentiment dans toutes ses nuances ! —

Mes prédilections sont donc pour les pièces lyriques,
ce sont elles surtout qui conviennent à l'organisation
nerveusement sensible de la femme ; on se pénètre
bien mieux des faits quand ils sont portés sur les ailes
de la musique. Il est vrai qu'on fait aux scénarios un
reproche souvent mérité, celui d'être oiseux ; cela
vient de ce qu'on s'est trop entiché de l'idée que la
musique est tout, et que les paroles ne sont qu'un
prétexte, c'est un tort ; la mélodie gagnerait beaucoup
à être entée sur des paroles châtiées et sur des scènes
vraisemblables ; la poésie est sœur de la musique, ces
deux congénères se font valoir l'une par l'autre. Mettez
l'air de *la Marseillaise* sur les paroles de *la belle Dijon-
naise* et l'effet ne sera plus le même.

— Mais je m'aperçois, Mademoiselle, que je fais de
la didactique et vous allez me prendre pour un affreux
pédagogue.

— Du tout, Monsieur, j'ai un plaisir d'autant plus
grand à vous entendre que vous formulez mes propres

pensées, avec cette différence que je ne saurais si bien les rendre, je vous dois des remerciements pour m'avoir éclairée sur mes propres sensations. Ce disant Charlotte affectait une émotion qui aurait trompé de plus clairvoyants physionomistes que Georges, son teint s'était légèrement coloré, ses yeux lançaient de chaudes effluves qui allaient chercher le regard de Georges ; l'imprudent qui était venu chercher une certitude allait l'avoir, il n'était même plus temps de fuir le danger, la flèche du Parthe l'avait transpercé.

— V'là maman, v'là maman, annonça Tortille-muche essoufflé, faisant irruption dans le local. Peu après apparut madame Gendarme, qui s'arrêta sur le seuil, étonnée de voir son voisin chez elle, se lever et la saluer.

— J'ai l'honneur de vous saluer, Madame, lui dit Georges prévenant toute interrogation, ma visite pourrait vous surprendre, si je ne vous en expliquais le motif : j'ai promis à votre fils de me faire son avocat, et de lui faire pardonner son escapade en faveur de son repentir et de ses promesses de bonne conduite à venir.

— Vous êtes trop bon, Monsieur, de vous occuper de ce vaurien, répondit madame Gendarme, rappelée par cet exorde à ses griefs maternels et lançant un regard courroucé à Tortillemuche, qui pour se donner un maintien reniflait avec une force de plusieurs chevaux, mais il n'aura pas perdu pour attendre et...

— Je vous prie, Madame, reprit Georges, je me suis porté fort d'une complète amnistie, vous ne voudriez pas m'avoir fait augurer trop de mon influence. J'ai du reste sermonné le délinquant qui m'a paru avoir compris ses torts et j'ose me flatter de l'avoir amené à résipiscence.

— Lui ! Vous ne le connaissez pas, Monsieur ; menteur comme une enseigne, traître comme un chat. Quand il a *fauté*, il promet tout ce qu'on veut, fait minette, sauf à recommencer le lendemain et à égratigner par dessus le marché, s'il le peut.

— Laissez-moi supposer, Madame, qu'il y a dans votre fils plus d'espièglerie que de fonds mauvais ; il ne faut pas le dégoûter du bien par l'affirmation qu'il en est incapable ; il serait sans exemple que du jour au lendemain il enrayât complètement ses mauvaises habitudes, mais avec de la patience et de fréquentes exhortations, on peut amener le beau temps dans la conscience de cet enfant ; quand la tempête a donné, la nature ne reprend pas immédiatement son calme, le vent ne s'éteint que par bouffées de plus en plus affaiblies, les arbres dégouttent l'eau jusqu'à siccité et l'azur du ciel ne reparaît ensoleillé que quand un premier rayon faisant sa police a percé timidement la croûte des nuages et avec le secours de quelques confrères les a reconduit à la frontière de l'horizon.

— Je ne voudrais pas, Monsieur, reprit madame Gendarme flattée des frais d'éloquence qu'elle croyait à son intention, vous désobliger pour un empire, ce serait mal reconnaître le motif de votre démarche et l'honneur qu'elle me fait, aussi je fais grâce pour cette fois à ce marjolet, quoique j'aie peine à croire à sa conversion ; ah ! si vous pouviez dire vrai et l'amener à se corriger, quel service vous nous rendriez !

— Je n'en désespère pas, Madame, si vous me permettez, pour faciliter la cure, de venir quelquefois surveiller le traitement et faire mon ordonnance de conseils.

— Mais, Monsieur, c'est moi qui suis confuse, je ne sais vraiment comment reconnaître.... de la part d'un homme comme vous..... nous des petites gens..... Et moi qui vous croyais fier !

— Madame Gendarme *épatée* (comme elle disait d'elle-même quand il lui arrivait un événement extraordinaire), de la popularité de Georges, en avait l'amour-propre trop chatouillé pour réfléchir qu'il était bien étonnant que ce jeune homme, qui n'était pas de sa classe, et qui avait vécu jusqu'alors à l'écart d'elle, se fût pris subitement d'un beau dévouement pour son garçon et que ce dévouement qui, pour être rationnel, aurait dû commencer en même temps que l'existence de Tortillemuche lui avait été révélée, eût attendu pour naître l'arrivée de Charlotte au foyer maternel.

Mais l'humanité est ainsi faite, que dès que le plus léger grain de flatterie se glisse dans ses affaires, elle les voit avec les lunettes de la vanité, sans penser à remarquer ce qui dans elles choque la raison ; on fait taire les avertissements de celle-ci au profit de son orgueil.

Madame Gendarme dans son gonflement d'amour-propre était donc persuadée, ou se croyait certaine, que l'intérêt de Georges pour son fils prenait sa source dans le désir de lui être agréable à elle-même.

De son côté Georges fasciné plus qu'il ne se l'avouait, ne s'apercevait pas qu'il faisait un cran à sa droiture habituelle, en simulant un intérêt pour l'affreux Tortillemuche et en s'en servant de prétexte pour revenir voir Charlotte.

Si l'orgueil mène les sots, l'amour conduit les simples.

Il y a toujours un petit paradoxe au service de nos passions et nul doute que Georges n'ait apaisé les scrupules de sa conscience en se disant, qu'après tout, la meilleure façon d'honorer Charlotte était de lui rendre service dans ce qui la touchait de près, que c'était même lui être utile personnellement, de revenir catéchiser Tortillemuche, dont la conversion devait la garantir de ses vexations, que conséquemment il n'avait pas menti en donnant l'évangélisation de celui-ci comme but principal de ses visites.

— J'aurais voulu être prévenue de votre venue, ajouta madame Gendarme, je serais rentrée plus tôt et je ne vous aurais pas reçu avec mon escoffion sur la tête, mais vous excuserez..... Dans notre état on n'a pas le temps de se raccasteler à chaque instant, il faut penser au solide et je suis seule pour tout faire, car je ne veux pas que Charlotte vienne m'aider à la boutique, ce n'est pas la place d'une jeune fille instruite comme elle, et je veux éviter que les greluchons de bas étage tournent autour du pot, cela pourrait nuire à son établissement.

— Vous avez parfaitement raison, Madame, ce que vous dites là est d'une judicieuse femme et d'une bonne mère, s'écria vivement Georges, dans l'estime de qui la profession de foi de Madame Gendarme à l'égard de sa fille la faisait énormément grandir.

— Ah ! oui, c'est une bonne femme, hurla Tortillemuche, est-ce pas mère tu vas me donner à déjeûner, j'ai faim ?

— Veux-tu te taire, polisson, qui ne pense qu'à

manger, quand la repentance et la reconnaissance
devraient lui avoir coupé l'appétit pour huit jours, on
attend au moins qu'il n'y ait plus d'étrangers pour
demander des choses pareilles.

— Tiens, ça creuse les sermons, et si on m'nourrit
pas, j'aurai plus la force de bien me conduire ; est-ce
pas M. Georges qu'ça vous offusquera pas que je
mange devant vous, car si vous vous en allez pas
avant ce soir faudra donc que je crève d'inani-
tion.

— Eh bien ! Monsieur, fit la mère Gendarme tandis
que Charlotte levait les yeux au ciel d'un air de com-
misération, vous ne voyez pas que vous faites une
impolitesse à M. Georges, en ayant l'air de trouver que
sa présence gêne en quelque chose.

— J'veux pas le renvoyer moi, c'est un bon garçon,
mais ça n'empêche pas de jouer des mâchoires.

— Voyez, Monsieur, comme il fait bon de s'occuper
de ce garnement et jusqu'où va déjà sa familiarité !

— Qui m'amuse madame, je préfère une brutale
franchise à la dissimulation polie, ceci m'est un indice
de plus pour bien augurer de mon malade, ne vous
donnez donc pas la peine de l'excuser, il l'est, je le
remercie même de m'avoir rappelé sans intention, que
je ne dois pas abuser d'une première visite, si je ne
veux pas être importun plus tard, ma mission est finie

pour aujourd'hui, permettez-moi de me retirer en vous demandant la permission de revenir ausculter mon sujet.

— Monsieur c'est un honneur que je vous demande de nous faire souvent.

— Il est certain, ajouta Charlotte avec une œillade irrésistible, qu'on ne peut qu'être fier de voir des gens de la classe de monsieur, en la compagnie de qui il y a tant à gagner.

— Bon, le calembourg! se murmura à lui-même Tortillemuche.

Madame, mademoiselle, l'honneur sera pour moi, votre serviteur, mon ami au revoir, et Georges se retira saluant dans les formes, et enveloppant son adieu d'un regard promettant foi et hommage à l'adresse d'une suzeraine qui ne s'y trompa pas.

CHAPITRE V.

Audaces fortuna juvat.

Georges rentré chez lui ne songea pas à se demander le résultat de l'épreuve qu'il était allé tenter, il avait oublié ses précédentes oscillations, et ne raisonnait pas plus qu'un homme qui s'est congestionné les facultés des mets et du vin favoris, et qui s'en va la pensée ballonnée mais vide, l'œil allumé mais atone, n'ayant de mémoire que dans les papilles savourant un arrière goût de fumet et d'arôme, et dans le bourdonnement du cerveau se créant des tableaux de béatilles, de venaison, de buissons d'écrevisses et de bouteilles au long col, etc.....

Lui qui s'était indigéré d'une image, ne faisait plus que d'elle sa pâture; partout où sa vue se dirigeait, le portrait de Charlotte se mettait en travers ; sa pensée inerte pour ce qui n'était pas elle, s'emplissait goutte à goutte des stalactites de son souvenir.

Ses livres restaient fermés, son bureau sur lequel madame Veste n'avait pas le droit de banalité, se poudroiait, et le porte-plume, vieux compagnon dévoué de travaux délaissés, demeurait encroûté près de l'encrier desséché.

Il ne faisait que sortir et rentrer dans l'espérance d'entrevoir sans apparence de parti pris, Charlotte, qui avait aussi mille-prétextes pour voyager sans cesse du second étage à la loge de madame Veste ; rien de comique comme le luxe des saluts cérémonieux de ces deux êtres se cherchant et faisant semblant de ne se rencontrer que par hasard ; l'Amaryllis de la rue Montmorency n'en bondissait que plus vite vers les saules imaginaires de sa chambrette, le laiteux de sa joue se rosant, tandis que Georges le bénissait, ne montant ou ne descendant plus l'escalier qu'en asthmatique que l'oppression empêche d'avancer.

Il avait bien le prétexte de Tortillemuche pour s'introduire dans l'appartement de sa Dulcinée et la voir à son aise, mais pour n'éveiller aucun soupçon, il n'usait de cette facilité qu'avec discrétion et qu'en présence de madame Gendarme, il s'imposait de plus, pour mieux dérober son secret, la gêne de causer de choses banales avec la maman, alors qu'il aurait voulu s'absorber dans une mystique contemplation de la fille, il était dans l'état d'un homme, qui mourant d'envie de dormir, s'efforce de se tenir éveillé. S'il adressait de temps à autre directement la parole à Charlotte, la peur de se trahir par trop de chaleur ne lui laissait que la ressource des questions niaises, qui le faisaient se trouver stupide, et lui donnaient la crainte qu'elle opinât en ce sens; enfin, la voir au milieu d'importuns n'était pas la voir. L'amant de la nuit, cette noire fille du chaos et de la terre, sombre veuve de l'Achéron et de l'Erèbe, mère terrible des Furies, aime à se trouver seul avec elle, lorsqu'en extase, il admire les silhouettes des arbres, qui se détachent obscurs sur la prairie demi-claire, et montent fantastiques et découpées vers sa voûte pointillée de diamants.

Mais comme il n'est pas d'amoureux transi qui ne s'enhardisse à la longue, Georges hasarda d'ajouter à l'habituel bonjour mademoiselle, des demandes de la santé de celle-ci, puis il passa à des compliments sur sa bonne mine; sur la couleur de sa robe; peu à peu comme le séjour sur l'escalier n'était pas convenable pour une conversation, il s'habitua à s'asseoir en rentrant le soir chez madame Veste, à qui il avait toujours une recommandation à faire; Charlotte qui savait

l'heure exacte de sa rentrée, se trouvait dans la loge
de son côté pour aider à raccommoder son linge, sa
vieille amie qui ne l'avait jamais vu si bien entretenu.
Tout en laissant la loquace portière raconter ses
interminables histoires, les amants causaient des
yeux, madame Veste n'y voyait que du feu, et quand
Georges voulait se donner un grand bonheur, il allait
prendre quelque chose à portée de Charlotte pour avoir
occasion de toucher légèrement son bras du sien. La
première fois qu'il eut cette témérité, il en ressentit
la même commotion que lui eût donné un courant de
la pile voltaïque, et il laissa tomber l'objet dont il
s'était emparé, qui était l'étui à lunettes de madame
Veste, maladroit que je suis, s'écria-t-il, pour cacher
son trouble, voilà que j'ai brisé votre étui, il me
paraissait venir d'Ecosse, je voulais m'en assurer;
mais je vous le remplacerai.

— Mon pauvre monsieur, faut pas vous chagriner
pour ça, en fait de provenance j'sais qu'i vient de
l'ancienne locataire du premier qu'est partie, qu'i
m'l'avait donné pour ma fête, et qu'i vaut pas cher;
et elle reprit le fil de son récit quotidien.

— Charlotte plus maîtresse d'elle, faisait semblant
le ne pas s'apercevoir du manége de Georges qui
n'aurait jamais osé recommencer, s'il eut supposé
son intention soupçonnée; il poussa l'audace un jour

en prenant la brosse, jusqu'à frôler sa joue contre les cheveux de Charlotte, il en eut pour cinq minutes à brosser avec acharnement au bas de son pantalon une boue fictive, et Madame Veste fut fort intriguée de savoir où il avait pu se crotter par un temps aussi sec.

Que vous êtes rouge monsieur Georges, ne put s'empêcher de lui dire la malicieuse Charlotte quand il releva la tête, ce qui le fit passer au violet.

— Voilà ce que c'est que de se baisser aussi long-temps, ajouta madame Veste, au risque d'avoir une complexion (congestion), est-ce que j'vous l'aurais pas ben brossé demain vot' pantalon.

C'est vrai, je suis même inconvenant de l'avoir fait en société, mais je hais tant la salissure, qu'en l'aper-cevant, un mouvement irréfléchi dont je vous demande pardon, mademoiselle, a été plus fort que la bien-séance.

— Oh, Monsieur, je serais marrie si vous en étiez encore avec moi à cette étiquette, cela me prouverait que je n'ai fait aucun progrès dans votre amitié, le laisser aller est une preuve d'affection et je vous demande d'en user.

— Jamais Charlotte n'en avait autant dit, mais l'adroite fille se lassait de son rôle passif, sentant que si elle n'encourageait pas un peu Georges, la timidité

de celui-ci serait un long obstacle à plus d'entraînement;
elle avait entendu dire qu'il faut battre le fer quand
il est chaud, et elle ne voulait pas laisser se refroidir
Georges, avant qu'il se fût compromis vis-à-vis d'elle.
Elle sentait d'instinct qu'il se trompait sur l'attrait
qu'il éprouvait, que son attraction était purement
physique et qu'elle devait s'évanouir avec l'ébullition
des sens, d'autant plus emportés qu'ils n'avaient
jamais parlé; que l'attrait idéal n'est que le corollaire
de l'attraction physique, quand les qualités morales
viennent justifier celles de la figure; que la beauté
des traits n'est que le garçon d'hôtel, vantant aux
voyageurs à leur arrivée, pour les y attirer, les bontés
de l'hôtellerie qu'il représente, et d'où ils déguer-
pissent vite s'ils ont été trompés dans leur attente;
qu'il y avait à craindre qu'après avoir admiré la construction du bâtiment et avoir désiré s'y loger sur
l'apparence, Georges n'apprît que les cheminées
fumaient, que les lits étaient durs, que la cuisine était
mauvaise, il était urgent de le décider à y prendre
pension au plus vite et de lui faire grand crédit, pour
le tenir par la dette le jour du mécompte; voilà
pourquoi elle le harponnait.

— Georges ne se possédait pas de joie de cette prime
à l'encouragement; j'accepte dit-il, cette permission de
liberté que vous voulez bien me donner, mademoiselle,

si elle doit vous prouver l'affection que vous m'ins-
pirez, je promets de vous aimer comme un frère chérit
sa sœur ! me chérirez-vous comme une sœur aime son
frère ?

— C'est déjà fait, répondit avec aplomb Charlotte à
Georges, que par ce nouveau coup de harpon elle
amena de quelques brasses de plus dans ses eaux.

— Eh bien, mademoiselle, je vais alors vous avouer
un grand secret reprit Georges, qui ayant parcouru la
gamme des audaces dont il était capable, visait à jouer
son grand morceau, depuis longtemps je désire vous
offrir autre chose que les billets de spectacle que vous
partagez avec cette bonne madame Veste, je n'aurais
pas osé le faire, tant mon ambition est grande, si vous
ne veniez de me mettre à mon aise, mais un frère
peut chercher sans mauvaise interprétation à faire
plaisir à sa sœur..... je voulais vous proposer d'accepter
un dimanche, sous les auspices de madame votre mère
et de madame Veste et avec la compagnie de votre
frère, une partie de campagne.

— Eh bien, monsieur, en sœur reconnaissante,
j'accepte ; je vous dirai plus, c'est que vous ne pouviez
me faire un plaisir plus vif, j'aime tant le spectacle de
la nature et j'en suis si privée soupira Charlotte !

— Georges pris au piège du soupir, se déclara

heureux d'un trait de rapprochement de plus entre lui et Charlotte.

— Je n'en suis pas pour cela ajouta-t-elle, une amante langoureusement ennuyeuse, vous m'y verrez me conduire en petite folle, tant le grand air, l'espace me mettent du vif argent dans les veines, et s'il y a des ânes je serai au comble de mes vœux.

— Et du vrai lait ajouta madame Veste.

Il y aura tout ce que vous voudrez répondit Georges, avec l'assurance imperturbable des amoureux qui promettraient la conquête de la Toison-d'Or si elle était encore à faire.

On peut remarquer que Charlotte poussait l'habileté jusqu'à faire tinter aux oreilles de Georges, à propos de la nature, les mots d'amants, propres à ouvrir un horizon à ses aspirations.

Il fut convenu que Charlotte ferait agréer la proposition à sa mère, que madame Veste se ferait remplacer ce jour là par la locataire du cinquième, et qu'on réfléchirait à l'endroit où l'on irait.

Le samedi soir il y eut grand conciliabule chez madame Gendarme pour déterminer le lieu de la récréation, chacun devait donner son goût et la majorité décider, on donna la parole au plus jeune pour éviter les influences. Tortillemuche déclara ne pas connaître d'endroit plus agréable que le Gros-

Caillou; on eut beau lui faire observer que ce n'était pas là le but de la décision, qu'on voulait aller à la campagne, que le Gros-Caillou était en plein Paris, il n'en démordit pas, prétendant que le mot campagne étant l'accessoire du mot principal *partie*, aucune partie n'était plus agréable qu'au Gros-Caillou; sans s'enquérir du motif qui lui rendait cet endroit si attrayant, on passa à madame Veste, qui se prononça pour Stains parce qu'on passait pour y aller par Saint-Denis, où elle se rappelait avoir mangé des talmouses il y avait trente ans, le jour où elle était allée visiter la sépulture des rois de France, car madame Veste était légitimiste, et elle aurait voulu faire d'une pierre trois coups : boire du vrai lait, manger de vraies talmouses, et rendre une visite de respect à la cendre de ses vrais rois.

Madame Gendarme n'était jamais allée qu'une seule fois dans sa vie à une seule campagne, à Gentilly, chez une blanchisseuse en mauvaises affaires, pour sauver son linge qu'elle avait entièrement rattrapé; en commémoration de ce doux souvenir, elle trouvait Gentilly délicieux et vota pour y faire une descente.

Charlotte insinua pour Montmorency à cause des ânes.

Georges estima que de tous les endroits choisis, Montmorency était le seul raisonnable, que cependant tout en étant prêt à s'y rallier pour peu que mademoiselle Charlotte y tint, il prendrait la liberté d'indiquer la vallée de la Bièvre ou celle de Chevreuse, sites ravissants, où l'on pourrait se procurer des ânes et du lait comme ailleurs, et où l'on aurait l'avantage d'être plus dans le calme. Georges ne tenait pas à être trop en vue du monde en compagnie de Tortillemuche et des deux vieilles, et il prisait assez la solitude avec Charlotte pour la désirer.

Celle-ci déclara adopter l'avis de Georges, qui fit observer qu'il y avait lieu de passer à un scrutin de ballottage, les autres voix se reportèrent sur l'amendement de Georges, sauf celle de Tortillemuche, qui fit seul de l'opposition, mais la proposition de la vallée de Bièvre ayant eu la majorité, l'emporta.

Il fut donc décidé que le lendemain on partirait par le premier train du chemin de fer de la gare de Sceaux, qu'on s'arrêterait à Verrières pour y prendre des ânes chez un paysan que connaissait Georges, et qu'on irait à Bièvre en contournant ce joli bois, dit le Buisson de Verrières, par le cordon de ceinture, qui de la hauteur qu'on suit, découvre à chaque instant à l'œil, les verts enfoncements d'Ignies et de Bièvre.

CHAPITRE VI.

LA PARTIE DE CAMPAGNE.

O rus quando te aspiciam.

L'aiguillon du plaisir s'était chargé de battre la diane, tout le monde était sous les armes le dimanche matin à six heures, prêt à entrer en campagne.

Madame Veste monta prévenir Georges qu'on était à sa disposition, elle avait mis sa robe en levantine vert-pomme, tramée avec de l'organsis de Piémont, qu'elle avait portée pour la première fois au sacre de Charles X. Cette robe pourvue des manches à gigot à la mode de l'époque, et qu'on ne tirait de l'armoire, comme les voitures du couronnement de leur remise, que pour les occasions solennelles, rappelait à madame Veste chaque fois qu'elle la mettait, un souvenir douloureux jadis, devenu avec le temps seulement mélancolique.

Au sacre de Charles X madame Veste ne comptait que vingt printemps, et s'appelait de son petit nom d'Esméralda, quoiqu'elle ne possédât pas de chèvre, mais elle avait en revanche pour Quasimodo, un superbe cent-suisse avec lequel elle devait un jour nouer les cordons de l'hymen, ils s'étaient pris en attendant à l'essai un peu comme en Chine, pour voir si les caractères s'emboîteraient, et si aucune paille ne se trouverait dans le fer de la cage du ménage.

Et comme les petits cadeaux entretiennent l'amitié, Esméralda qui avait donné une pipe à fermoir d'argent à son Auguste, qu'elle se plaisait à appeler Gugusse, parce que c'était une occasion de faire la bouche en pruneau, ce qui lui allait disait elle très-bien..... alors, en avait reçu la fameuse robe de levantine, qu'elle devait étrenner au sus-dit sacre, auquel elle espérait assister grâce à la protection de Gugusse qui y était de service; elle fit exprès le voyage de Rheims, s'en revint émerveillée et pour jamais dévouée aux Bourbons.

Mais hélas! des cyprès devaient bientôt pousser dans le parterre de sa félicité! Après un stage de quatre ans, Gugusse et Esméralda, se connaissant jusque dans leurs plus petits péchés véniels, certains

qu'ils pouvaient accoler leur deux existences sans
crainte de ressac, allaient enfin procéder au conjungo
définitif; les papiers du premier étaient arrivés, sa
libération allait être réalisée, la couronne de fleurs
d'oranger de la seconde était achetée, quand éclata la
révolution de 1830! Gugusse fut tué à son poste,
Esméralda resta deux jours en syncope, huit jours
dans un sombre mutisme, quinze jours à lancer,
moderne Camille, des imprécations contre Lafayette
et Louis-Philippe; puis se drapant dans une noble
résignation, elle jura fidélité éternelle à la mémoire
de celui qu'elle n'appelait plus que son pauvre malheureux, le fit enterrer après avoir recherché son corps
et l'avoir obtenu, au cimetière du Père la Chaise,
dans un terrain pour deux, concédé à perpétuité, où
tous les ans à la Toussaint, elle allait, revêtue de la
légendaire robe en levantine, déposer une couronne
d'immortelles. La première année de la commémoration, c'était sa couronne d'oranger qu'elle avait
consacrée aux mânes de Gugusse.

Elle ne parlait jamais du passé à qui que ce soit,
jalouse de la fleur de souvenir qu'elle gardait pour
elle seule dans la serre de son cœur, madame Veste
était une excellente et digne femme!

C'est pourquoi Georges, ignorant cette touchante
légende, et ayant eu une plaisanterie pour la grotes-

que robe vert pomme, s'en repentit en voyant les cils
de madame Veste humidifiés, croyant à une simple
blessure d'amour propre, il s'excusait dans cet ordre
d'idées quand madame Veste lui dit :

— Tenez M. Georges, vous êtes le plus brave garçon
que j'aie jamais connu ! je ne voudrais pas que vous
ayez mauvaise opinion de moi, ne croyez pas qu'à
mon âge j'irais pleurer pour une bagatelle qui n'en
vaut pas la peine et dont je rirais plutôt. Je vais vous
confier en deux mots avant que nous soyons avec les
autres le sujet de ma peine, personne que vous ne le
saura, pas même Totote, qui est trop enfant pour me
comprendre, d'ailleurs je ne le conterais pas à une
femme ; et elle narra à Georges ce que nous venons
d'écrire.

Celui-ci pour toute réponse lui serra la main en cli-
gnant de l'œil pour céler la preuve de son émotion.

Cette histoire si dramatique de simplicité, si touchante de résignation, de courageuse et modeste fidélité, l'avait attendri.

Madame Veste fière de cette poignée de main de
Georges, marque de suprême estime, en eut d'autres
larmes de joie que surprit Tortillemuche, impatient de
ne pas voir descendre le chef du départ, montant le
prévenir que la voiture qu'il avait été chercher était
à la porte de la rue. Le naturel sarcastique du gamin

prenant vent, il s'écria : Tiens il pleut, qué chance,
pluie du matin prend fin, signe de beau temps !

Mais un coup d'œil sévère de Georges, le fit faire
vite sa commission et se sauver, glissant rapidement
jusqu'en bas, couché à cheval sur la rampe de l'escalier et trompettant avec sa bouche l'air de la casquette
au père Bugeaud.

Georges et madame Veste prirent en passant Totote
et sa mère.

Madame Gendarme s'était attifée pour la circonstance d'une robe de bombasin de Bruges qui lui avait
servi le jour de ses noces et quatre ou cinq fois seulement depuis, elle portait un bonnet qu'elle avait fait
faire exprès la veille au Temple et d'où Totote avait
passé la soirée à enlever les innombrables rubans
multicolores dont il était surchargé, au grand désespoir de la mère à qui il avait fallu faire la concession
de laisser au moins trois couleurs, bleu, blanc, rouge;
elle avait avec cela un châle en mousseline de laine
fond blanc moucheté de brun, croisé sur la poitrine
au moyen d'une broche représentant le daguerréotype
de feu Gendarme, d'énormes anneaux d'or aux oreilles, des souliers en coutil gris à cordons, une chaîne
d'or massif fesant deux fois le tour de son cou, et
quoiqu'il fît un temps superbe, un énorme parapluie
en coton vert à branches de baleine, à bouts de cuivre,

et à manche recourbé en même métal dont elle ne se séparait jamais quand elle avait à aller autre part qu'au Temple.

La toilette de madame Veste était complétée par un châle fané en crêpe de Chine rouge, attaché par des épingles, sur les deux épaules, afin de laisser l'estomac découvert, ledit châle retiré par elle du Mont de piété, en échange d'une reconnaissance qu'on lui avait donnée comme garantie d'un prêt qui ne lui avait jamais été remboursé; par des souliers noirs en daim, des pendeloques en verre taillé, serties d'or, attachées aux oreilles; par un bonnet à tuyaux orné de rubans et de coques jaunes qui lui faisait mépriser celui aux couleurs nationales de madame Gendarme, et par un en-tout-cas en soie souple, couleur marron.

Charlotte avait mis une robe en organdis à semis de haricots rouges, un mantelet en soie noire soutaché, un col en Valenciennes, un petit chapeau de paille à rubans verts portant toute la récolte d'un verger sur sa crête, des bottines en mouton puce, des manchettes, des gants de Suède, elle avait des grenats pour pendants d'oreilles et une ombrelle lilas.

Quant à Tortillemuche, on avait profité de la circonstance pour renouveler sa garde-robe, dont le Temple avait fait les frais d'occasion; il se carrait dans un pantalon nankin dont la ceinture lui montait en

haut de l'estomac, pour être prête à descendre à chaque progression de croissance; dans un gilet écossais
en peluche de coton lui descendant comme un gilet
le chasse sur les cuisses, disposé à remonter au fur et
à mesure de la taille grandissante, et dans un veston
en drap Marengo, qui atteignant aux mollets, lui faisait plutôt office de paletot; il avait une chemise en
madapolam dont on avait déjà été obligé de lui recou-
dre le bouton du col, celui-ci fort empesé lui sciait
l'un côté l'oreille tandis que l'autre tombait inerte sur
le collet qui lui emprisonnait le cou; mais ce qui faisait sa plus grande joie c'était une paire de bottes
vernies, la première qu'il eût portée; il est vrai que
ces bottes n'étaient pas de la même famille, l'une
avait la tige verte et le bout carré, l'autre la tige
rouge et le bout pointu, n'importe, c'étaient des bottes ! son seul regret était que le bout pointu ne cor-
respondît pas à la jambe droite, ce qui eût donné plus
d'impression aux envois de pied quelque part, car
depuis qu'il était ainsi chaussé, il ne parlait plus que
d'attenter à la banlieue des reins de tout incolat qui
le méconnaîtrait. Vu les bottes on avait trouvé inutile
de le pourvoir de chaussettes, mais son désespoir
était qu'on l'eût forcé à prendre un chapeau !... c'était
cependant un bien beau tromblon gris à longs poils
de lapin..... mais un chapeau sur cette tête vierge,

habituée à se sentir librement hersée par les aquilons
et aussi impatiente du joug que la bouche du coursier
de l'Ukraine l'est du mors ! il avait eu beau faire le
ramingue, on lui avait donné le choix de s'exécuter
ou de rester à la maison. Une idée lumineuse était
alors jaillie de son cerveau comme il en vient à un
grand capitaine au moment décisif de la bataille, il
s'était exécuté !... il tenait son chapeau à la main, cela
lui faisait même honneur, car le cocher qu'il était allé
quérir, le voyant dans cette attitude, crut à une déférence de sa part, et pour ne pas être en reste de politesse le traita de Monsieur, ce qui le fit tenter de relever la partie baissée de son faux-col.

Une seule chose avait failli manquer à son bonheur,
une canne ! la maman Gendarme qui trouvait avoir
déjà beaucoup fait en dépensant vingt-neuf francs cinquante centimes pour l'équiper du nécessaire, s'était
refusée à une fantaisie ruineuse, le malheureux avait
beau se creuser la cervelle en suivant pensif la rue
Montmorency, comme autrefois Hyppolyte le chemin
de Mycènes; les pavés qui se défilaient en chapelet
sous son regard triste ne lui fournissaient aucune
solution, quand au dernier moment, la même idée
transcendante qui l'avait aidé à biaiser la difficulté du
chapeau, lui suggéra de soustraire le jonc avec lequel
madame Veste débouchait les plombs et les communs;

il profita du moment où elle était montée chez Georges et où sa remplaçante n'était pas encore descendue à la loge, il s'empara de la baguette dans laquelle il se coupa un stick de quatre-vingt cinq centimètres, jeta les débris dans le tuyau de la fosse pour voiler son larcin, et pria le cocher de lui garder sa canne jusqu'à ce qu'on fût en route.

Enfin tout le monde est descendu, la portière est ouverte, madame Gendarme et sa fille prennent place dans le fond sur les instances de Georges qui s'assied sur le devant avec madame Veste, ayant pour vis-à-vis Charlotte. Tortillemuche grimpe à côté du cocher, on part, mais instantanément un cahot, dont Georges est heureux puisqu'il jette Charlotte sur lui, provient de l'arrêt brusque des chevaux, on s'informe de la cause, c'est le chapeau de Tortillemuche qui est tombé dans le ruisseau et sur lequel la roue de la voiture allait passer, si le cocher n'avait retenu subitement les chevaux.

Madame Gendarme parle de laisser à la maison Tortillemuche de qui elle augure par ce commencement, une succession d'aventures désagréables, mais Georges le patronne pour le dédommagement qu'il a retiré de l'incident, et l'on repart.

Jamais il n'était arrivé à Georges d'être aussi près de Charlotte, il avait ses deux jambes dans les siennes;

et sans oser les serrer, il en sentait néanmoins la chaleur le pénétrer et lui monter à l'intérieur du corps
jusqu'aux joues qui lui semblaient devenir brûlantes
et pourpre, ce qu'il cherchait à cacher en mettant de
côté la tête à la portière.

Charlotte restait calme et incolore, elle avait relevé
pour ne pas le chiffonner, le bas de sa robe, qu'elle
avait étalée sur les genoux de tout le monde, si bien
que le regard ne pouvait pénétrer en dessous et que si
Georges avait eu plus de hardiesse ou moins de candeur, il aurait pu considérer cette façon d'agir comme
une invite à l'audace.

Quoiqu'il n'osât pas toucher de ses jambes celles de
Charlotte, il les en tenait cependant si rapprochées
que le moindre cahot devait établir des points de contact entre elles; c'est ce qui arrivait souvent, par la
nature du chemin à parcourir, et chaque fois que cela
se produisait, Georges savourait en catimini une
jouissance dont il croyait n'avoir pas de reproche à se
faire; quand le mollet charnu de la jeune fille venait
s'écraser sur son péroné, il sentait comme une petite
boule lui monter de l'hypogastre à l'œsophage et en
redescendre, ou il éprouvait une défaillance au cœur
comme il arrive en balançoire.

On toucha la gare, sans autre incident que les épa-
nouissements internes de Georges, et deux ou trois

engueulements des passants avec Tortillemuche, qui aussi glorieux sur son siége qu'Artaban sur son trône, envoyait ses lazzis à la foule; mesdames Gendarme et Veste s'étaient tenues silencieuses et immobiles comme si on les eut conduites à une prise de voile.

Georges descendit prestement, offrit sa main à Charlotte, qui s'appuyant légèrement sur lui pour sauter, le remercia d'un sourire ébauché et d'un regard en coulisse qui lui firent courir un frisson dans l'artère cardiaire à qui il administra l'antiphlogistique en remplissant la même formalité près de mesdames Gendarme et Veste qui descendirent magistralement, la dernière montrant ses mollets dans le relevage insensé qu'elle faisait de la robe vert pomme, de crainte de la crotter.

Tortillemuche se garda bien de manquer le coche de la plaisanterie et s'écria avec une volubilité qui fit tourner la tête aux personnes proches et rendit la figure de la pudibonde madame Veste aussi pourpre que si elle était tombée dans la teinture : oh les beaux gros saucissons, ficelés en bleu encore, couleur d'amoureux, qui en veut, on ne les débite pas, on les vend en entier, peu cher parce qu'ils sont pas frais faits et qu'il est temps de les manger, v'la une occasion de nourrir, pendant huit jours à bon marché, une famille entière ! en trois bonds il fut finir son boniment sur la dernière marche de la salle, pour fuir la réponse accentuée que l'indignation de la mère Gendarme s'apprêtait à lui faire, plutôt que les coups d'œil répressifs, mais peu effrayants, de Georges qui, inféodé à Charlotte, s'abstrayait de toutes choses extérieures et se sentait, à cause d'elle, des entrailles on ne peut plus tolérantes pour son mauvais sujet de frère qui le comprenait et en abusait.

Il prit les places pour Verrières et l'on s'assit dans le même compartiment, sauf Tortillemuche qui voulut monter sur le wagon et dont on ne contraria pas le désir, heureux qu'on était de s'en débarasser là où la contrainte au repos s'alliait si mal avec sa nature de solfatare.

Le voyage se serait passé tranquillement, sans un cri à la mode, fort goûté du moment, et qui fut fatal à Tortillemuche. A cette époque, dans tous les endroits publics, surtout en chemin de fer et principalement quand on arrivait aux stations ou quand on repartait, ou lorsqu'on passait devant un endroit habité, de tous les compartiments de troisième classe s'échappait le cri : Eh Lambert !... dis donc Lambert ! cri stupide dont aucun Champollion n'a pu constater l'origine ni la signification, mais qui comme toute chose bête avait fait son chemin, et était bêlé par la foule des

moutons de Panurge, voire même quelquefois par des
gens graves qui s'en égayaient. Ne peut-on toutefois
expliquer l'engouement pour ce cri, comme pour celui
de toute autre chose qui n'a pas de justification plus
plausible, de cette façon : une tourbe exubérante de
jeunesse, de santé et de force, dépouille pendant quelques heures, le souci du travail pour se livrer au plaisir. Cette jeunesse qui sort du silence de l'étude ou des
bourdonnements monotones de l'atelier, a des épar-
gnes de vitalité à dépenser, elle est comme les pou-
lains lâchés dans la prairie, ou les chiens tirés du
chenil, la joie du premier moment de liberté la rend
capable de toutes les contorsions, de toutes les ruades,
de toutes les galopades possibles ; on a donné congé à
l'esprit, il se repose, le physique seul agit ; la collectivité aiguisant de son côté cette propension à la turbulence, que retient un moment l'immobilité du voyage,
mais mal, comme un flacon maladroitement bouché
qui ne peut contenir sa liqueur gazeuse, quoi d'étonnant à ce que le lazzi le plus sot, parti comme une
fusée, soit le signal du feu d'artifice de déchainement
de cette jeunesse exaltée, qui a du vif argent dans les
jambes, du pétrole dans les bras, qui a besoin de
mouvement, d'air, et qui encaquée dans une boîte,
sauterait comme une bouteille de Leyde, si elle ne
déchargeait son électricité à toutes les machines qui

lui en donnent l'occasion; peu importe la qualité de la machine, la neutralisation bienfaisante est produite, une bouteille, plus électrisée que d'autres, lâche son étincelle, toutes les autres étincelles partent. Cette jeunesse, en attendant le délassement au grand air des champs, encaissée, contenue, se réprimant à peine, saisit un prétexte, hurle, se démène comme une légion de fous dans leur cabanon, mais au moins la folie est anodine et elle est heureuse. Il en est d'elle comme du gosier altéré qui ne s'inquiète pas si on lui présente de l'eau clarifiée ou bourbeuse, pourvu que ce soit un liquide, tel est le brevet de naturalisation de ces farces incolores, résumées dans un mot ou par une phrase, qui se produisent à certaines époques comme les inondations et font le tour du monde.

A peine la locomotive eut-elle stridulé le signal du départ, que le ohé Lambert résonna sur toute la ligne comme la trompette du jugement dernier. Tortillemuche ne fut pas celui qui le moins gueula et se démena, au grand déplaisir d'un voisin à l'allure peu folâtre, qui, assourdi du carillon ambiant, mais n'osant se prendre à personne en particulier de ce sabbat général, se contenta d'abord de pester contre la chose elle-même, moyen indirect d'atteindre ses hiérophantes. Est-ce assez stupide marmottait-il, faut-il être idiot pour répéter une chose aussi bête!

— Monsieur n'aime pas la plaisanterie française, insinua Tortillemuche poussé par son esprit d'opposition et d'ailleurs fort de la collaboration de tous les co-aboyeurs ; le monsieur morose se contenta de lancer un regard courroucé au gamin qui n'en beugla que de plus belle, mais qui joignant la télégraphie à la voix, oublia qu'il avait à la main son sctick que malheureusement il envoya dans un mouvement de rotation et sans le vouloir dans l'œil du misanthrope, qui faisant semblant de croire à une niche intentionnelle, pour se venger du cri empoigna mon Tortillemuche dont il cassa le stick et allongea les oreilles au point de le faire braire pour de bon. Heureusement que ses cris de douleur se perdirent dans le charivari général et évitèrent à Georges et à sa compagnie l'ennui de s'enquérir de ce nouvel incident.

Tortillemuche avait eu beau protester de sa non-intention et de ses regrets, il fut frotté d'importance, et comme il n'était pas le plus fort il dut se contenter de baisser pavillon ; aussi se tint-il renfrogné le restant du voyage, cherchant vainement le moyen de se venger, car il avait affaire à un gaillard peu facile dont il se trouvait trop près pour essayer une revanche quelconque qu'il n'avait pas encore trouvée quand on arriva à Massy ; force lui fut donc de retrouver les siens en laissant aller tranquille le tireur d'oreilles qui descendait aussi à la station de Massy et n'avait plus l'air de penser à lui.

De Massy à Verrières il n'y a guère qu'un trajet de dix minutes par l'omnibus du chemin de fer, sur un chemin faisant l'S dans la vallée, au long de vastes propriétés.

Nos voyageurs arrivèrent ainsi à Verrières jusqu'au bureau de la voiture où ils descendirent pour enfiler une ruelle montant entre des murs jusqu'à la place de l'Eglise tournée à gauche sur le chemin du Buisson-Chicard.

Verrières n'est pas précisément une station hippique comme Montmorency et Robinson, où l'on tient les dimanches et les fêtes des chevaux et des ânes tout harnachés à la disposition des amateurs, mais les paysans qui possèdent des animaux de cette espèce pour les besoins de leur culture ne refusent pas plus qu'ailleurs d'en tirer un lucre quand ils ne s'en servent pas.

C'est ce qui faisait l'affaire de Georges cherchant à combiner l'avantage du plaisir équestre avec celui de la solitude dans un endroit bocageux, et lui avait fait proposer Verrières. Ce joli village en effet, à part les indigènes et les bourgeois propriétaires, s'extravasant peu le dimanche dans la campagne, les premiers parce qu'ils s'y éreintent assez au travail de la se-

maine, les seconds parce que possesseurs de grands
jardins ils s'y tiennent avec leurs invités au milieu de
toutes les commodités du logis, n'avait pas ses alen-
tours beaucoup hantés par le forain ; il n'était pas un
but. Les promeneurs, qui prennent le chemin de fer de
l'ex-barrière d'Enfer, ont en vue Sceaux avec les bois
d'Aulnay et la Vallée-aux-Loups ; ou s'ils dépassent
l'embranchement de Bourg-la-Reine, les vallées de
Bièvre ou de Chevreuse, ils poussent alors jusqu'à
Palaiseau et Orsay ; on va il est vrai à Bièvre par le
bois de Verrières dit le Buisson ; c'est une charmante
promenade de six à huit kilomètres, mais peu fréquen-
tée par la foule et voilà avons-nous dit pourquoi
Georges l'avait choisi.

Il y était venu en villégiature, quelques années auparavant, chez une famille qui s'y était installée pour
une saison, il se remémorait une course à ânes dans
le bois, ainsi que les quelques maisons où l'on avait
trouvé ceux-ci, et il s'y dirigeait.

C'était proche la Croix-aux-Femmes : bonjour
père Boisset, dit-il, en arrivant à l'avant dernière
maison, et s'adressant à un vieux paysan qui, déjà
rasé et endimanché du pantalon de tiretaine bleu et
de la chemise au long col droit attaché par un double
bouton d'or, d'où émergeait une tête semblant un
bouquet fané entouré de son enveloppe de papier,

attendait assis sur le banc de la ruelle à côté de la porte, l'heure du départ pour la grand'messe.

— Ben honnête monsieur, mesdames et la compagnie, répondit le père Boisset, se faisant un abat-jour de la main droite pour reconnaître son interlocuteur.

— Vous ne me remettez pas père Boisset?

— Ma fine non monsieur, pardon, excuse! m'est idée pourtant que j'vous on évu queuq'part.

— Vous ne vous rappelez pas qu'il y a trois ans je suis venu chez vous avec deux dames, une jeune et une vieille résidant ici et leur petite fille, que vous nous avez procuré la location de deux ânes avec le vôtre, et que la petite fille trouvait votre pain bis bien bon dans du lait.

— Ah, mais oui! j'vous défigurons maintenant, ben honnête monsieur d'vous avoir souvendu d'moi, est-ce que, sans vous commander, vous r'vindez dans not' pays, mais c'est pas avec les mêmes dames q'vous étions.

— Non père Boisset, je viens seulement passer une journée dans ce pays avec ces dames, qui voudraient boire du vrai lait et se promener à âne, donnez nous donc de ce bon lolo si peu chrétienné par le baptême, mais si catholique pour la religion de l'estomac, et votre âne dont vous ne vous servez pas puisque je vous vois sur votre trente un, en même temps que vous nous en procurerez deux autres chez vos voisins.

— Ben honnête m'sieur, j'vous donnerons du lait tant q'vous en voudrez et d'fameux, comme vous n'en prendrez pas dans vot' Paris, répliqua le père Boisset, accompagnant ce dire du petit mouvement de tête, du plissement des lèvres et du clignement d'œil, qui caractérisent le nec plus ultra de ce que dit ou pense le paysan; mais quant à not' âne c'est une autre affaire, et t'nez v'la la bourgeoise qui va vous dégoiser l'histoire.

La mère Boisset s'avançait en effet voir pourquoi son mari ne venait pas finir de s'habiller pour aller à la messe.

Apercevant du monde, elle fit une révérence preste et droite, comme le mouvement de va et vient du piston de machine à vapeur.

— Pardon la compagnie, mesdames et messieurs, ajouta-t-elle, je ne savions pas Boisset en compagnie, sans ça je n'me serions pas permis de v'nir l'q'ri.

— Mais c'est tout naturel mère Boisset, nous ne voulons pas déranger vos accoutumances, je venais seulement vous demander du lait et des ânes.

— La mère Boisset répéta sa révérence en coup de piston, fesant trotter son regard de Georges à son mari, à qui elle semblait dire : ce monsieur connaît donc, par expérience, le chemin de la maison?

— Oui, dit le père Boisset comprenant l'interrogation muette, c'est c'monsieur, tu sais ben, qu'étions
eun' fois avec ces dames et leur p'tiote, qui venions
souvent boire du lait cheu nous y aura trois ans aux
abricots, i voulions pour sa compagnie du lait et des
ânes, j'lui disions quand t'arrivions, q'du lait c'étions
pas de refus, mais q'not âne c'étions eun aut' paire
ed' manches, dont t'alions leur dire el pourquoi.

— Ah, not' pauv' monsieur, se prit alors à dire avec
un air déconfit la mère Boisset, recommençant la
révérence du piston, j'sons ben désolée, v'la deux ans
q'not' pauv' Chimala n'peut pu aller ; j'voulions déjà
l'faire abattre l'année dernière, mais j'ons pas encore
pu nous décider, eun' bête qui nous a rendu tant
d'sarvices ! à présent que j'sommes vieux et qu'j'ons
donné not' bien à nos éfants, qui nous fesions eun'
pension, j'nons pu besoin d'animal, v'la pourquoi
q'nous en avons pas racheté un, mais comme j'vous
disions, j'ons pas pu encore nous décider à l'faire
mouri, quoiqu'c'est eun' charge, mais on a du cœur
et d'la souvenance pour ses bêtes, on l'laisse au pré,
y n'fait rin, y mange pas beaucoup, eun' bête qu'avait
un si bon caractère, q'j'avions qu'à li montrer l'doigt
qu'y venions drait su moi croyant q'j'étions en colère,
qu'aujourd'hui encore si j'li montre le doigt dans son
pré, qu'y s'traine comme y peut vers moi, qu'ça vous

fend l'âme, il est vieux, il a fait son temps, il est comme nous, c'est pas comme vous qu'êtes jeune et vif comme un *lair* dans les treilles, mais j'ons encore eun' vache, parce que n'ayant que ça à faire, j'fesons d'l'herbe et j'vendons l'lait, q'ça nous aide un tantinet; j'pouvons vous donner du lait mais pas d'âne, vous comprenez, mais j'allons voir à vous en procurer cheu les voisins, comme j'vous connaissons, j'répondrons d'vous, sans ça l'premier venu... vous comprenez, on veut bien gagner queq'sous, mais eun bête qui vous sert, on n'voudrait pas qu'alle soyons estropiée ou abimée pour pu q'largent.

— Très bien mère Boisset répondit Georges, pensant que la narratrice aurait pu commencer par la fin de son discours, mais qui s'était bien gardé de l'interrompre, connaissant la prolixité du paysan, qui est comme le soufre d'une allumette, dont on ne peut souffler la flamme tant que le soufre n'est pas consumé, l'essai ne faisant au contraire que retarder la combustion; mais nous ne voudrions pas empêcher votre départ pour l'église.

— Oh nous avons l'temps, l'dernier coup n'étions pas encore sonné, j'sommes en avance, et pis quand j'arriverions un peu en retard, monsieur le curé n'nous mangera pas.

— Mais entrez donc, messieurs, mesdames la compagnie.

— A ce moment un grand bruit se fit entendre dans la cour de la maison ; Tortillemuche qui goûtait peu de charmes à l'éloquence des Boisset, s'était pendant les pourpalers, approché de la porte, poussé par la curiosité, et introduit dans l'intérieur de l'habitation ; après avoir visité le poulailler vide de ses habitants en train de courir les champs, l'étable où l'aspect cornu de la locataire avait mis un frein à sa malignité, il était arrivé à la porcherie où à travers une barbacane, le cochon passait son groin en faisant entendre son incessant grognement ; il avait trouvé plaisant de le lui cingler du restant de son stick, chaque fois qu'il le passait à l'ouverture, ce qui le faisait le dissimuler bien vite à grand renforts de grognements. Tortillemuche qui s'amusait beaucoup de ce méchant divertissement, se tenait coi, adossé à la cabane proche la barbacane, de façon à ne pas être vu du cochon, qui après un moment d'attente dans le silence, se hasardait à repasser le groin qu'il retirait aussitôt cinglé de nouveau. Au bout de quelques tentatives malheureuses, l'animal, ayant pris le parti de ne plus rien montrer au dehors, Tortillemuche dont cette abstinence ne faisait pas l'affaire, eut l'idée de tirer doucement le verrou de la porte pour voir ce que faisait le cochon qui, aux aguets, et devinant par instinct son bourreau, sitôt la porte entrebaillée, fonça dessus et renversa Tortillemuche sur lequel il revenait s'acharner et à qui il aurait fait un mauvais parti, si les cris de celui-ci, au moment où tout le monde entrait dans la cour pour gagner la maison, n'eussent précipité l'attention générale; deux exclamations différentes partirent de deux groupes divers, Théodore, s'écrièrent madame Gendarme. Totote et madame Veste! qu'a-t-il encore fait?

— Tiens l'cochon qu'est dehors, comment q'ça s'fait dirent le père et la mère Boisset, et l'homme se précipitant, arriva à temps pour le réintégrer dans sa case et sauver du péril Tortillemuche, qui se garda bien de dire le motif de la colère du cochon, que la mère Boisset attribua à la piqûre des mouches.

—Faut croire q't'aurons pas ben fermé la porte, Boisset, quand t'avons porté la pitance à c'te bête, y faudrait que j'fassions tout moi-même, faites excuse messieurs, mesdames, la compagnie; c'est drôle, not' cochon est pourtant ben doux; mais c'est les mouches et c'garçon aura évu peur, mais v'là qu'i s'a sali en tombant, j'allons l'essuyer.

Tortillemuche était en effet tombé en plein dans une bouse de vache, qui lui avait maculé le derrière du vêtement.

T. I.   11

La mère Gendarme faisait des yeux à tout brûler, mais sans oser gronder son garnement, pour ne pas être obligée de le constituer en faute, comme elle se doutait bien qu'il devait l'être.

Pendant que le père Boisset, qui était allé chercher un seau et une éponge, lavait Tortillemuche, on entra dans la pièce de la maison, qui comme dans toutes celles des paysans, est à la fois la cuisine, la salle à manger, le salon et la chambre à coucher, chacun connaît l'aménagement à peu près semblable de toutes ces sortes de pièces : dans un coin, un lit de chêne à baldaquin avec ses rideaux et son lambrequin de serge verts; dans un autre coin, le dressoir où quelques assiettes de vieille faïence de Strasbourg montrent leur coqs ou leurs tulipes (quand l'engouement des collectionneurs ne les a pas fait chiner); le long du mur, l'armoire de chêne à panneaux en reliefs avec deux tourterelles se becquetant, sculptées au chapiteau dans une guirlande de roses; dans le milieu, une table en chêne poli formant un carré long, les pieds tenus par deux barres en bois dans le sens de la largeur, traversées elles-mêmes par une autre barre dans le sens de la longeur; des bancs de chaque côté de la table; un coucou dans sa boîte; la vaste cheminée avec le chaudron pendu à la crémaillière; les grands chenets de fer; la maie qui est le garde-man-

ger ; quelques images coloriées clouées au mur blanchi
à la chaux, représentant l'Empereur, Fualdès ou le
Juif-errant, etc...

La mère Boisset se préparait à mettre une nappe
sur la table, mais on s'y refusa, et chacun prit un
grand bol de lait écumant, trempé de pain bis.

Comme on ne voulait pas perdre de temps, on pria
le père Boisset de se mettre en quête des ânes, et
sitôt qu'ils furent arrivés, on se mit en route.

On destina celui qui paraissait le plus fort à la
corpulente madame Veste, que ce ne fut pas une
petite affaire de hisser sur sa monture, la vue de la
torche lui inspirait des craintes sérieuses sur la
façon dont elle s'y tiendrait ; grâce à un escabeau
on réussit à la hisser. Quant à madame Gendarme,
rien qu'avec l'aide de l'épaule du père Boisset, elle
sauta sur son âne. Charlotte, qui avait pris le plus
petit, n'en parut pas moins monter difficilement
dessus malgré l'aide de Georges. Enfin, tout étant
paré et après avoir remercié les Boisset et leur avoir
promis d'avoir bien soin des bêtes et de les ramener
avant la nuit, Georges prit la tête du détachement
tenant l'âne de Charlotte par la bride, madame Gendarme suivit et madame Veste forma l'arrière-garde
avec Tortillemuche, qui faisait la moue de ce qu'on
n'avait pas voulu le monter, pour le préposer à la

surveillance des dames ; mais à peine la porte passée,
l'âne de madame Veste qui trouvait probablement
injuste qu'on le fît travailler le dimanche, quand il
n'avait fait que cela toute la semaine, sentant son
écurie à gauche alors qu'on le faisait tourner à droite,
se mit à prendre sa course du premier côté, sans
égard pour les tirements de bride de madame Veste,
qu'il faisait sauter sur son dos ni plus ni moins qu'un
sac de noix, au grand effroi de la brave femme qui
allait de ci, de là, se tenant à la crinière et jetant des
cris de terreur, à la grande jubilation de Tortillemuche, qui loin de se précipiter à la bride de l'animal,
tapait dessus derrière en faisant semblant de vouloir
et de ne pouvoir l'arrêter par la queue, augmentant
la terreur de madame Veste en lui criant : vous allez
tomber, vous allez vous tuer, et doublant en même
temps son embarras en ajoutant, cachez donc ça, vous
en montrez trop, tout le monde est aux fenêtres, si
bien que la bonne femme, sans remarquer qu'on
était dans une ruelle solitaire, partagée entre la
pudeur et le danger, perdait la tête et serait infaillible-
ment tombée, si l'âne ne s'était arrêté de lui-même
devant son domicile. Georges et le père Boisset qui
accouraient, lui firent tourner bride, et ce dernier
s'offrit à le conduire jusqu'à ce qu'on fût sorti du
village.

On monta au Buisson par un sentier en pente douce, à travers des champs plantés de pommiers, de cerisiers, de groseillers, de fraisiers, de vignes et surtout de violettes, à tel point, qu'au mois de décembre, quand le temps est doux, humide, et prête ainsi à l'évaporation des odeurs, l'atmosphère est toute imprégnée des senteurs des violettes. On escalada, queue à queue, le talard hérissé de taillis de châtaigniers, et l'on arriva au cordon où le père Boisset quitta la compagnie qui fit halte pour se recorder, et dont Georges appela l'attention sur le panorama qui se déroulait aux yeux.

Rien de beau en effet comme entrecoupé et heurté, ce qu'on voit arrivé à la crête du talard; c'est une Suisse en miniature! En face, sur la gauche, Verrières posé dans un nid rameux; sur la droite, derrière, plus près, plus loin, se dressant comme des points d'admiration, des mamelons empanachés de moëlleux châtaigniers, enjuponnés de fourrures de violettes; frisés, comme si c'était leur barbe ou leurs cheveux, de rares champs de seigle ou de froment; ayant pour corsage des taillis disséminés comme des régiments à leur poste de bataille; par ci par là, quelques maisons posées dans les entonnoirs des ravins, comme des sarcelles dans le creux des mares; tout cela allumé l'été par un ciel de feu brûlant de sensations, estompé l'automne par un horizon ardoisé trempé de mélancolie, pays des amours fantaisistes, bien fait pour être la patrie des contes des mille et une nuits et du hatchi.

Georges expliqua qu'on allait suivre la jolie allée ombreuse qui ourle la droite des contours du bois, surnommée à cause de cela le cordon ; de façon à avoir d'un côté le Buisson, et de l'autre la perspective de la vallée, sur laquelle le regard pourrait se plonger de temps en temps par les éclaircies qu'on rencontrerait, et qui montrent les contours du Buisson à chaque instant projetés dans l'inclinaison de la vallée, comme des jambes qui avancent ou comme des caps avancés dans la mer, et formant d'incessantes déchiquetures. Le chemin était assez large pour permettre aux trois ânes de marcher de front, il proposa aux dames de s'avancer dans cet ordre, comptant bien sur le hasard pour se trouver seul avec Totote, mais s'efforçant de détourner tout soupçon de son désir de tête à tête, Tortillemuche et lui devaient suivre derrière, et être les âniers.

Le premier quart d'heure de marche se fit assez silencieusement, comme dans un dîner où jusqu'à ce que l'estomac échauffé par l'absorption ait donné la loquacité aux convives, chacun s'observe cérémonieusement. Totote voulant sauver l'apparence de trop se

jeter à la tête de Georges, attendait aussi l'initiative
du hasard ; madame Gendarme et madame Veste semblaient deux reliques portées en procession ; quant à
Tortillemuche, déçu dans son espoir de faire la voltige
sur une monture, son rôle de piéton ne l'amusait
nullement, et il eut préféré faire une partie de billes
avec Camusard et Coquendru, aussi l'on pouvait voir
à son roulement d'yeux blancs et au redoublement
du reniflement, signes de mécontentement chez lui,
qu'il était en quête de niches, mais la présence de
Georges lui imposant, il s'en remettait de même au
hasard pour lui suggérer un plan. Voyez, disait
Georges, comme ce buisson est joli, la sévère physionomie que lui donneraient les chênes, principale
essence de sa plantation, s'ils étaient seuls, est adoucie
par les blonds châtaigniers et les bouleaux argentés
qui le parsèment, et égayée par les bruyères qui le
tapissent ; vous verrez de temps en temps un lapin
le sillonner comme l'éclair raie la nue ou comme un
gai sourire traverse le visage ; son sol caillouteux et
sablonneux défie la boue par la pluie, le val seul est
terre grasse pour ses poussées ; ce joli buisson doit
venir d'un hoquet volcanique de la nature ayant trop
festiné aux noces de Thétis et de Pélée.

Voyez comme il tourne, retourne et fait la chaîne
des dames pour ménager à l'œil des perspectives

inattendues, quelle boîte à surprises! tout y est mince, délicat, ce n'est pas la robuste nature alpestre où l'on songe aux sauvages et sanglantes amours, c'est la nature en miniature faite pour les timides amourettes nouvellement écloses, le diminutif impubère des jardins d'Armide.

On arriva à une espèce d'esplanade, où l'absence d'arbres sur la gauche, permettait de voir parallèlement à soi dans l'entonnoir de la vallée le propret village d'Ignies, placé comme un square entre deux tronçons de route aboutissant l'un à Palaiseau, l'autre à Bièvre ; le coteau remontait de l'autre côté vert et rameux, et les rubans des deux routes semblaient deux cours d'eau argentés, susurrant sur les blancs cailloux, à travers les agames et les phanérogames de toutes sortes, et venant se rencontrer dans un bassin formé par le périmètre des habitations.

Georges proposa une courte halte pour jouir du point de vue. Charlotte s'extasiant d'avance sur l'admirable perspective, déclara vouloir descendre de l'âne pour mieux voir en se plaçant sur l'arête du monticule, et réclama l'aide de Georges, qui présenta respectueusement le poing comme un chevalier du temps de la table ronde.

— Ah ça, Monsieur, croyez vous que je peux sauter ainsi au risque de me blesser, surtout manquant d'habitude, soutenez moi au moins sous les bras, et ce disant, la fine mouche se laissait tomber sur la poitrine de Georges, faisant sa lourde, son embarrassée et sa peureuse, ce qui lui permit de peser quelques secondes du poids de son corps sur celui de son soutien, qui les paumes des mains sous les aisselles de son fardeau, le thorax convexe sous le sien, titubait sur ses jambes comme les Hercules qui portent des poids humains sur la tête, les épaules et les bras ; ce fut presque en s'affaisant lui-même, qu'il déposa Charlotte sur le sol, et volta de suite comme pour rendre le même service aux deux autres femmes, mais en réalité pour dissimuler son trouble et son tremblement nerveux à la coquette fille qui, feignant de ne pas s'en apercevoir, jouissait intérieurement de l'empire charnel qu'elle s'apercevait prendre sur son Sigisbé.

Madame Gendarme avait déjà pris pied à terre, n'ayant eu pour cela qu'à dresser les jambes en rapprochant l'arrière train dans la ligne verticale, comme on fait faire aux poupées en bois et à ressort destinées à l'amusement des enfants.

Mais madame Veste n'envisageait pas sans terreur la difficulté de descendre et de remonter ; je n'oserai jamais accepter vos bons offices monsieur Georges, ce serait vous manquer de respect, et puis vous ne pourrez me porter, je suis trop lourde mon dieu s'exclamait elle! attendez, je vais vous empoigner d'un côté, dit madame Gendarme, pendant que monsieur Georges vous prendra de l'autre, mieux que cela ajouta celui-ci, Théodore va se tenir devant madame Veste, qui appuiera ses mains sur ses épaules, pendant que nous la soutiendrons sous les bras.

— Tient ça va t'être comme quand on descend les sacs de farine du grenier d'abondance, j'vas servir d'cheneau, mais n'glissez par trop fort sur moi M'ame sac, vous m'aplatiriez comme une côtelette panée s'écria Tortillemuche, accourant et retrouvant sa bonne humeur dès qu'il y avait à faire le loustic et peut être plus. Madame Veste tiraillée à droite et à gauche, les mains tendues vers son point d'appui, essaya de se mettre en branle, mais elle resta en place, pareille à l'apprenti nageur, qui au moment de piquer sa première tête, fait le simulacre de s'élancer, et reste cloué au sol comme s'il avait un plomb inébranlable dans les mollets.

— Mais vous ne vous aidez pas, lui dit madame Gendarme, comment voulez vous qu'on vous démarre.

— Ah c'est que ç'a m'fait un effet, si vous alliez me laisser tomber?

— Comment voulez vous qu'ça arrive puisque nous

sommes deux à vous étayer, et que mon fils vous sert de canne.

— C'est elle qui est une cane avec ses giries grommela ce dernier, allez-vous nous faire prendre racine là, prenez garde moumoute on va vous écorcher ; au surplus, si vous n'pouvez pus vous ôter d'la, vous n'avez qu'à y élire domicile, au fait, ça s'ra drôle, une concierge à âne dans sa loge pour tirer l'cordon, vous pourrez même lui apprendre à l'tirer lui-même, en remplaçant la patte de lièvre du cordon par un botillon de foin, dont vous n'le laisserez approcher qu'chaque fois qu'on sonnera ; on vous fera toutes sortes de p'tites mécaniques pour tous les besoins de la vie, pour dormir vous n'aurez qu'à entrer la tête dans un croissant de fer comme chez les photographes, vous aurez à portée, au bout de longues tiges, pelles, pincettes, soufflet, vous attirerez à vous sur un petit *rail-way*, casseroles, assiettes, avec un tuyau aspirant pour aller dans le tonneau de la cave, et un autre expirant pour aller dans un autre endroit, et l'jour où vous mourrez, on enterrera l'âne avec vous, pour vous honorer, comme monsieur Georges disait l'aut'jour qu'on brûlait jadis sur un bûcher, dans l'Inde, les femmes et les principaux serviteurs des Nababs morts, c'est ça qui va r'quinquer not' maison ! Ainsi parti, l'espiègle ne se serait pas arrêté, si Georges qui n'avait

opposé à ce flux de paroles qu'un rire dont il ne fut
pas le maître, prenant en pitié la confusion de sa
femme de charge, n'eut rappelé Tortillemuche à l'ordre,
et exhorté celle-là à un courage facile devant toute
absence de danger.

N'osant plus hésiter devant l'exhortation de Georges,
madame Veste posa ses métacarpes sur les omoplates
du gamin, et se mit en devoir de se laisser glisser
raide comme un linge mouillé oublié à la gelée, les
yeux demi-clos et le cou engoncé dans les épaules
que faisaient remonter Georges et madame Gendarme
en les soutenant en-dessous. Le départ commençait
assez bien, comme le lancer d'un navire qui glisse
doucement de sa cale de construction à la mer, mais
au moment où elle allait toucher terre, Tortillemuche
par un mouvement brusque se dérobant de dessous
la bonne femme, elle s'affala subitement en poussant
un cri de courlis, croyant tomber dans un précipice, pareille au susdit navire qui, près d'arriver à
l'eau, y entre rapide, la partageant en jets d'écume
avec des bruits de sifflement.

Cette fois, Tortillemuche ne put garer une taloche
de sa mère et une admonestation décidément sérieuse
de Georges, il s'éloigna bien vite sous prétexte d'attacher les ânes, protestant qu'il ne s'était retiré que
parce qu'il avait cru madame Veste sur ses guiboles,

et qu'on n'aurait plus rien à lui reprocher parce qu'il ne se mêlerait plus de rien...

On eut bien du mal à relever madame Veste, qui restait étendue presque en syncope se croyant talée, et à lui persuader qu'elle n'avait rien de cassé ni de meurtri ; on l'assit sur un tertre pour lui donner le temps de reprendre ses sens.

Georges retourna près de Charlotte lui expliquer le paysage et faire du lyrisme champêtre. Le sujet épuisé, il eut la satisfaction de presser la taille de la dame de ses pensées en l'aidant à se replacer à âne, madame gendarme se hissa sur le sien sans le secours de personne, quant à madame Veste, elle déclara qu'elle aimerait mieux faire dix lieues à pied que de recommencer une nouvelle ascension et une autre descente.

— Mais tu ne pourras pas nous suivre lui dit Charlotte qui la tutoyait, nous n'allons pas toujours aller piane-piane, ce serait ennuyeux, nous trotterons un peu.

— Raison de plus répondit-elle, la bête me jetterait par terre, d'ailleurs je suis bonne marcheuse, et puisque monsieur Georges dit qu'il n'y a qu'à suivre toujours le chemin tournant, qu'il prenne mon âne, courez devant, cela t'amusera plus que de rester en compagnie de vieilles femmes.

— C'est ça, approuva madame Gendarme, moi qui ne

tiens pas non plus à me faire secouer comme d
plomb à bouteille, je vous tiendrai compagnie ave
Théodore.

—En v'la un quine à la loterie de l'embêtement murmura ce dernier, compte là dessus et bois de l'eau,
avec ça que je n'me donnerai pas d'l'air à la premièr
occasion.

— Eh bien, Mademoiselle, si vous voulez faire u
temps de galop, je serai votre écuyer cavalcadour. Te
nez-vous bien, s'écria Georges, enfourchant la bourri
que de la portière qu'il talonna en même temps qu'i
cingla de la houssine, cueillie à cette intention, l
bourriquet de Charlotte; les deux bêtes prirent le tro
aux éclats de rire de la jolie fille, heureuse de saute
sur le dos de la sienne, qu'elle ne cessa d'exciter de l
voix et de la bride, jusqu'à ce qu'elle eut pris le galop
Georges s'empressa de mettre son animal à cett
allure. Le bourriquet entendant la course de l'âness
n'en mit que plus d'ardeur à précipiter la sienne, e
nos deux amoureux furent bientôt hors de vue.

Georges avait peine à suivre Charlotte, qui, empor
tée comme une autre Lénore, mettait à cette cours
un entrain furibond, indice de l'énergie passionné
qu'elle devait avoir au service de ses moindre
caprices.

— Prenez garde, lui criait-il inquiet, en tâchant de l

suivre, vous allez trop vite, le sabot de votre âne peut rencontrer une racine ou une pierre qui le ferait tomber, et vous entraîner dans sa chute; mais elle ne l'écoutait pas et galopait toujours.

Il ne pouvait s'empêcher d'admirer la hardiesse et l'aplomb avec lesquels elle se laissait emporter sur une torche en bois, à peine rembourrée de paille entoilée, n'offrant rien de saillant pour se tenir, sans dossier, sans étriers; elle allait, elle allait, la folle fille, comme la feuille chassée par le vent d'automne.

Elle était splendide d'animation : la poitrine en avant défiant la colonne d'air qu'elle fendait; le bassin largement étalé sur la torche d'où il s'enlevait et y retombait par mouvements isochrones, sans dévier de la même place; la tête droite, la joue écarlate; l'œil dardant en face comme une flèche filant au but; le coude au corps, la main serrant la bride dont elle tourmentait frénétiquement la bouche de l'âne.... elle allait comme une lave dévorante, n'entendant Georges, ne voyant rien, grise de mouvement, sentant pour la première fois une sève impatiente lui courir partout, prenant aux dents le mors de son ancienne placidité. La pérule du bouton de sa calme adolescence craquait pour la floraison des pétales de sa virile puberté, au soleil de ses quinze ans.

Le bourriquet s'arrêta épuisé, et Georges put rejoindre l'ardente écuyère qu'il trouva inconsciente de ce qui lui était extérieur et comme dans un état somnanbulique.

— Ah mon Dieu, s'écria-t-il, qu'avez-vous, là, j'en avais le pressentiment, vous vous serez fait mal ! aussi quelle étourderie de courir à se casser le cou, et mettant pied à terre, il s'approcha inquiet de Charlotte, dont il osa prendre les mains.

— Ah c'est vous, monsieur Georges, balbutia celle-ci, de l'air ahuri d'une personne qui s'éveille.

— Mon Dieu ! Mademoiselle êtes-vous blessée ?

— Blessée, mais pas du tout.

— C'est qu'ayant vu votre âne s'arrêter presque subitement, après le train d'enfer avec lequel il détalait, et votre immobilité, je craignais un accident.

— Rassurez-vous, mon courageux bourriquet s'est arrêté parce qu'il était à bout de forces, et cette course rapide m'a fait un tel effet, qu'après l'arrêt je me croyais encore entraînée dans l'espace; ce disant elle sauta à terre sans le secours de Georges, flatta de la main le grison qui ahalait, l'attacha à l'ombre dans le bois, et s'asseyant elle-même sur le revers du chemin engagea Georges à faire comme elle.

— Laissons souffler les bêtes en attendant que ma mère et madame Veste nous aient rejoints, et puisque vous êtes un savant, expliquez-moi le phénomène que je ressens sans le comprendre.

Hier encore j'étais peu oseuse et mon existence s'était écoulée indifférente, d'aujourd'hui seulement il me semble que j'arrive à la vie, que j'ai des nerfs, des muscles, du sang, que tout cela se contracte et circule et qu'il me faut autre chose que l'ennuyeuse uniformité de mon ancien état. Tout à l'heure quand cet âne, de son plus vite galop me faisait glisser dans le vent, il me venait des commotions inaccoutumées, jamais je n'avais senti mon sang si chaud, j'avais comme des envies de braver quelque danger, il me semblait que j'eusse passé partout et l'on aurait tiré sur moi à mitraille, que je me serais précipitée à travers les balles ; expliquez-moi pourquoi je suis ainsi métamorphosée, et ses yeux interrogateurs quêtèrent dans ceux de Georges une réponse.

Charlotte était en ce moment de bonne foi, elle ne jouait pas la comédie, au contraire : si elle n'eût pas été telle, elle aurait été assez avisée pour s'abstenir de confidences susceptibles de la faire soupçonner de la jouer. Un confident moins naïf que Georges en effet, n'aurait pu s'empêcher de penser que cette jeune fille si retenue jusqu'alors, devenue tout à coup si expansive avait caché son jeu et se servait d'un moyen grossièrement romanesque pour se rendre intéressante.

Heureusement pour Charlotte que Georges était trop candide pour s'imaginer pareille ruse, bien plus, cette franchise et cette agitation le ravirent, il y vit le fait d'une personne naïve ne sachant dissimuler des impressions incomprises, le premier frémissement des sens fondant leur glace dans un rayon d'amour.

Ce dont il se croyait certain, c'est qu'un sentiment nouveau, inconnu, emplissait Charlotte à son insu, il s'en rapportait l'honneur, et l'extrême vanité qu'il en ressentit se mêlant à son engouement pour elle qu'il ne cherchait plus à se dissimuler, ne contribua pas peu à l'inonder d'orgueilleuse joie, mais aussi d'un trouble extrême; comment à une interrogation ingénue, faire une réponse présomptueusement dévélatrice; ira-t-il faire rougir l'innocente colombe qui vient confiante lui demander la lumière?

Pauvre fou, ignorant des bizarreries du cœur humain, qui voyait l'embryon d'un timide amour, amour inavoué, bégaiements du cœur, dans ces palpitations toutes matérielles, germe d'aspirations à la liberté et aux satisfactions sensuelles.

Le portrait physique et moral de Charlotte nous l'a en effet montrée puissante de chair et d'égotisme, toutefois, la situation obscure dans laquelle elle végétait, le lymphatisme de l'âge tendre, lui laissaient à l'état latent les ardeurs de corps et de tête qui ne devaient se révéler qu'à la conjonction de sa pensée avec l'événement qui donnerait une forme et un débouché à ses aspirations ; la rencontre de Georges fut le choc qui fit vibrer chez elle la note muette. En voyant un garçon bien élevé, riche par rapport à elle, lui rendre des soins, elle compara sa situation infime, son avenir piètre, avec celui qu'elle obtiendrait si elle devenait la femme d'un Monsieur ; sans grande espérance d'y arriver, un pressentiment tacite la poussa néanmoins à coqueter avec Georges, voilà pour les calculs de tête ; mais le jour de la partie de campagne, alors que pour la première fois de sa vie elle se sentait un personnage, puisque c'était à elle qu'on la dédiait, quand elle huma le grand air de la liberté et y étira ses membres, quand il lui sembla, dans sa fuite, sentir tomber des chaînes et lui pousser des ailes, quand son sang affluant plus vite aux poumons, et plus imprégné d'oxygène, s'en retourna lui incendier l'organisme, elle eut des hallucinations ; elle se vit maitresse d'elle, de son temps, avec les moyens de satisfaire les désirs de sa forte organisation.

Elle s'était endormie fille, elle se réveillait femme ; mais la transformation avait été si rapide qu'elle n'avait pas eu le temps de s'en rendre compte. C'est pourquoi oublieuse un moment de l'avenir qu'elle fondait sur Georges et de l'éveil fatal à ses espérances qu'elle pouvait lui donner en l'interrogeant comme elle le faisait, elle ne put s'empêcher de lui demander la cause de son état.

Nous avons dit la perplexité de Georges pour formuler une réponse, il ne savait comment la commencer et restait hébété devant sa charmante questionneuse, quand une heureuse diversion vint le tirer d'embarras.

Des cris semblant appartenir à Tortillemuche se firent entendre à peu de distance, Georges et Charlotte se levant en sursaut coururent guidés par le son, et ne tardèrent pas à voir en effet Tortillemuche beuglant, attaché à un arbre. Grande fut leur surprise, car ils le croyaient avec les deux femmes, et la situation dans laquelle ils le retrouvaient était au moins singulière. Il leur conta qu'obligé de s'éloigner momentanément de sa mère, il s'était trompé de direction, qu'en battant le bois pour retrouver son chemin il avait fait la rencontre de trois malfaiteurs qui, voyant sa mise soignée, lui crurent le gousset garni, et enhardis par le mystère du bois, se jetèrent sur lui pour le voler, qu'il s'était tellement défendu qu'ils furent obligés de l'attacher pour venir à bout de lui, que c'est alors que vaincu par le nombre et mis dans l'impossibilité de continuer la lutte, il poussa les cris qui mirent en fuite ses agresseurs et attirèrent ses libérateurs.

Cette histoire semblait bien louche à Georges, une attaque en plein jour dans ce charmant et fréquenté bocage, était chose difficile à avaler, surtout vis-à-vis d'un gamin. La complication de la ligature, l'emphatisme et le surfait de la narration n'étaient pas propres à entraîner la croyance. Quant à Charlotte, elle n'en crut pas un mot; elle connaissait son Tortillemuche et subodorait une cacade de sa part; toutefois, comme il n'y avait aucun intérêt à savoir la vérité et qu'il était supposable qu'ils eussent perdu leur temps à la demander au délinquant qui ne l'eût pas dite, pour ne pas avouer une faute et ne pas descendre du piédestal sur lequel il s'était juché, ils se contentèrent de le remmener avec eux à la place où ils étaient précédemment assis et où ils attendaient les retardataires.

Voici ce qui était arrivé à Tortillemuche : nous avons vu sa mauvaise humeur quand on l'avait conné avec les vieilles, sa turbulence ne devait pas s'accommoder de clopiner avec elles et d'entendre leurs tranquilles ragots, aussi profita-t-il d'un détour du chemin pour se jeter dans le bois et aller à l'aventure à la découverte des violettes, des fraises, des nids d'oiseaux, des hannetons ou de quelque méchanceté à faire; le hasard le servit à souhait. Il était monté dans un arbre où il avait aperçu un nid, il était vide et il

se disposait à redescendre, quand entendant marcher
il regarda et aperçut le Monsieur qui lui avait tiré les
oreilles se promenant avec un petit garçon de quatre
ans environ (son fils peut-être qu'il faisait élever à la
campagne et qu'il venait voir le dimanche) ; comme
l'arbre sur lequel était perché Tortillemuche était le
plus ombreux de la circonscription et qu'une butte
moussue était à sa base, le papa et l'enfant s'y assirent ; Tortillemuche tenait sa vengeance : ses poches
étaient remplies de hannetons, il en prit un, le tint à
plomb sur le nez du père et le laissa tomber ; celui-ci
fit un soubresaut, regarda le projectile, le reconnut et,
croyant à un de ces inconvénients si ordinaires en la
saison et en pareil endroit, se contenta de se gratter le
nez sans songer à regarder en l'air. Après quelques
instants, un second hanneton lui tomba entre le cou
et le col de la chemise et faillit lui couler dans le dos ;
la chaleur lui ayant fait ôter sa cravate, il eut beaucoup de mal à le retirer avec la main. Cette fois il
pesta, en lançant au loin le coléoptère et jetant un
coup d'œil de reproche à l'arbre, mais pas avec assez
d'insistance pour voir le tourmenteur mi-caché dans
les feuilles et qui se tint prudemment coi. Peu à peu
l'individu, engourdi probablement par la chaleur,
ferma les yeux en s'allongeant, mettant son chapeau
sur sa figure pour la garantir des projections, et s'en-

dormit pendant que l'enfant s'amusait à trottiner de
ci, de là, cueillant les primulacées (primevères) et les
caryophillées (lychnides) qui abondaient en cette
partie du bois. Comme le héron qui immobile au bord
de l'eau, le corps droit, le cou replié sur la poitrine,
la tête renversée sur le dos et presque cachée entre les
deux épaules relevées, attend qu'un poisson passe à sa
portée, pour le saisir d'un coup de bec dardé comme
un trait, le cou se déployant subitement comme mû
par un ressort, Tortillemuche, arrasé sur la branche,
attendait le moment favorable de lancer un troisième
hanneton ; la position horizontale du dormeur et le
cachement du visage par le chapeau dérangeait ses
plans, quand grâce à un mouvement, le chapeau
glissa de côté, et comme notre homme dormait la bouche ouverte, c'est dans elle que Tortillemuche eut l'in-
fernale idée d'envoyer l'insecte.

On décrirait difficilement le saut et le hurlement du
dormeur ainsi réveillé qui manqua de s'étrangler
ayant avalé le hanneton à moitié, et qui toussait et
crachait en expectorant avec dégoût les débris écrasés
et juteux de l'insecte.

Pour le coup sa rage ne connut plus de bornes, et
comme celui qui dans un sentiment irréfléchi de colère s'en prend à l'objet même inerte qui l'a blessé, il
envoya un furieux coup de pied à l'arbre recéleur de

pareils ennemis ; le balancement qu'il lui imprima ainsi et auquel ne s'attendait pas Tortillemuche le fit se remuer pour se cramponner à la branche et éviter de tomber, il en résulta un bruit de feuilles et de branches froissées qui, attirant l'attention de la victime, lui fit découvrir le tortionnaire.

— Le Diable m'emporte, il y a quelqu'un là-haut, s'écria-t-il... Eh ! mais, voilà qui explique presque la pluie de hannetons. Ah ! mon gaillard, descends donc que nous nous expliquions. Que fais-tu ainsi perché, est-ce que tu as des ailes pour te promener comme les oiseaux ?

— Je vous assure, monsieur, que je n'ai rien jeté, s'exclama Tortillemuche, voyant ses affaires prendre une mauvaise tournure, j'étais monté pour dénicher un nid, vous êtes venu pendant ce temps vous reposer en bas et je n'osais descendre pour ne pas troubler votre sommeil ; c'est peut-être en bougeant que j'aurai sans le vouloir fait tomber des hannetons.

— Ouais, mon drôle, vois-tu ça, des hannetons assez malicieux pour tomber juste sur le nez, dans le cou et dans la bouche ; il ne me semble pas que ce chêne soit un arbre à hannetons et je ne lui en vois guère ; mais descends toujours que nous tirions l'affaire au clair.

— Je vous assure, monsieur, que vous êtes dans

l'erreur, à preuve que v'là l'nid que j'allais chercher.

— Un nid vide, descends, descends !

— Monsieur, je vous assure, répétait sans cesse Tortillemuche, se gardant bien d'obtempérer à l'invitation, sachant de quel bois se chauffait son interpellateur.

— Descends, te dis-je. Si tu me prouves que tu es innocent, je te laisserai aller sans te faire de mal, mais si tu ne descends pas de bonne volonté, je vais bien te forcer à le faire de force. Tu vois ces cailloux, eh bien ! je vais te les renvoyer en échange des hannetons.

Tortillemuche, voyant qu'il n'y avait pas à désobéir, et un peu tranquillisé de n'avoir pas été reconnu, se laissa couler avec l'intention, arrivé à quelques pieds de terre, de sauter en bas et de s'enfuir; mais notre homme, qui se doutait du tour et se tenait contre l'arbre, l'empoigna au moment où il touchait terre.

— Pas si vite, compère, lui dit-il, se plantant devant lui. Mais j'ai vu cette frimousse-là quelque part. Pardieu, je ne me trompe pas, c'est l'aboyeur du chemin de fer. Ah ! polisson, la première correction ne t'a pas suffi, tu te figurais probablement que mon estomac avait besoin d'huile de hanneton. Attends, je vais t'en donner une purgation dont tu te rappelleras.

Plaçant sous le bras gauche mon Tortillemuche à qui il fit faire changement de face, malgré ses trépignements, ses instances, il le fouetta jusqu'à ce qu'il eût le bras fatigué.

Tortillemuche ne criait pas, mais il écumait et cherchait à mordre et à ruer, ce dont l'autre avait peine à se garantir, c'est alors que lui vint l'idée de l'attacher, avec une corde qu'il avait dans sa poche, à l'arbre même témoin de ses niches.

Et lui flanquant une dernière escourgée avec une badine flexueuse qu'il coupa à cet effet :

— Adieu, mon gars, lui dit-il, reste là en expiation de ta méchanceté pour servir de pâture aux hannetons que tu voulais me faire manger, et s'ils ne veulent pas d'un méchant morceau comme toi, ce qui est bien possible, ne retombe jamais sous ma coupe.

C'est alors que Tortillemuche, en rage d'impuissance, ecchymosé et anxieux de sa situation, se mit à pousser les cris qui attirèrent sa sœur et Georges et lui valurent sa délivrance ; mais il se garda bien de leur avouer le vrai motif de son désarroi et leur forgea son histoire.

On aperçut peu après pointer Madame Gendarme

et madame Veste à qui Georges jugea inutile de conter la nouvelle aventure de Tortillemuche, lequel, comme on allait descendre dans Bièvre, eut la permission de monter sur l'âne, avec injonction de ne pas s'écarter de sa mère et de ne pas faire de folies sur la bête.

Celui-ci, au comble de ses vœux, jura en se tirant la peau de la gorge avec la main et en lançant un jet de salive, signe de serment solennel, qu'il serait trop sage, et Georges, avant de prendre par la bride l'âne de Charlotte pour le guider dans la descente qui court sur Bièvre en zigzag par les flancs de la montagne, lui fit admirer le nouveau et merveilleux point de vue qui se présentait.

On voyait le bourg inondé de soleil, allongé dans son creux comme un lévrier jaune devant le feu; à gauche le chemin tournant, descendant sur celui d'Iguiès à travers les jardins, les ruisseaux et les prés; à droite le même chemin, montant en défilé vers le petit Bicêtre et Malabry; en face, la grande route qui va à Versailles, escaladant la colline en côtoyant la vallée de Bièvre comme un précipice, et laissant filer à sa gauche dans le bas le ravin solitaire de Jouy; plus à gauche l'autre route, dite du Chat Noir, montant en spirale à travers bois vers le plateau où l'on voit les étangs de Sacrau et qui va rejoindre de l'autre côté la

plantureuse vallée de Chevreuse qui étend son tapis
vert devant Gif, Chevreuse et Dampierre.

Si Georges eût été seul avec Charlotte, il eût chanté
en poète ce divin pays, mais le voisinage d'êtres un
peu trop prosaïques lui fit mettre une sourdine à sa
lyre, il se contenta de lui faire donner un coup d'œil
d'ensemble sur ce paysage creusé, surplombé, cahoté
dont la beauté réside dans les contrastes, avec ses
multiples vallées longitudinales et obliques courant
en tous sens comme de grands lézards verts à reflets
dorés, larges, étroites, herbues, rameuses, arrosées ou
non ; avec ses monticules coiffés de bois et de plaines
à pommiers ceinturées de sentiers sablés ; avec ses diverses températures, fraîches dans les vaux, tempé-
rées dans les bois, chaudes sur les plateaux. Ce paysage appelait la rêverie, disait-il ; l'imagination se
plairait à ressusciter dans la grotte du Val les Naïades,
ces filles de Jupiter à la couronne de roseaux sur les
cheveux argentés flottant le long des épaules ; à deviner dans les chênes du coteau les malheureuses Ha-
madryades destinées à mourir avec l'arbre dont elles
sont l'âme, moins heureuses que les robustes Dryades
survivant à tout ; à voir dans les clairières et les
prairies, les Sylvains et les Faunes aux pieds de bouc,
symbole de force et de fécondité, courir après les
nymphes effarouchées.

— D'où il faut conclure que ce paysage n'est pas une croûte, hasarda Tortillemuche, malheureusement, car j'aimerais à en casser une qui ne soit pas, comment dites-vous ça, monsieur Georges, mutho..... mysto.....

— Mythologique, mon ami, tu as raison, ventre affamé n'a pas d'oreilles. Et ce disant, il prit la tête de la caravane, pour commencer la descente qui s'opéra par un chemin rapide, posé sur le flanc de la montagne comme une raie sur la tête.

Il était environ deux heures de l'après-midi, les estomacs qui n'avaient pris que le pain et le lait des Boisset et que stimulait un air plus vif qu'ils n'en avaient l'habitude, chantaient disette, aussi est-ce avec les aspirations nasales de l'étalon flairant la cavale, que les nez sentirent la bonne odeur s'échappant de la cuisine de la mère Lageotte; le reniflement de Tortillemuche fesait le bruit d'un vol de perdrix.

L'auberge du *Chariot-d'Or*, décorée du nom d'hôtel, est la meilleure et la plus achalandée de l'endroit. Son patron était alors le père Lageotte; il ne se mêlait en rien des détails de l'intérieur qu'il abandonnait à la bonne Madame Lageotte, pour se consacrer spécialement à l'exploitation de la correspondance des voitures allant de Bièvre à la station de Palaiseau par Ignies. Il était l'incarnation la plus complète, la plus honnête et partant la plus curieuse des propriétaires de messageries, car il se croyait la mission providentielle de conduire, à destination et à heure fixe, les voyageurs dans les meilleures conditions possibles, aussi avait-il élevé son voiturage à la hauteur d'un culte. Ainsi, il ne se précipitait pas pour vous aider de la main à monter en voiture, il n'était à personne en particulier pour être à tous, il ne vous attendait pas une minute, parce que c'eût été faire perdre le temps des autres, l'intérêt général devant primer l'intérêt privé; il ne soutenait pas avec le premier venu de ces conversations d'impériale par demandes et réponses, qui sont comme l'enquête d'un juge d'instruction sur un pays, ses oui ou non brefs auraient eu bientôt dégoûté le bavard si on l'eût fait causer, cela eut nui à la surveillance des chevaux et de la route, il eut attenté à sa mission; il ne fallait pas lui demander des amabilités, il aurait cru déroger. N'en concluez pas qu'il manquât de prévenances pour le bien-être des voyageurs, la commission que vous lui confiiez était exactement faite, il n'oubliait pas de vous arrêter à l'endroit dit, il vous fesait, par le froid, une bonne litière de paille aux pieds, vous aviez une voiture bien suspendue, bien rembourrée, bien close et d'excellents chevaux. Ce n'est pas lui qui, par économie, eût acheté une guimbarde; qui, lorsque l'avoine était chère et que l'hiver était rude, se fût défait de quelques chevaux, les remplaçant par des rosses, ou les eût nourris moins, eût-il dû en être de sa poche ; son matériel et sa cavalerie restaient excellents, mais tout s'arrêtait là. Aller plus loin était, disait-il, le fait de banquistes remplaçant par l'eau bénite de cour le comfort absent du voyageur.

Petit, sec, sans barbe, tout gris, il rêvait quelquefois la nuit qu'un cheval était malade et il courait s'en assurer ; il était à l'écurie dès quatre heures du matin pour assister au premier manger et au premier pansage des animaux ; il avait deux voitures dont il conduisait l'une. Quand, par hasard, une indisposition le faisait rester à la maison et se substituer son fils, il était inquiet près du fourneau de la cuisine ; l'oreille aux aguets, il entendait le premier le roulement de la voiture qui rentrait, comme l'amant perçoit les pas de sa maîtresse ; il courait ouvrir la porte, se faisait raconter toute l'histoire du trajet, comme s'il s'était agi d'un voyage de long cours. Si une bête avait trop chaud, il saboulait le conducteur ; l'inspection faite, il était tranquille, son œuvre était accomplie. Si un voyageur lui demandait un renseignement ou une place , etc....., cela ne le regardait pas, il renvoyait à madame Lageotte.

Si ses chevaux étaient tous fatigués : Vous lui auriez en vain offert le double et le triple du prix, pour la location attelée de la calèche, de l'américaine ou du char-à-bancs qu'il possédait pour les parties de campagne, il aurait été inflexible dans son refus.

Un maire a dit que l'ex-Empereur était le père des pompiers, lui; il était le père des chevaux.

Un mot le caractérise tout entier : l'amabilité, disait-il, est le fait d'un homme qui ne fait pas son devoir.

Comme Nérestan, dès qu'il avait satisfait à tout, c'était au public à y souscrire, il lui suffisait de demeurer en otage de sa conscience.

La maman Lageotte était tout l'opposé de son mari : elle était aussi grosse qu'il était maigre; aussi communicative qu'il était taciturne; aussi aimable qu'il était renfrogné. Ils ne se ressemblaient que par la probité : il avait le nez aquilin, elle l'avait en trompette ; il ne s'émouvait pas, elle était toujours inquiète; il marchait à pas comptés, elle sautillait autant que pouvait le lui permettre la surabondance de graisse, qui lui avait fait des joues comme des blagues à tabac, et lui avait enfoui dans l'estomac le cou et le menton à triple étage; c'était un gros tonneau qui roulait et roulait sans cesse sur l'extrémité circulaire de ses douves.

Elle vous avait de malicieux petits yeux, toujours

riants, et une bonne petite voix de tête qui chantait à
tout bout de champ : êtes-vous content, est-ce bon,
préférez-vous ceci, mettez-vous là vous serez mieux,
voici une chaufferette pour Madame, si je vous donnais le
journal et *tutti quanti*... ? Elle était à la fois à son casuel, à
ses clients ordinaires, au bureau de la voiture, à tout
ce qu'on venait lui demander, tout cela avec un de
ces sourires stéréotypés qui annonce la brave femme,
ne s'arrêtant que le temps nécessaire de satisfaire aux
exigences de son asthme.

Notez, par-dessus le marché, qu'elle était le dimanche
la pâtissière du lieu, qu'elle faisait dans la semaine
les commandes de ville, qu'elle avait un excellent
chef de cuisine, qu'elle trouvait moyen de traiter
les noces qu'elle fourrait dans la salle du billard
qu'on déménageait; et que dame Propreté était la
déesse du logis.

Georges qui, en amant déclaré de la nature, était
venu quelquefois promener ses rêveries dans ce délicieux Eldorado, était connu de la la brave madame
Lageotte, chez qui il établissait son quartier général.
Aussi en l'apercevant, flûta-t-elle un : c'est monsieur
Georges ! qui prouvait son contentement à le voir; car
si monsieur Lageotte était le père des chevaux, elle
était la mère des clients, surtout de ceux comme
Georges, qu'elle affectionnait particulièrement à cause

de ses manières polies et de son caractère gai et affable.

— Bonjour monsieur Georges, que ça me fait plaisir de vous voir! Lageotte est justement là, je vais l'appeler avant qu'il parte, il sera enchanté de vous saluer : Lageotte!... Lageotte ! alla-t-elle, pirouettant comme une toupie d'Allemagne, crier à la porte de la cour, viens voir monsieur Georges! Je lui dis que c'est pour vous que je l'appelle, voyez-vous, sans cela il ne se dérangerait pas, il lui faut des motifs. Disons que le rayonnement sympathique de la personne de Georges avait déteint sur la misanthropie de Lageotte qui pour lui seul quittait son air d'ours mal léché, et devenait presque affectueux et communicatif.

— En voilà un extraordinaire, vous êtes en compagnie aujourd'hui!

— Oui ma bonne madame Lageotte, et l'embrassant, il en profita pour chuchoter à son oreille : j'avais promis depuis longtemps à ma femme de ménage et à ses connaissances de les régaler d'une partie de campagne et je leur tiens parole aujourd'hui ; un petit sentiment d'aristocratie inhérent aux meilleures natures, le poussait à établir que son entourage n'était pas avec lui sur un pied d'égalité, mais de protection ; il voulait, en outre, empêcher la perspicace hôtelière, en lui fournissant un prétexte plausible d'accointance, de se douter qu'il emmenait les parents pour la fille.

— Madame Lageotte, nous mourons de faim.

— Bonne maladie mes agneaux, on va vous donner à brouter, montez au premier, vous connaissez l'endroit monsieur Georges ; je vais voir à la cuisine ce qu'on peut vous servir.

— *Wery well!* Mesdames suivez-moi, je vous montre le chemin, et suivi des autres, il escalada l'escalier en colimaçon, garni à sa rampe d'une cotonnade rouge.

Tout le monde prit place autour d'une table ronde que garnit le garçon, et madame Lageotte vint elle-même savoir les ordres du menu, après s'être arrêtée deux fois dans son ascension pour reprendre haleine ; ce n'était pas une petite affaire pour l'obligeante patronne de grimper un escalier et il fallait des clients bien privilégiés pour qu'elle prît cette peine.

— Nous avons le pot au feu, du veau à la casserole, du gigot et des poulets rôtis, des pigeons aux petits pois, de la raie, de la salade, de la crème, des fraises et des gâteaux de toutes sortes.

— Faites votre choix, Mesdames, dit Georges, il y en a pour tous les goûts.

— Ce que vous voudrez, monsieur Georges, répondirent en chœur les femmes, vous vous y connaissez mieux que nous.

— Du tout, répliqua celui-ci, je vous ai amenées pour suivre vos fantaisies, prononcez-vous.

— J'veux du boudin avec d'la moutarde, moi, s'exclama Tortillemuche, promenant un pouce de langue sur ses lèvres.

— Il n'y en a pas, mon p'tit ami, répondit madame Lageotte.

— Je vous en prie, madame! n'écoutez pas c'tintrus s'écria madame Gendarme, et s'adressant à son fils : taisez-vous, il faut que vous soyez bien mal induqué pour oser vous prononcer quand nous le faisons pas, si vous recommencez, vous irez manger dehors.

— Tiens elle est bleue celle-là, on m'dit d'dire mon goût et on m'tarabuste, et sa turbine se remit à ronfler.

— Il était dans son droit, opina Georges, mais...

— A la bonne heure, on m'rend justice, et la turbine modéra sa rotation.

— Mais le boudin n'étant pas sur la carte des mets, il faut s'en passer; puisque personne ne veut se prononcer, voici ce que je vous propose : pour hors-d'œuvre, quelques sardines avec du beurre et des radis; pour entrée, des pigeons aux pois; pour rôti, du gigot avec de la salade; pour entremet, un légume quelconque, et pour dessert un Saint-Honoré et des fraises.

— C'est trop, murmurèrent les femmes.

— V'la qu'est chic à béquiller, exclama de nouveau Tortillemuche, quelle culotte Camusard et Coquendru s'donneraient si y z'iétaient! Pourquoi M'sieur q'vous appelez les sardines et radis, des ordures?

— J'ai dit hors-d'œuvre, répondit en souriant Georges, expression signifiant hors de l'œuvre principale du repas, c'est-à-dire choses destinées à préparer l'estomac à l'absorption sérieuse, à le mettre en appetit, ce sont les escarmouches d'avant-garde dudit estomac pour la grande bataille que le corps entier va livrer aux mets.

— Ah ben, le mien va livrer un fier combat, si ça m'donne encore pus faim q'j'ai, et son nez imita le bruit du bourdon, au point que le père Lageotte, arrivant pour présenter ses hommages à Georges, et croyant à la présence d'une guêpe dans la salle, se mettait en devoir de la chercher et de la chasser pour qu'elle ne piquât personne.

— Comment allez-vous père Lageotte, lui dit Georges lui serrant la main?

— J'vous remercie, monsieur Georges, très-bien, et vous et la compagnie?

— Asseyez-vous là, et ne vous occupez pas de l'abeille, ces animaux quand on les laisse tranquillles sont inoffensifs, ils n'aiguillonnent que parce que,

croyant, quand on les chasse, qu'on veut leur faire
du mal, ils se mettent en état de légitime défense.

— Nous allons trinquer ensemble, cela me rappelle
que j'ai oublié le vin ; nous prendrons, si vous en avez
encore, de cet émoustillant Chablis que je bus la dernière fois que je vins ; l'été et à déjeuner, le vin blanc
charge moins la tête que le rouge ; puis, c'est le vin
gai en harmonie avec les tons que le soleil donne au
paysage ; le vin rouge ressemble davantage aux em-
pourprés couchers d'automne, dont la couleur annonce
celle du feu dont on va avoir besoin pour réchauffer la
nature engourdie ; l'été, les couchers du jour sont sablés d'or fin sur nappe d'argent comme le jaune d'un
œuf épandu sur son albumine, c'est signe qu'il faut
se rafraîchir, la chaleur épaissit les humeurs, le vin
blanc les dissipe. Dans le vin rouge, cuvé, fermenté,
qui a perdu son gaz pour devenir tonique, comme la
jeunesse bouillante a jeté sa gourme pour se faire
raisonnable, on ne cherche plus que la vertu forti-
fiante, c'est le lait des vieillards, des adolescents dé-
biles et des femmes mièvres vouées au tannin et au
tartrate de fer. Le vin blanc qui a gardé sa flamme,
convient à tout ce qui est flamme ; c'est avec lui
que le chasseur salue le crépuscule et s'étoffe à l'intérieur contre le brouillard et la rosée ; c'est de lui que
se gargarise l'ouvrier matineux qui se recorde avec

ses compagnons au comptoir du cabaret, avant d'aller fatiguer ses membres aux labeurs du chantier; il est le trait d'union de l'amitié qui se rencontre, et la sauce des appétissants mollusques acéphales des mers ; c'est le vin des aurores orangées, quand tout s'éveille léger et joyeux, des chansons et des amours ; c'est le vin de Falstaff qui donne du courage aux capons ; à lui les tièdes journées azurées du printemps et les chauds jours blancs de l'été; à lui la jeunesse de l'année, comme à la jeunesse de l'humanité les emportements, les fleurs et les rires !

Le vin rouge nous donne son corps pour nous conserver des forces ou nous redonner celles gaspillées par les folles années.

Le vin blanc nous jette son cœur pour nous convier au plaisir, aux joyeux étés de la vie, et nous ménager des souvenirs pour la caducité.

L'un est la raison de la maturité, l'autre est l'âme de la nubilité.

Le vin rouge est la philosophie de la consolation ; le vin blanc est la poësie de l'espérance !

Bravo, s'écria chacun des assistants, qui n'avait peut-être pas compris également. Quant à Tortille-muche, il crut de son importance et de sa courtisan-nerie de se donner l'air d'avoir parfaitement saisi l'improvisation, en conséquence, il hurlait, sautait sur sa chaise, se tapait les cuisses et faisait ronronner sa turbine à la façon du matou endormi, ce qui fit regarder aux père Lageotte sous la table s'il n'y avait pas un chat.

On pourrait croire que, comme certains vaniteux, Georges avait saisi le moment où il était entouré de petites gens, pour se faire pédant et obtenir une facile ovation : Il n'en était rien, son humeur poëtique, jointe à son humeur gaie, se laissait facilement entraîner au jet du moment. Chez lui, le sentiment, de quelque nature qu'il fût, débordait à la moindre issue ; s'il eut même été plus en garde contre cette facilité d'épanchement il s'en fut garé, sortant par là, vis-à-vis de Charlotte, du rôle de jeune homme timide et pur. Sa boutade lui donnait un vernis de viveur qui aurait pu faire croire à la jeune fille, que lui aussi avait battu les cartes de son jeu. Mais notre naïf jeune homme ne voyait pas aussi loin, ajoutons que la présence du père Lageotte avait été en grande partie le déterminant de son explosion humoristique, dans le tact habituel qu'il avait de se mettre à l'unisson des gens au moyen du ton populaire et de la plaisanterie.

Une fois lancé : les idées s'engerbaient d'elles-mêmes et s'enguirlandaient des mots fleuris de son cerveau.

Le repas fini, Georges proposa avant de repartir, d'aller visiter la grotte des amours.

Madame Gendarme et madame Veste, peu touristes de leur nature, et qui avaient trouvé dans la mère Lageotte une partenaire de calibre, pour causer linge, blanchissage, raccommodages, cherté de beurre, qualité de la viande, purgations, toux, remèdes de bonne femme, etc..., prièrent Georges de se passer d'elles, assurant que Charlotte leur raconterait ses impressions, et que ce serait comme si elles avaient vu elles-mêmes, qu'il pouvait seulement emmener Théodore.

Georges ne se fit pas beaucoup prier pour un si doux tête-à-tête, et son ravissement fut d'autant plus complet que le frère de Charlotte fut introuvable.

Tortillemuche, le déjeuner fini, n'avait fait qu'un saut de la salle à manger à l'écurie, il s'était lié avec le palefrenier, et avait accepté l'offre de celui-ci, de mener tous deux les chevaux à l'abreuvoir; la bonne nourriture et le Chablis lui avaient un peu volcanisé la tête, il posait en homme, se targuait d'équitation, alors qu'il n'avait jamais monté qu'à âne le matin, pour la première fois, et s'apercevant qu'il avait affaire à un pitaud moufflard, fraîchement débarqué du Morvan, lui racontait, les pouces passés dans les entournures du gilet, les autres doigts en l'air sur les

revers du paletot renversés, mille fanfaronnades de
Paris, qui épataient ce pitaud et lui faisaient prendre
son esbrouffeur pour un personnage.

Il s'inféoda complètement le Morvandiau en lui offrant l'un des deux cigares d'un sou qu'il alla acheter, et,
monté à poil sur l'un des chevaux, il s'en alla côte à
côte avec lui, aussi plein de son importance qu'un
chevalier du temps passé partant guerroyer accom-
pagné de son varlet. Voilà pourquoi Georges et Charlotte furent privés de la compagnie du sire de Tortillemuche.

Ne feignant qu'un empressement cérémonieux,
Georges, tout en déclarant hypocritement regretter
que la maman et madame Veste se privassent d'un
curieux spectacle, offrit son bras à Charlotte qui s'était
préparée en un clin d'œil, et tous deux descendirent
le perron du Chariot d'or, raides comme des mariés de
province. Ils n'eurent pas un regard en arrière et
ne desserrèrent pas les dents jusqu'à ce qu'ils eussent
tourné à droite la route qui devait les conduire en
dix minutes au petit sentier grimpant en zigzag le
long de la paroi du larry où se trouve la grotte. Le
chemin qu'ils suivaient, qui va aboutir à la route impériale de Versailles, a été tranché dans le flanc de
la montagne, de sorte qu'on a à gauche, au moins à
cent pieds de profondeur, la vallée de Bièvre, et à droite

un larry qui s'étage en amphithéâtre jusqu'au faîte du talard, rétrécissant sa largeur à mesure qu'on avance en le côtoyant, et cessant, lorsqu'arrivé en haut de la montée, on a atteint à droite le plateau dans lequel mord la queue des dernières broussailles comme un tenon dans une mortaise.

Après avoir détonrné de la grande rue de Bièvre sur la route de Versailles, nos deux promeneurs se trouvèrent subitement seuls.

Il était donc arrivé ce moment tant souhaité par Georges : avoir sans témoins, ne serait-ce que pendant quelques secondes, le charmant objet qui lui semblait profané par tout autre regard que le sien, volé par toute distraction qui n'était pas sienne ! il allait donc lui parler autrement que par des phrases banales ! Charlotte lui appartenait. N'avait-il pas comme marque de suzeraineté son bras noué sur le sien ? Elle était bien à lui l'espace d'une heure au moins..., et une heure de cette félicité n'est-ce pas la vie d'un siècle !

D'où vient qu'ils allaient en silence : elle les yeux baissés, lui, la regardant à peine ? Ses désirs n'avaient-ils été qu'un mirage trompeur et restait-il insensible à la réalité ?

Non, mais il n'osait pas ! Pareil au voyageur impatient d'avoir gravi l'imposant Puy-de-Dôme dont rien : pierres, ronces, glissades, écorchures, n'arrête

l'ascension dans son aspiration à jouir du splendide tableau de l'incomparable vallée de la Limagne, et qui
arrivé au piton, saisi de la terreur du vide, les jambes
flageolant, le cœur en défaillance, n'osant regarder et
ne voulant ni avancer ni reculer, se couche la face
contre terre.

Pareil encore à l'ambitieux que rien ne rebute pour
atteindre au culminant du pouvoir et qui au faîte de
ses désirs, se trouble et hésite, inquiet de la lourdeur
de la tache et de l'immensité de la responsabilité.

Georges, parvenu à la réalisation de son rêve, se
trouvait anxieux ; au lieu des paroles emmiellées qui
devaient couler de son enthousiasme, la voix se dessé-
chait dans le gosier (comme à l'un des héros de Virgile)
le visage qui aurait dû rayonner, avait l'air honteux,
et les gestes était gauches en place d'être empressés !

Lui appartenait-il de donner à cette jeune fille
qu'il devait se figurer chaste, l'éveil des sensations,
s'il n'était destiné à les apaiser légitimement ?

Quel nom ne mériterait l'imprudent qui, pour irri-
guer une terre vierge, détournerait le ruisseau de la
montagne sans lui redonner une sortie, exposant ainsi
le terrain à être raviné, emporté par les eaux torren-
tielles de la tempête ?

Avait-il le droit de fertiliser une âme de la rosée
des passions, si les débouchés avouables manquaient à

leur orage qui devait la noyer dans ses débordements?

Sera-t-il assassin? Telles étaient les réflexions subites qui faisaient caponner son moral.

D'un autre côté, il n'était pas plus brave au physique; manquant de hardiesse avec la femme parce qu'il n'en avait jamais fréquenté que de respectables, il ne savait comment s'y prendre pour jouer à Charlotte une gamme plus tendre que d'habitude; n'offenserait il pas sa pudeur, ne froisserait-il pas sa dignité? Il se trouvait encore comme ces fanfarons qui, mis au pied du mur, reculent.

Il sentait en même temps que sa situation était ridicule, à défaut des empressements de la passion, il aurait fallu l'état normal, la causerie ordinaire.

Il lui semblait que sa façon d'être devait étonner Charlotte, dont le mutisme était l'indice qu'elle était embarrassée de son propre embarras, qu'elle en rougissait pour lui, il ne pouvait cependant l'insulter, et il ne trouvait autre chose à dire.

Et sa tête était en feu de l'électricité communiquée à ses sens par le contact du bras de la jeune fille; il voulait se défendre de le serrer, croyant trop l'étreindre et il le tenait, sans s'en apercevoir, à distance, comme on tient celui de la dame qu'on conduit, quand on a annoncé que le dîner est servi, du salon à la salle à manger, en arrondissant l'avant-bras pour la laisser passer la première dans l'étroitesse de la baie des portes.

Charlotte jouissait en secret de ce trouble profond qui affirmait son empire, et se gardait de mettre le malheureux à son aise en rompant la glace du silence et de la fausse position ; elle se laissait conduire d'un air pudibond, qui mettait Georges aux cents coups, elle attendait, elle voulait la victoire complète.

On approchait de la sente, il fallait à tout prix sortir de cette niaise position ; Georges rassembla son courage et articula... Quel ciel serein, n'est-ce pas Mademoiselle ?

— Mais oui, répondit-elle sans pouvoir s'empêcher de sourire ; elle pensait probablement que le plus serin en ce moment n'était pas le firmament.

On ne pouvait être plus maladroit, Georges le sentit, se mordit les lèvres et ne trouva rien autre chose à dire, il aurait pleuré de dépit, comme une femme.

Charlotte comprit qu'il fallait cette fois lui tendre la perche pour qu'il n'allât pas à la dérive, son intérêt le commandait, car si l'entrevue se passait sans que Georges brûlât les vaisseaux de sa timidité, désormais dans sa réserve, l'occasion de le faire se compromettre ne se retrouverait peut-être pas. En effet : l'amoureux naïf qui manque de hardiesse une première fois, sera loin d'être plus entreprenant une autre, il comprend instinctivement qu'il est jugé ridicule, et il fuira par fausse honte, celle qu'il recherchait avec ardeur ; une femme peut pardonner l'audace qui n'est qu'un hommage rendu à ses charmes, mais jamais la timidité ridicule, anomalie de l'être fort devenu faible, qui le lui fait mépriser et... le mépris tue l'amour.

Il importait donc de pousser Georges hors de l'ornière pour le rendre oseur, et lui enlever tout prétexte de se tenir à l'écart pour l'avenir.

C'est pourquoi, s'arrêtant en face le sentier et regardant Georges avec des yeux en coulisse, elle lui dit à brûle pourpoint : savez-vous monsieur que nous ressemblons à deux amoureux?

Celui-ci fit un haut de corps de stupéfaction et resta bouche béante, il ne s'attendait pas à cet audacieux mais habile coup d'état.

— Oui, reprit-elle, car une jeune fille qui sort seule avec un jeune homme, prête à penser au monde qu'elle a donné des droits sur elle, il faut que ma mère ait bien confiance en votre loyauté pour m'avoir confiée à vous.

Il s'agissait d'honneur, Georges retrouva sa présence d'esprit et répliqua :

— Je crois, Mademoiselle, que vous vous sentez en sûreté avec moi, je n'avais pensé toutefois aux appa-

rences compromettantes, ici où personne ne vous connaît ; si cependant vous craignez que votre réputation souffre de notre tête-à-tête et que vous désiriez
retourner, je suis à votre disposition, je m'en voudrais
d'être cause de la moindre de vos contrariétés.

— Non monsieur Georges, jai confiance en vous, et
qu'importe à une pauvre fille comme je le suis l'opinion du monde, vaut-elle qu'on se prive de ses meil-
leurs amis, surtout quand on a la conscience tranquille.

— Que vous avez raison, Mademoiselle, foin des préjugés qui gênent les affections licites, reprit en s'ani-
mant Georges, remis sans s'en douter sur la vraie piste !
Je suis fier de cette confiance que vous m'accordez,
elle est un titre de plus au dévouement que je mets à
votre service, je suis pénétré du sacrifice que vous me
faites en la forme, et si pour le payer il faut vous dire
que je n'ai encore ressenti, pour qui que ce soit, une
amitié aussi vive que celle que je vous porte, acceptez-
en l'aveu ; ah, si l'homme était sage, comme il s'occu-
perait moins du qu'en dira-t-on, et plus de sa légitime
satisfaction !

Georges était lancé, mais selon son habitude de
philosopher sur tout, il venait d'enfourcher un dada
qui pouvait le conduire loin, il ne fallait pas dévoyer
du but, aussi Charlotte l'arrêta-t-elle par les mots :

— Et la grotte, et la grotte !

— C'est vrai, pardonnez-moi Mademoiselle, je suis un incorrigible ergoteur, le sentier est un peu étroit si vous voulez passer devant.....

— Du tout, j'ai peur de tomber, donnez-moi la main, vous marcherez comme vous pourrez, sur l'escarpement s'il le faut, vous êtes mon chevalier servant, je vous mets à toutes sauces.

Le trajet jusqu'à la grotte était court, mais Georges avait un chemin bien traître à tenir ; c'était Charlotte qui le retenait chaque fois qu'il glissait, il fallait pour cela lui serrer énergiquement la main, aussi eut-il voulu être le juif errant des cavées, pour toujours sentir le soutien de cette étreinte qui le brûlait jusqu'au cœur ; il serrait aussi de son côté pour avoir un point d'appui, et il allait en aveugle, dédaigneux des obstacles, soulevé par une flamme, au point que si Charlotte ne l'eût à chaque instant averti, il se serait cogné contre les arbres.

Aussi quand on atteignit l'entrée de la grotte, il était transfiguré, le philtre avait opéré, les douces et adroites paroles de l'enchanteresse lui avaient remonté le moral, et pour lui donner le courage physique elle lui avait mis le feu dans les veines.

Et, ce qu'il y avait eu de très-adroit de la part de Charlotte, c'est qu'elle avait satisfait l'amour-propre de Georges inconscient de l'aide prêtée, sans descendre de son estime, puisqu'il ne souçonnait pas la provocation.

La grotte située su bord du talard était le temple de Paphos de l'endroit : De plusieurs lieues à la ronde on venait y composer des idylles, aussi depuis qu'un propriétaire peu bucolique, indigne descendant des Aerias et des Cynire, constructeurs et conservateurs du temple de Chypre, en a fait murer les abords, le pays a beaucoup perdu de ses charmants pélerinages, et les hôteliers surtout se lamentent. Je ne conseillerais pas à l'inhumain propriétaire de poser sa plus modeste candidature dans l'arrondissement.

Mais à l'époque où se passe notre véridique histoire, la grotte encore ouverte, était au culte de Vénus, ce que la Mecque est à la religion d'Islam, et de même que tout bon musulman va au moins une fois dans sa vie, faire ses dévotions à la Kasbah (maison carrée), tout amoureux venait dans sa saison égrener son chapelet d'amour dans le réduit d'Aphrodite.

Il était en effet merveilleusement placé pour aider à l'extase des sens par celle de la vue : l'œil laissant s'évaser sur le devant une petite esplanade, enfilait à gauche la vallée d'Ignies fuyant dans les collines comme une longue écharpe sur le dos d'une femme, et voyait en face, sur l'autre rebord du val, la route du chat s'aggrippant tortueusement au côteau comme un gigantesque crotale au tronc d'un arbre pour en atteindre le faîte.

Quel panorama que l'ensemble de ces vallées coulées comme autant d'allées sinueuses de jardins anglais entre ces massifs surplombés, bifurqués, coupés, détournés en tous sens et qui ne sont que les ramifications du grand val; vaste parc accidenté dont chaque maison particulière est comme un châlet détaché! En haut de la route de Versailles qui côtoie le talard et la grotte, la vallée fait patte d'oie.

Autour de la grotte était rangée, comme une garde d'honneur, une plantation de hauts sapins prêtant à son mystère sa verdure sibylline; des deux côtés, le long du talard, s'alignaient, en champ de piques, des taillis de châtaigniers rameux, propres, drus, gris de fer, portant leur bois, les feuilles tombées, sur meule et merrain comme un fouillis d'andouillers.

Ce qui ajoute au charme de ces vallées, est l'absence de monotonie : à mesure qu'on tourne la rampe d'un côteau, une nouvelle perspective se déroule à l'improviste par l'échancrure d'un mamelon; le paysage est en mouvement comme les gestes d'un enfant espiègle; et puis, le châtaigner est bien le bois féminin poussé pour l'amour, ses branches ont la moelleuse rondeur des formes de la femme, son épiderme est douce, son feuillage est une plantureuse chevelure et son fruit égratigne comme des ongles.

Georges et Charlotte s'assirent l'un à côté de l'autre sur un banc de bois rustique. Nous sommes là, dit-il, comme Paul et Virginie dont il se mit à lui conter l'attendrissante et navrante histoire, son regard humide s'attachait aux yeux de Charlotte qui ne pouvant se les humecter, les tenait baissés, insensiblement il lui avait pris les mains; magnétisé par ce contact aimanté et par sa poëtique évocation il arriva à son insu au vocabulaire d'amour.

L'homme ivre de passion laisse, comme celui gris de vin, échapper ses secrets.

Que cet instant ne dure-t-il toujours, commença-t-il selon l'éternelle et banale coutume des amoureux, ridicules pour la galerie, mais si excusables dans leur naïve bonne foi! quelle chose admirable et quelle force que l'amour, qui, depuis que le monde existe, fait désirer et jurer aux gens agités par son délire, ce que, redevenus sensés, ils raillent et déclarent impossible.

Grand capitaine, grand légiste, grand philosophe, vous régentez le monde par les armes, la loi et la morale; qu'un simple regard de femme vous foudroie et de maîtres, vous devenez esclave! créature sensée et finie, vous allez follement croire à l'infini, et écrire votre démence avec le vent sur la feuille éphémère de la fantaisie, vous allez vous conduire comme ceux dont vous avez tant fait la satire, et vous vous conspuerez vous-même quand le charme sera rompu, sauf à recommencer la même erreur sous l'empire des mêmes hallucinations.

Demandez à Marc Antoine, pourquoi il fut vaincu à Actium et perdit l'empire du monde?

Demandez aux échos de l'orbe, pourquoi de tous temps, vilains et nobles, pauvres et riches, faibles et forts, ignorants et lettrés ont toujours tourné dans le même cercle, vitupérant le prochain, se blâmant eux-mêmes, péchant, faisant amende, se croyant cuirassés contre la tentation, récidivant pour s'admonester, jurer que c'est fini et recommencer encore.

Parce que si l'esprit est fort, la chair est faible dit l'Eglise, qui, malgré la protection divine, paie aussi son hécatombe au monstre trop charmant.

—Ne trouvez-vous pas Charlotte (c'était la première fois que, sans s'en apercevoir il l'apostrophait si familièrement), que par ce temps tissé de chaleur, de lumière et d'air pur, on se sent poussé aux bonnes et aux vives affections. Là où nous sommes par exemple, dans cette crypte mystérieuse où nous pouvons imaginativement nous croire séparés de l'humanité et destinés à faire notre bonheur l'un par l'autre, d'où par la baie de pierres nous pouvons voir la brise balancer mol-

lement les cimes branchues, et le soleil brûler la terre
d'un long embrassement; d'où l'on entend, comme un
écho affaibli de félicité générale, les bourdonnements
magnétiseurs des insectes et les trilles cadencés des
oiseaux, n'éprouvez-vous pas un violent désir d'être
à l'unisson de cette harmonie terrestre?

Pour moi, je vous vois aussi belle que les grands
spectacles de la nature; je vous respire comme un parfum de fleur; votre parler m'est une mélodie; votre
main me paraît plus douce au toucher que le moëlleux
duvet de l'eider; et si j'osais, je vous mangerais de
baisers; en un mot, il me semble qu'il n'existe avec
moi qu'une personne au monde, vous!

Tenez, il m'échappe, ce secret que j'ai tant hésité à
déchaîner et dont j'ai voulu si longtemps douter. Tout
à l'heure encore, je le refoulais : fée bienfaisante, en
frappant de votre baguette magique le rocher de mon
cœur vous l'en avez fait couler; ne le rebutez pas, ser-
tissez-le dans votre cœur et pardonnez à ma présomp-
tueuse audace. Ce disant, Georges était aux genoux de
Charlotte, lui prenant les mains qu'il élevait à ses lèvres, la tête en arrière, plongeant son regard dans le
sien. Charlotte, toute peu sentimentale qu'elle fût,
n'avait pu rester insensible à l'ardente mélopée de son
Orphée, et pour le contempler, elle avait relevé l'iris
de ses yeux, dont elle adoucissait les lueurs.

— Monsieur Georges.....

— Oh... Monsieur !... Ai-je refroidi votre bien-aimé nom de Charlotte du glaçon de Mademoiselle, n'acceptez-vous pas la dédicace de mon premier amour pour ne pas m'appeler simplement Georges ?

— Eh bien, Georges, je vous crois sincère, mais réfléchissez : Si je vous aimais ne serait-ce pas entrer dans l'impasse du malheur ? Nos rangs sociaux sont trop distants pour que vous vouliez faire de moi votre femme et j'ai trop d'honneur pour jamais consentir à être votre maîtresse. Pourquoi se préparer des regrets irrémédiables, nous nous sommes déjà trop connus pour ma tranquillité et pour la vôtre, il serait mieux de ne plus nous voir et de nous oublier.

— Grands dieux, que dites-vous, s'exclama Georges, se relevant d'un bond, ai-je réfléchi à autre chose qu'à vous aimer, qu'à la jouissance de le sentir et aux délices de vous le dire ; la vie est-elle donc si longue et si importante qu'au premier vagissement du cœur il faille mêler les mathématiques du cerveau ; faut-il être rétif à l'aimant qui nous attire l'un vers l'autre, pour se préoccuper de la résultante du principe ; avons-nous besoin de savoir s'il y a ou s'il n'y a pas une sanction à l'amour ? aimons-nous, voilà tout, et ne venez pas réfrigérer de la douche glacée de la raison, le sentiment qui nous remplit. L'amour est un incendie qui s'allume on ne sait pourquoi ni comment, qui ne calcule pas ses ravages, mais qui va sournoisement d'abord, rampant, léchant sa proie, puis qui l'attaque ouvertement par bonds impétueux, saccadés, l'enserrant, la tordant, l'anéantissant dans sa flamme!... On n'arrête pàs le feu, on ne fait que sa part!

Georges ne voyait pas que la politique Charlotte posait dès l'abord les jalons de son établissement et qu'elle voulait écraser l'ennemi avant qu'il eût le temps de se ravitailler par la réflexion.

— Il vous importe peu à vous, homme, de sonder l'avenir, il vous suffit de vous laisser aller aux douceurs du présent; mais moi, femme, puis-je ainsi faire bon marché d'une situation propre à briser la tranquillité de ma vie ou à nuire à ma réputation !

— Oh ! ma Charlotte, me prenez-vous pour un vil séducteur? Plutôt que d'abuser de votre innocence je ferais le sacrifice de ma vie ; ne cherchez donc pas à enrayer mes aspirations !

— Vous ne comprenez donc pas, mon ami, que c'est parce que je ne me sens que trop disposée à vous aimer, que je redoute un amour fatal, sans issue ; voulez-vous me rendre malheureuse et me forcer, si je ne veux rougir de moi, à mourir de la consomption d'un sentiment à qui il est encore temps de couper les ailes.

Georges avait beau équivoquer de bonne foi, elle précisait et le forçait dans ses retranchements, jusqu'à ce qu'il s'écriât, étourdi, affolé : Je te le répète, pour qui me prends-tu, si tu te figures que celle à qui j'offre les prémices de mon cœur pour cueillir la primeur du sien, ne doive pas être ma légitime compagne? Ai-je des préjugés de caste, de fortune? non, je n'ai que les préjugés de la conscience, et sous ce rapport tu es, mon âme chérie, au moins aussi riche que moi.

Dans son élan, Georges était arrivé au tutoiement, aussi hardi à cette heure qu'il était timide avant; comme ces gens à caractère doux et pacifique que l'on croirait lâches parce qu'ils sont longs à se monter la tête, mais qui une fois sortis de leurs gonds, sont plus emportés que les irascibles.

Charlotte savait ce qu'elle voulait connaître. Avec un être organisé comme Georges, c'était suffisant, il était temps de détendre l'arc des calculs insistants pour ne pas se compromettre, et d'avoir l'air de se fier à la générosité de son amoureux, pour en récolter les bénéfices.

— Vous me convertissez, mon ami, dit-elle, oui, vous avez peut-être raison; ne creusons pas, de rides d'une sagesse exagérée, la jeunesse de nos sensations, vous êtes bon, vous êtes juste, vous êtes loyal, vous m'aimez, j'en suis ravie; je vais essayer de vous aimer aussi, mais jusqu'à ce que nous soyons bien fixés sur la marche de notre sentiment commun,

soyons seuls dépositaires de notre secret ; nous devons
continuer à passer aux yeux d'autrui pour des étrangers l'un à l'autre, tant que l'heure de la dévélation ne
sera pas arrivée.

— Oh ! douce amie, vous me donnez les joies paradi-
siaques, comblez-moi, en m'accordant la grâce de
sceller par un baiser le serment de fidélité éternelle
que je vous fais.

Charlotte lui tendit le front, sur lequel Georges imprima longuement ses lèvres frémissantes.

Et tous deux, le visage empourpré comme est l'horizon
par un beau soir automnal, muets (le bonheur se sa-
voure en silence), regagnèrent le *Chariot d'or*, où l'on
fit les préparatifs de départ.

Madame Veste avait assez de l'aller à âne, Madame
Gendarme n'y tenait pas du tout, Charlotte et Georges
étaient dans une situation d'esprit à éviter tout mouvement qui vînt les distraire de leur recueillement ;
puis, la fusée partie, ils étaient un peu honteux de
leur témérité respective, comme il arrive aux jeunes
amoureux dans les premiers temps ; il n'étaient pas
fâchés de n'avoir qu'à s'ensevelir en eux-mêmes. Tortillemuche lui-même, depuis qu'il avait monté les
Percherons du père Lageotte, méprisait les ânes ; puis
la journée s'avançait, et l'on avait peur de ne pas gagner Verrières avant la nuit si l'on recommençait, à

rebours, la cavalcade du matin ; aussi fut-il décidé que les ânes seraient confiés, pour être ramenés à leur maître, à quelqu'un de sûr, proposé par madame Lageotte dans la voiture de laquelle on monterait, pour prendre à la station de Palaiseau la voie ferrée.

Madame Veste et Madame Gendarme dormirent en omnibus, en wagon et dans le fiacre qui les ramena rue Montmorency ; Georges, qui toujours trouvait moyen de se placer vis-à-vis de Charlotte, en eut sans cesse les pieds doucement serrés dans les siens et la figure sous la garde extatique de ses yeux ; quant à Tortillemuche, sauf que monté sur le siége de l'omnibus à côté du conducteur et l'ayant prié de lui confier les rênes un instant, il manqua de faire dévier la voiture dans le fossé, sauf qu'il refit chorus aux : Eh Lambert ! sur l'impériale du train où il eut la chance de ne plus rencontrer de voyageur agacé, et sauf que racontant au cocher de fiacre ses prouesses de la journée il ne s'aperçut pas qu'il laissa glisser le fameux Tromblon gris à jamais perdu pour lui ; on n'eut pas d'incident plus fâcheux de sa part à ajouter aux épisodes de la journée et chacun rentra se coucher. Madame Veste et Tortillemuche eurent le cauchemar : la première passa la nuit à rêver qu'elle était emportée par son âne le long d'un précipice où elle tombait, ce qui la réveillait en soubresaut, inondée de sueur et suffoquée ;

le second se vit en rêve constamment lié à un arbre et fustigé, ce qui le faisait se réveiller en criant et répondre aux interpellations maussades de sa mère sur la cause inaccoutumée de ses cris, qu'il avait des rages de dents; pour Charlotte et Georges, c'est par la porte d'ivoire qu'entrèrent leurs songes : l'une se vit dans des costumes splendides, courir les bals et les théâtres, conduite dans un somptueux équipage, encensée sur son passage par la foule; l'autre habitait un vert bocage ensoleillé, où il ne faisait jamais nuit, et où il passait ses jours à regarder, endormie sur un lit fait de feuilles de roses, une nymphe ayant les traits et les formes de Charlotte, mais dont les jambes étaient remplacées par une queue de serpent.

CHAPITRE VII

LA BOITE DE PANDORE.

Pandore est un des symboles les plus curieux de la mythologie grecque. Voici comment Hésiode fait la biographie de cette Eve de la Fable :

Prométhée, fils de Japet et de Clymène et frère d'Atlas, de Mœnetius et d'Epiméthée, avait conçu le projet de créer un homme. Après avoir fabriqué son corps du limon de la terre et formé son cœur des qualités de presque tous les animaux, il l'anima d'une étincelle du feu divin qu'il était allé dérober au ciel avec le secours de Minerve. Jupiter, irrité du larcin et craignant que les hommes égalassent la puissance des dieux, résolut de punir dans Prométhée l'humanité, et ordonna à Vulcain de créer une femme tellement

parfaite, que tous les hommes en devinssent épris.
Vulcain la fit d'argile pétrie de larmes et ornée de
toutes les qualités physiques ; puis, chacun des dieux
la doua d'une qualité artificielle propre à séduire
l'homme, et Jupiter lui fit présent d'une boîte contenant tous les fléaux terrestres. Ainsi comblée de tous
les présents (d'où son nom de Pandore, *pan* tout
dôron présent), le roi du ciel la fit conduire par
Mercure à Prométhée, qui sentant le piége refusa Pandore et ses présents ; mais son frère Epiméthée moins
prudent en tomba amoureux, l'épousa, ouvrit la boîte
fatale corbeille de noce, et tous les malheurs qui affli-
gent l'humanité se répandirent sur la terre ; l'espérance
seule restant au fond de la boîte.

Ingénieuse allégorie, enseignant à l'homme que la
matière n'est rien sans l'âme, que les qualités physiques sans celles du cœur entraînent tous les maux,
et que dans le choix que l'on fait de la compagne de
sa vie, il faut viser aux attributs moraux plutôt qu'aux
charmes du corps, sous peine de voir le foyer domestique envahi par le cortége des vices et des mé-
comptes.

Prends garde, imprudent amoureux, crie la légende
antique, tu confonds un bouillonnement des sens avec
une aspiration du cœur, tu t'éprends d'un mannequin
satiné et colorié, sans penser que sous le derme il n'y

a que l'étoupe et le foin, et que quand tes baisers et ceux des autres auront usé le carmin des joues et la céruse du corps, il ne restera qu'une momie desséchée, qui aura apporté dans ta maison tous les maux destructeurs du foyer domestique... l'égoïsme, l'orgueil, la colère, la paresse, l'envie, la vengeance, l'adultère, la ruine et le suicide !

Prends garde ! c'est parce que l'attrait physique ephémère mais puissant, étouffe la raison et l'empêche de s'assurer de la présence des qualités morales que je te crie : Méfie-toi, fais comme Ulysse se soustrayant aux charmes des Syrènes, attache-toi au mât du vaisseau de la sagesse, jusqu'à ce que la première optique perdant de sa magique intensité, permette à la prudence de réfréner les sens désabusés ; sinon, malheureux Epiméthée, c'est Pandore que tu épouseras avec sa dot de mauvaises qualités qui, à mesure que tu fouilleras la corbeille de noces, s'envoleront dans ton ciel conjugal comme des malheurs irrémédiables, car l'espérance, c'est-à-dire le divorce seul, n'en sera pas sorti !

C'est ce mythe qu'allait avoir à méditer Georges, nous verrons s'il l'approfondit dans le bon sens.

Le lendemain de la partie de campagne, il se leva la tête alourdie, comme est celle du gourmand qui y sent encore la fumée des excès de table de la veille ;

mais lui, avait le cerveau alangui par les vapeurs éro-
tiques de l'encens que son cœur avait brûlé en l'honneur de la vierge de la rue Montmorency.

Quand il fallut mettre de l'ordre dans sa pensée, il
ne se rappela pas sans effroi sa témérité; il avait fait
une véritable déclaration d'amour à Charlotte! elle ne
s'en était pas offensée parce qu'en partie gagnée par
son vertige, elle avait manqué de libre arbitre; mais
qui assurait que les froides réflexions de la nuit n'allaient pas lui montrer les choses dans leur énormité,
lui faire regretter un moment d'oubli, la décider à
rompre une attache à peine ébauchée. C'est sa précipi-
tation qui aura tout compromis! N'était-ce pas lui
avoir adressé une injure, la connaissant depuis si peu
de temps, d'avoir brusqué le dénoûment? Il l'avait
traitée comme une fille facile; quelle opinion allait-
elle avoir de lui et de ses manières?

Elle croira que parce qu'il est un monsieur et qu'elle
n'est qu'une fille d'humble condition, il aura jugé
inutile de se gêner et charmant de braconner sur les
terres de la famille Gendarme.

Elle le jugera donc déloyal, lui qui, au prix de son
sang, ne voudrait encourir un soupçon fâcheux, et sa
déloyauté sera le signal de sa répudiation!

Quoi! il ne la verrait plus, cette angelette, le phare
de sa vie tirée des limbes; mais elle est le froment, la

nourriture de son âme comme le pain l'est du corps,
elle est la flamme qui brûle son sang et lui fait porter
la chaleur vitale dans son être; si elle l'éteint, la tru-
sion s'arrête dans la glace de la mort.

Telles étaient les craintes qui se glissaient dans la
pensée de Georges.

Et aussitôt son amour intéressé fesait la contre-
partie.

Charlotte n'a pas de motifs de se fâcher ; est-il maître de la direction de ses sentiments et peut-elle se
plaindre de ce qui flatte toutes les femmes? Sa réserve
jusqu'à hier ne fut-elle pas entière, et s'il en est sorti
c'est sans préméditation; la poésie du lieu, cette splendide journée où tout dans la nature semblait aimer,
une voix intérieure qui l'inspirait comme celle de la
pythonisse de Delphes, lui servent de circonstances at-
ténuantes, et en dernier ressort n'aurait-il pas un re-
cours en grâce devant l'émotion que Charlotte elle-
même avait montrée dans l'aimant du tête-à-tête?

Il y a plus : les objections qu'elle lui a faites et qu'il
se rappelle maintenant, ne sont-elles pas une preuve
que sa religion n'a pas été surprise et que ce n'est pas
à l'aveuglette qu'elle a accueilli sa profession de foi?

Oui! mais alors a-t-il bien conscience de l'engage-
ment qu'il a pris? Aux craintes pudiques de la jeune
fille il a opposé le stimulant pur qui le poussait; il ne

peut donc lui continuer ses assiduités qu'en vue du mariage.

Du mariage !... Ce mot ne lui paraissait pas aussi effrayant la veille.

— Voilà où j'en suis, pensa-t-il : non, Charlotte ne me prend pas pour un téméraire bon à jeter à la porte, elle agrée mes soins... mais avec leur légitimation au bout...

— Allons, je tombe de Charybde en Scylla ! Il ne tient qu'à moi, c'est vrai, de continuer à cultiver le charmant objet qui m'enchante, mais à condition de tenir ma promesse ; c'est drôle, je ne suis ni aristocrate ni cupide, et cependant l'idée d'une union avec une plébéïenne sans fortune a quelque chose qui me stupéfie !

Est-ce l'inhabitude de l'idée ? Est-ce cette voix interne qui nous murmure de monter et de ne pas descendre l'échelle sociale ?

Mais je ne descendrai pas, j'élèverai Charlotte jusqu'à moi ! Très-bien, mais son entourage, qu'en feras-tu ? Pousseras-tu ta femme à la honte de sa famille pour t'en sevrer, ou te condamneras-tu à des relations incompatibles avec tes mœurs, tes idées, la sphère où tu t'agites ? Et les tiens, qui ne sont pas amoureux, de quel verdict accueilleront-ils ta détermination ?.....

— Mon Dieu, je m'y perds, clama sourdement Georges, frappant la table de son poing, je ne voudrais pas épouser... et je ne puis renoncer à mon idole !

La tête brisée de ce duel de raisons contraires, Georges s'habilla rapidement et sortit promener et rafraîchir le long de la Seine son cerveau embrasé.

Il traversait le Pont-au-Change, quand il se heurta presque avec de Rosenlauwi qu'il n'avait pas vu depuis à peu près six mois, lors de leur rencontre sur le boulevard. On sait qu'occupé uniquement de Charlotte, il était resté étranger à tout le reste. Quant à de Rosenlauwi, lancé dans la grande voltige des affaires, il n'avait pas une minute à en distraire. Ce fut son excuse de ne pas être allé voir son ami.

— Mais toi, lui dit-il, qui n'as pas pris comme moi, dans la grande bataille de la vie, le mors aux dents, et qui te contentes d'un amble vertueux, tu es dans ton tort ;

Mais, puisque je retrouve un ami si fidèle,

c'est tout ce que je n'ai pas oublié de Racine, parce que le vers suivant parle de fortune ; que je te conte la mienne !

— Ça va, ça va, ma vieille, au-delà de mes prévisions même ! Si tu étais venu me voir, tu aurais con-

templé ma splendeur naissante, et cela t'aurait peut-
être inspiré des regrets salutaires de n'avoir pas voulu
mordre à la pomme.

J'ai déménagé, j'étais trop petitement, les affaires
venaient dans mon étude comme l'eau dans un barrage, elles auraient tout emporté ; je leur ai creusé un
canal plus grand, et j'ai une écluse chic ! Avenue Vic-
toria n° 8, près la Tour Saint-Jacques, le centre des affaires aujourd'hui ; il faut marcher avec son siècle,
mon bon.

Je demeure au deuxième étage, j'ai cinq fenêtres sur
la rue, cuisine, salle à manger, chambre à coucher,
salon servant de pièce d'attente dans le jour, étude
pour un secrétaire et cabinet pour ton serviteur, je
t'assure que c'est un peu *rup* !

C'est l'expropriation qui vaut tout cela. Bonne nourrice, va !

Georges, qui en circonstance ordinaire aurait abrégé
autant que possible une rencontre qui lui plaisait peu,
offrit à de Rosenlauwi de faire un tour de promenade.
L'exercice, dont il ne prenait pas assez, lui ferait du
bien, et ils auraient l'agrément d'une causerie de
quelques minutes.

Il voulait avoir, quoi qu'il la pressentît, l'opinion de
de Rosenlauwi sur le mariage en question, sans lui
laisser soupçonner qu'il s'agit de sa personne.

Il était comme ces incertains, tiraillés par le caprice qui leur insinue : Va donc ! et par la raison qui leur dit : Demeure ! Mécontents d'eux parce qu'ils veulent rester sourds à la voix de la raison et qu'ils quêtent un prétexte de lui désobéir chez les autres, pour peu que ceux-ci approuvent à demi leur projet, tout en étant décidés à ne pas suivre leur avis s'il est contraire à leur caprice.

De Rosenlauwi, peu habitué à ces avances de celui qu'il appelait son ami, les saisit au passage.

— Volontiers, ma vieille, répondit-il, et pour embaumer la conversation, je vais t'offrir d'en griller un. Il tendit son porte-cigares à Georges, qui y prit un brevas, l'alluma en même temps que celui de son compagnon, et entra de suite en matière.

— J'ai été consulté officieusement ces jours derniers par un de mes clients dont le fils veut faire un mariage d'amour ; le père ne voudrait pas y consentir parce que les fortunes ne cordent pas ; il n'ose d'un autre côté s'y opposer dans la crainte d'un coup de tête du garçon, fort épris de la fille, qui du reste est honnête et née de braves gens. Je t'avoue que le conseil à donner me rend perplexe, le sujet est si délicat !

On peut remarquer que Georges, tout en s'imposant l'obligation de rechercher un avis impartial, présentait le problème sous le jour le plus favorable à la

démonstration qu'il en désirait. Il avançait que les
fortunes ne cordaient pas, ce qui ne signifiait pas,
comme cela était en réalité, que la future n'eût rien
ou presque rien en dot, et il avait soin de placer en
vedette son honorabilité et celle de ses parents réduits
à la mère Gendarme, car il devait faire alors abstrac-
tion de Tortillemuche.

— Conseille-lui de faire manger des pommes cuites
à son fils.

— Hein!... Sois donc grave une fois en ta vie, je te
parle sérieusement et tu balivernes. Je ne sache pas
que les pommes cuites aient une vertu aphrodysiaque.

— Je te réponds plus sérieusement que tu le crois,
ma bonne bille ! Tu me demandes si l'on doit autori-
ser de son assentiment la boulette que veut faire ton
jeune homme ? Tu connais mon positivisme en affaires, eh bien, je te traduis, sous une forme peu aca-
démique c'est vrai, mais pourrie de sens commun, ma
pensée ; je te dis de lui faire manger des pommes cuites comme j'aurais dit : Qu'on le mène à Charenton,
ou qu'on lui apprenne à jouer de la clarinette ou, si tu
le préfères, qu'on le fasse nommer consul à Seringa-
patam, s'il y en a un (c'est mon épicier qui m'a parlé de
ce pays-là), ce qui signifie que pendant qu'on lui fera
faire autre chose que se marier, on lui rendra service,
et que si on peut l'envoyer au Diable, dans le Diarbe-

kir par exemple (j'ai pour client un monsieur Dubois qui en revient, il doit y avoir des affaires à remuer à la pelle par là), le temps, ce grand guérisseur, usera le souvenir de sa Dulcinée, comme la goutte d'eau use la pierre, au point que jetant plus tard un regard rétrospectif sur ses jeunes années, il ne pourra penser sans frémir qu'il faillit serrer le conjungo avec ce qu'il appellera alors dédaigneusement une Javotte.

— Je te trouve bien tranchant. Tu ne connais ni les parties, ni les situations et tu cries haro, répliqua de mauvaise humeur Georges, déconfit par une réponse plus trivialement véridique qu'il ne l'attendait, et humilié de voir Charlotte indirectement traitée de Javotte.

— Je n'ai pas besoin, continua de Rosenlauwi, de connaître les parties, comme tu dis en style de Palais, pour décider que si la future n'a pas le sac, ton gamin fera mieux d'aller catéchiser les jeunes Chinois que de tourner autour des jupons de sa belle.

Veux-tu une comparaison à ma manière : J'adore la salade, eh bien, je n'en mangerais pas si elle n'était assaisonnée de vinaigre infusé d'estragon, pour le parfumer s'il est bon et pour le faire passer s'il est mauvais.

Le mariage n'est qu'une salade dont le mari est l'huile, la base, la chose grave du mélange, et dont la femme est le vinaigre, le piquant, le folichon de l'union, c'est pourquoi j'exige dans le vinaigre, la femme, une infusion d'estragon, je veux dire pas mal de piquaillons, pour ajouter au parfum du ménage si l'on a tiré un bon numéro, et, surtout, pour se consoler de toute éventualité si l'on en a attrapé un mauvais.

— Homme vénal que tu es, va ! il semble à t'entendre que l'argent soit tout, donne tout, qu'hors de lui il n'y ait pas de salut, tu ferais prendre l'humanité en dégoût !

— C'est comme ça, ma vieille biche. J'aurai le cynisme, parce qu'elle est vraie, de l'opinion que je t'ai déjà soutenue, l'argent est tout. Veux-tu, pour m'éviter tes foudres, que je te fasse une petite concession : Supposons qu'il ne soit pas tout, mais admets au moins qu'il aide diablement à tout; s'il n'en était ainsi, verrait-on les bassesses dont chacun se souille pour le posséder? Il y a déjà longtemps que Philippe de Macédoine (c'est le seul point d'histoire que j'aie retenu parce qu'il s'agit d'argent) a émis, qu'aucune porte de citadelle ne restait fermée devant un mulet chargé d'or, autrement dit que l'argent est le nerf de la guerre. J'ajoute, moi : Y a-t-il une conscience dont on n'ouvre la serrure avec une clé d'or?

Sans argent, un Etat peut-il entretenir au dehors une armée de combattants pour se défendre contre l'ennemi, et au-dedans une armée de travailleurs pour faire fleurir la paix et la sécurité. Au moyen-âge, au temps des services mercenaires, ne voyait-on pas les soldats et les chefs changer de camp, comme des chanteurs d'opéras, selon qu'ils étaient plus payés ici que là? ..

Si un gouvernement monarchique n'avait de quoi rémunérer la foule de gens en place, intéressés à le conserver et à peser en sa faveur chacun dans leur rayon, crois-tu qu'il se soutiendrait longtemps? Qui donc de nos jours a dit : Les gouvernements périssent par les finances?

Pourquoi voit-on des gens usés de travail et de soucis dans les dignités, dans les arts, dans les professions libérales ou pratiques, ne pas même prendre le repos légitime et nécessaire alors qu'ils ont un pied dans la tombe? Pour de l'argent!

Un tel vendra l'honneur de son pays, tel autre l'honneur de sa femme ou de ses amis, et chacun vendra le sien, toujours pour de l'argent!

Ah! l'argent n'est pas tout?... Pourquoi vois-tu des êtres commettre le plus horrible forfait qui soit dans la nature, tuer ceux qui leur ont donné le jour? Si ce n'est pour économiser la maigre pension à leur servir, de l'argent!

As-tu entendu beaucoup d'enfants ne pas parler avec amour de la succession des ascendants, et ne pas trouver qu'elle est bien longue à venir, tuant ainsi par la pensée ceux qu'ils n'osent passer par le fer et le poison, au point, que le Code a édicté un article, 1130, pour interdire toute stipulation sur successions futures, comme immorales et contenant un *votum mortis*, sachant que sans sa prescription, les enfants auraient cyniquement du vivant de leurs auteurs, disposé prépostèrement de l'héritage... et cette interdiction est décrétée même quand le *de cujus* y consentirait, pour le mettre à l'abri du consentement donné sous l'empire de menaces?... eh, l'héritage c'est de l'argent! tu ne diras pas que c'est le défaut d'éducation qui pousse à ces basseses, et qu'elles sont particulières à la classe infime, car tu les vois générales à toutes les couches sociales, et peut-être sont elles plutôt l'apanage de la classe élevée et intelligente, parce qu'on y a davantage les moyens de les commettre, et que la somme de tentations y est plus grande. On ne dévalise plus de diligences, on attaque moins à main armée sur les grands chemins et dans les rues, mais on voit des médecins empoisonner leur ami et leur maîtresse pour de l'argent; des notaires, des agents de changes faire une fugue en emportant la fortune de leurs clients; des hauts employés d'administration forcer la caisse pour aller étudier la civilisation au nouveau-monde; des ministres de la religion pratiquer la simonie ; des généraux, des préfets, des ministres se rendre prévaricateurs, je n'ai pas besoin de te rappeler les noms, les dossiers judiciaires sont là ! n'a-t-on pas vu un Roi à qui l'on faisait cadeau du plus beau trône de l'univers, essayer en y montant de mettre sa fortune personnelle à l'abri de l'inconstance des gouvernés !

Pourquoi la papauté tient-elle tant au pouvoir temporel ? parce qu'il lui rapporte de l'argent !

Si tu savais malheureux, (ce qui nous ramène à notre question principale) le nombre de femmes en apparence honnêtes, quelquefois riches, mais pas assez pour leurs prodigalités qui se vendent clandestinement à l'insu du mari, pour avoir l'argent qu'elles n'osent lui demander, ou que sa caisse ne possède pas ? Un agent de change de mes amis, fort riche et connu pour tel, me disait : bien souvent je reçois des lettres satinées et parfumées, dans lesquelles après avoir fait discrètement appel à mon honneur, on me demande de vouloir bien recevoir tel jour, à telle heure, la postulante ; je sais ce que cela veut dire ajoutait-il, et si le prix, que je sais chevaleresquement devoir être environ de tel chiffre, est dans les moyens de ma fantaisie et de mon budget je donne audience à Vénus.

Le pouvoir suprême est chose bien enviée et au-

quel tiennent fort ses possesseurs? (sauf peut être
Sylla retiré à Puteoles et pour cause); en a-t-on vu
beaucoup l'abdiquer bénévolement, par motifs de
tranquillité ou d'humanité? non, mais on en a vu céder
tout ou partie de leurs états... pour de l'argent!

Ne crois pas que j'adresse un blâme à l'humanité,
j'appuie ma thèse d'exemples, voilà tout!

Un blâme, et pourquoi? n'est-ce pas naturel qu'il
en soit ainsi; il faut vivre, l'argent fournit le nécessaire! il faut s'amuser, l'argent donne le superflu!
Depuis la prostituée qui débite les charmes profanés
de son corps, jusqu'à l'église qui fait payer les choses
saintes du rite...., tout se vend et d'avance se paie, on
achète même le corps d'un homme pour le disséquer
après sa mort.

Ah, l'argent n'est pas tout?... il est plus, il est un
droit!

N'est-ce pas en ce sens qu'une école socialiste
célèbre a réclamé pour chacun le travail selon ses
forces, et la consommation selon ses besoins? d'où, si
je ne puis que peu travailler et que mes besoins soient
énormes, j'ai droit sans compensation à la rémunéra-
tion, qu'elle soit en nature ou en argent, peu importe,
puisque l'argent n'est comme valeur d'échange que la
représentation de ce qui est nécessaire à notre entre-
tien!

Ne réclame-t-on pas toujours le droit à l'instrument de travail, c'est-à-dire à l'argent producteur?

Et cela se comprend, le droit au travail c'est le droit à la vie, et l'argent fait vivre.

De tel côté que tu tournes tes regards, tu ne vois chacun occupé qu'à amasser le précieux métal, c'est la première préoccupation de celui qui se lève, la dernière de celui qui se couche.

Par les froides nuits d'hiver, si les malheureux maraîchers, les pieds frileux, les mains gourdes, les yeux rouges, le nez violet, les lèvres bleues, viennent, dans la boue, la neige ou le vent, apporter leurs légumes au marché, ce n'est pas par amour des voyages ou de l'horticulture, c'est pour remporter de l'argent!

Si le débitant s'arrache à son bon lit chaud, et prend l'onglée et une fluxion de poitrine à ouvrir avant le jour sa boutique, ce n'est pas dans l'intérêt de la reconfortation de ses pratiques? c'est pour faire de l'argent.

Si l'avocat se remet péniblement, dès l'aube, au travail qu'il a prolongé tard la veille, est-ce pour le plus grand bien de la veuve ou de l'orphelin? médiatement peut-être, mais immédiatement c'est en considération de ses honoraires.

Le médecin ne s'astreint pas au métier du seau qui

monte et descend constamment, pour vous sauver la vie, mais pour sauver le prix de ses visites.

Le négociant s'abêtirait-il à passer son existence en tête à tête avec des savons, de la potasse, des cuirs qui puent, du suif qui empoisonne, si cela ne se résolvait en argent?

Le publiciste n'arrange-t-il pas souvent ses doctrines, plus en vue de la vente du livre, que des doctrines elles-mêmes?

La grande préoccupation de l'officier frisant la limite d'âge, pour la collation d'un grade supérieur, est moins dans le relief de ce grade, que dans le chiffre plus gros de la pension.

Penses-tu que le magistrat lui-même, qui par les jours de 30 degrés de chaleur que le bon Dieu fait, a toutes les peine du monde à s'empêcher de dormir à l'audience, entre un orateur baveux, un prévenu punais, un gendarme qui plombe des arpions, un greffier qui se fourre les doigts dans le nez, et un huissier qui se cure sans cesse l'oreille du petit doigt, ne préfèrerait pas être couché comme Tityre *sub tegmine fagi*, à l'ombre d'un hêtre touffu (c'est tout ce que je me rappelle de Virgile), rafraîchi par le mou zéphyr, s'il n'y avait dans les 30 degrés empuantés du tribunal, une légère question d'appointements?

Y a-t-il une chose plus précieuse que la liberté? eh

bien, nos domestiques nous la vendent contre de l'argent, et le Code, qui craint avec raison que l'appât du gain ne pousse complètement à aliéner cette liberté, comme le fesaient les Germains se donnant en enjeu quand ils avaient tout perdu, dispose dans son article 1780 : « on ne peut engager ses services qu'à temps et pour une entreprise déterminée, » évitant par cette seconde prescription qu'on élude la première.

Enfin, à la seule nouvelle qu'une mine d'or est soupçonnée dans un pays transatlantique, ne vois-tu pas des gens quitter tout : patrie, famille, nécessaire assuré, pour courir à l'aventure à travers les fièvres, les guet-apens, un labeur tuant, après un lucre incertain ! ah, c'est que ce mot, mine d'or, s'ils peuvent en arracher quelques bribes, fait passer à leur convoitise la revue des multiples jouissances dont ils seront possesseurs !

Oui, ma vieille culotte, l'argent est tout, parce qu'on ne vit qu'en payant, et que pour payer il faut avoir du quibus !

Tu ne peux naître, te laver du péché originel, te nourrir du bon Dieu, te marier, mourir, sans payer ; et je ne serais pas étonné qu'il en coûtât quelque chose pour aller au paradis.

Et c'est quand tu vois cette course universelle à l'argent que tu es embarrassé de donner un conseil :

tiens, il n'est pas long à formuler, le voici, on n'en a
jamais de trop! L'homme est entré nu et misérable
sur la terre, c'est par son travail, son industrie, sa
raison et son imagination, qu'il a conquis les vête-
ments, la nourriture du corps, et les distractions de
l'esprit; c'est par la même force qu'il soutient son
bien être. S'il s'arrête dans sa tâche, il redevient
pauvre, l'égoïsme bien entendu du prochain lui refuse
tout partage, on craint de manquer, on travaille
doublement pour les jours d'impuissance, afin d'avoir
comme dit le paysan sensé, du pain sur la planche.
La valeur générale d'échange étant le métal, l'amour
de l'argent est donc légitime; à celui-là seul qui en
possède, le droit de se reposer, et quand je dis se reposer, je me trompe dans le sens de prou, qui prétendent
que débarrassés des soucis matériels, ceux-là ont à
accomplir la mission d'éclairer les intelligences par
des ouvrages civilisateurs.

Georges, pendant cette tirade de de Rosenlauwi était
au supplice; sans admettre au fond les théories
spécieuses de son interlocuteur, il sentait qu'en la
forme elles avaient raison contre lui; il tenta néanmoins un effort et répliqua :

Tu es effrayant avec la brutalité de tes doctrines
matérialistes; si tu dis vrai, supprimons Dieu et son
essence l'âme avec ses satellites les sentiments nobles

et généreux; remplaçons les par l'argent avec son prophète intérêt et ses janissaires tous les vices!

Je ne veux pas perdre mon temps à réfuter généralement ta dissolvante argumentation, je me contente
de répondre que la cause de ton égarement est, que tu
mets la conséquence à la place du principe; je ne
vais résister que sur le point qui nous occupe, et ce
que je dirai de lui sera dit analogiquement des autres
points, avec le sous-entendu des variantes qui leur
conviennent.

Pourquoi faut il que de vils calculs viennent déflorer
le plus beau des sentiments humains, l'amour! la
plus noble des fonctions humaines, la procréation!
Ah, si ta platonique théorie prend une apparence
trompeuse de vérité, c'est parce que la considération
d'argent remplaçant dans les unions celle des convenances, on voit la cupidité épouser, avec le sac d'écus,
la pulmonie et autres maladies organiques, et ne
produire qu'une descendance rachitique qui, incapable
de gagner largement sa vie au grand air, est forcée de
la demander à des moyens qui pour germer l'argent
en exigent d'abord; de là les platitudes de toutes sortes
pour en avoir, et il en faut beaucoup, car il y a à
satisfaire en même temps les fantaisies d'un moral
dévoyé, corollaire forcé d'un physique de mauvais
aloi.

On ne verrait pas ces monstruosités, s'il était d'usage de ne pas doter les filles.

Au jeune homme grevé des charges de la famille, tout l'argent et tout le souci d'en gagner s'il n'en a pas!

A la jeune fille, ornement du foyer, les grâces seules de son sexe!

On se marierait alors pour soi, pour la femme, et non pour des intérêts; on prendrait une épouse bien constituée, signe de santé, de gaîté et d'activité; la race serait saine, la joie règnerait dans la maison, les affaires domestiques surveillées par la ménagère gagneraient en économie, le mari trouverait en elle un écho à sa bonne humeur ou un adoucissement à ses ennuis, au lieu d'une femmelette énervée, n'ayant de force que pour aller de son lit aux fêtes du monde, de celles-ci à sa chaise longue, et vice versa, ne se ramentevant son mari que pour lui présenter la note de sa couturière, et ne tarissant pas en exigences parce qu'elle a apporté une dot, prétexte qui lui sert même à ruiner la communauté; il aurait une forte créature, aimant à sortir avec ses enfants et son mari, les chérissant, faisant son possible pour leur être agréable, ne se croyant pas le droit d'avoir des caprices exagérés, et se montrant satisfaite et reconnaissante des moindres libéralités de son seigneur;

le domicile conjugal serait une arche bénie où les époux se blottiraient comme des ramiers au nid, et non une galère fuie de Monsieur se consolant au dehors avec une coûteuse gourgandine, et haïe de Madame, se compensant avec le secrétaire de la maison ou d'une ambassade, quand elle ne prend pas son laquais.

Les enfants élevés à cette forte et exemplaire école, feraient des citoyens solides et probes.

— *All Right*! c'est tout ce que je sais d'anglais (parce que ça pose dans le discours, ça se met à toutes sauces), comme tu y vas ma vieille pipe, tu nous fais un tableau du bonheur conjugal à faire venir l'eau à la bouche, prends un brevet d'invention au moins, tu le vendras cher ; allons imbécile que je suis, j'oublie que tu ne travailles pas pour l'argent, eh bien cède le moi pour rien j'en ferai de l'or ! fichtre, ce n'est pas de la petite bière, avoir des femmes belles, ce qui évite de penser aux voisines ; bien portantes, ce qui économise les frais des maladies, de vapeurs, de nerfs, ainsi que bien des ennuis, car madame n'étant pas agacée pour un oui ou un non, ne dira pas : Auguste comme tu fais du bruit en marchant, Jules peut-on trompetter ainsi en se mouchant, Hector un appétit comme le tien est scandaleux, et ne forcera pas son mari à courir au café ou au cercle pour éviter une épouse grincheuse ; bonnes ménagères, ce qui ménage la bourse maritale ;

modestes dans leurs goûts, ce qui la sauve tout à fait; par dessus le marché, aimables... mais tu as trouvé la pierre philosophale, le mariage ne sera plus qu'un vrai bouquet de fleurs !

Seulement tu as un cheveu dans ta soupe, oui, tu n'as oublié qu'une chose dans ton *pronunciamento,* les laides et les infirmes !

Jardinier galant, tu as greffé pour le parterre du mariage les plus beaux rosiers, jetant au fumier les espèces laides ou dégénérées; si c'est là le sort que tu réserves aux filles de la deuxième et de la troisième catégorie, qui n'avaient pour passe-port que leur cassette, tu les forces à coiffer Sainte-Catherine, tu es leur bourreau, et je ne voudrais pas de la réussite de ton système pour t'éviter le sort de Panthée (c'est tout ce que j'ai retenu de ma mythologie parce que ça apprend à se méfier des femmes).

— Tu crois plaisanter, reprit Georges, et tu frises, sans t'en douter la vérité, car je voudrais que comme à Sparte on fit périr à leur naissance les enfants nés difformes, ce ne serait pas causer un grand chagrin à des parents n'ayant pas encore eu le temps de s'attacher à leur progéniture, puisque l'attachement ne naît qu'en raison des soins donnés; d'un autre côté l'existence du nouveau né est si frêle qu'on le ferait rentrer dans le néant sans conscience presque de la douleur, mais aussi quelles souffrances à venir éviterait-on à ce malheureux paria !

La jeune fille boiteuse ou bossue, sevrée des plaisirs de ses compagnes, qui se sait ridicule rien qu'en marchant, en prend une acrimonie qui la rend envieuse, méchante, insupportable à elle et aux autres, elle ne peut s'illusionner sur la cause qui l'a fait épouser, toujours sur le qui-vive de la méfiance, elle suspecte tout, et rend malheureux son mari, qui n'a que ce qu'il mérite.

A l'inverse, le jeune homme atteint de ces infirmités, en butte aux plaisanteries de ses camarades, aux quolibets des filles, sent un désert dans son cœur à l'heure où celui des autres se peuple, il ne croit pas non plus au désintéressement de celle qui a consenti à partager son lit, et il l'en fait souffrir par une jalousie et une surveillance blessantes et fastidieuses.

Ne vaut-il pas mieux supprimer ces êtres destinés à faire leur malheur en refoulant forcément les sentiments le plus naturellement expansifs, et à victimer ceux qui les entourent, car il est une chose digne de remarque : que les mauvaises qualités sont souvent le partage des natures contrefaites, par une suite forcée de la haine qu'elles prennent contre celles bien faites, dans leur rage assez naturelle de ne pas leur ressembler.

D'autant plus que cette Saint-Barthélemy ne serait à faire que pour commencer à épurer la race et ne s'appliquerait ensuite qu'à des cas isolés, puisqu'avec mon système il n'existerait plus que des gens complets.

Par la même raison que les époux seraient des gens bien portants, les enfants seraient bien constitués aussi à leur tour de mariage ; et comme dans les conditions que j'ai indiquées, la vie intérieure aurait de grands attraits, le mari ou la femme ne dilapideraient pas dans des récréations trop extérieures, une santé qui se continuerait à tout jamais dans la descendance; on éviterait ainsi les maladies héréditaires, et la médecine n'aurait plus à soigner que celles accidentelles.

Mais je vois où tu attends le rébus, c'est aux filles laides bien portantes, qu'en fera-t-on, comme on dit dans les jeux innocents? de bonnes femmes aussi, la réponse n'est pas plus maline que cela !

— Qui peut te faire penser que les seules filles pourvues des charmes de la figure trouveront chaland ?

— D'abord la laideur est une chose relative, comme beauté, telle paraît laide à celui-ci qui semble l'être moins à celui-là et qui ne l'est pas du tout pour un autre; diminuons donc déjà les laides à conteste, pour ne garder que celles sur l'état de la figure de qui il ne peut y avoir d'équivoque?

Seront-elles pour cela dépourvues de charmes, n'auront-elles pas les qualités du cœur? tout le monde n'épouse pas une femme seulement pour sa figure, beaucoup recherchent la bonté, l'intelligence, etc... et comme dans ce système de filles sans dot, on fera beaucoup plus attention aux qualités morales, les laides n'y perdront pas.

Sans compter que les femmes laides ont ordinairement de l'esprit, que celui-ci ressort en ce qu'on appelle physionomie et qu'une femme qui a de la physionomie n'est jamais laide.

Quoi, rend la laide repoussante? c'est quand à sa laideur s'ajoute la mauvaise haleine et les dents gâtées, produit d'un mauvais estomac, la rareté des cheveux, le mal d'yeux, etc..; or comme dans le susdit système on se portera bien, du moment où la femme sans avoir au premier abord des traits à l'emporte-pièce, aura de bonnes dents, de beaux cheveux, des yeux sympathiques, une haleine suave, elle vaudra après trois *mois* de mariage, les Thélées Callisphyriennes.

Enfin certains hommes craignant pour leur tranquillité la trop grande beauté de l'épouse, car malgré mon organisation au mieux du mariage, je ne puis garantir qu'il n'y aura jamais d'accidents, l'humanité

est faillible, choisiront des compagnes plus avanta-
gées par le cœur que par la figure et n'en seront que
plus heureux; puisque la femme choisie, malgré son
peu de beauté, parmi de plus belles, s'efforcera de
s'en montrer de toutes les façons reconnaissante à son
mari.

— Tu n'avocasses pas trop mal, répondit de Rosenlauwi, tu retires assez bien ton épingle du jeu, moi qui
craignais pour toi le sort de Panthée, c'est tout le
contraire qui arrivera; les laides des quatre parties du
monde, et l'Océanie donc il y en a cinq, c'est tout ce
que je sais en géographie, vont te broder des calottes
grecques, des bretelles, des pantoufles, des bourses,
des blagues à tabac, des dessous de lampes et de
fauteuils, des jarretières.... non... si, va pour les jarretières, il y en a qui croiront que tu en portes, c'est
une Océanienne qui te les fera... et vertes, couleur
épinard encore, tu pourras t'établir tapissier si l'avo-
casserie ne réussit pas.

Tout cela est bel et bon, mon vieux cochon d'Inde,
mais je crois que nous avons un peu généralisé le sujet
particulier qui nous occupait; en attendant l'implan-
tation de ton système matrimonial on continuera à
courir la dot, et les filles sans fortune feront assaut de
simagrées pour faire croire aux bénets qu'elles valent
toutes les Californies du monde.

La fille sans le sou, c'est d'elle qu'il faut se méfier, nom d'une carotte !

La fille sans le sou, appareillée de salon en salon par une mère où une tante qui chante la gamme de ses qualités.

La fille sans le sou, qui cache à l'ombre d'une retenue affectée, une sentimentalité provocante ; dont le regard voilé par les franges noires ou blondes de ses cils, lance sournoisement le piquant du désir.

Que d'artifices déploie cette petite masque à l'air si niaisement pudibond.

Avec quelle langueur angélique cette jolie poupée, façonnée d'avance, gazouille la romance du jour, promène l'effilé de ses doigts sur des touches d'ivoire, s'affaisse sur le bras du valseur.

Avec quelle naïveté étudiée, cette vestale à l'enchère répond aux questions le plus insidieuses ! avec quelle confiance (qui subodorant l'ignorance du danger, repousse censément toute science du mal), elle se promène dans les sites solitaires avec l'imbécille qui a donné dans le piége, et qui croyant avoir à s'imputer seul le déshonneur de sa prétendue victime, se figure être dans l'obligation, surtout avec sa position de fortune, de réhabiliter la vertu compromise !

— Arrête-toi, interrompit Georges, l'objet des attentions de mon jeune homme n'est pas de naissance à marauder dans les soirées mondaines, c'est la fille d'une brave artisanne, elle sort de pension, elle ne peut avoir qu'une modestie sans prétention, des goûts ordinaires qu'aucun mauvais contact n'a gâté, et un caractère vierge que pétrirait à son gré un mari pour qui elle aurait la reconnaissance de sa situation faite; il paraît en outre qu'elle est fort intelligente et qu'il ne serait ni difficile ni long de la former aux bonnes manières; elle est de plus, fort belle et possède ainsi tout ce qu'il faut pour plaire à un mari qui se trouve assez de fortune pour deux, et qui cherche dans une femme la réunion des qualités physiques et morales.

— Oui compte là-dessus et bois de l'eau, mon vieux pigeon! veux-tu que je te dise : cette fille sans le sou là serait encore pire que l'autre! au moins la première, élevée dans un monde comme il faut, mettra des gants à ses dérèglements, si la pulpe devient véreuse, l'épicarpe gardera son lustré, la forme sauvera le fond, et si par haine du scandale ou par intérêt pour ses enfants son mari veut éviter un éclat, il pourra encore garder sans heurts cette pouliche emportée, jusqu'à ce que ses ardeurs épuisées, et moins folle avec l'âge, elle ait pris le trot ordinaire de la vie.

Il faut en passer de toutes les couleurs dans l'existence, à condition que la susceptibilité ne soit pas trop froissée; il est certain que les choses prennent plus ou moins de gravité, selon la manière dont elles sont présentées ; vous serez plus blessé par une personne qui vous dira : « Vous en avez menti ! » que par celle qui exprimera que vous n'êtes pas dans le vrai, le fond de l'affirmation est le même cependant, mais l'enveloppe est plus injurieuse ici que là ; il est plus propre d'avoir un franc en deux pièces de cinquante centimes qu'en vingt sols, quoique la somme soit équivalente ; il est moins répugnant d'être fusillé que guillotiné, bien que le résultat ne change pas. Les affaires les plus graves ont souvent échoué au terme de leur conclusion pour le motif le plus futile, un mot imprudent, un sourire, etc. En tout il faut de l'entregent, et principalement dans les rapports conjugaux où il est impossible que deux êtres, obligés de tirer toujours la même charrue, ne se choquent pas quelquefois, tout dépendra de la politesse du choc.

Avec la fille sans le sou de bas étage, pas d'entregent, c'est un fusil qui éclate au premier coup tiré.

— Voilà ce qui s'appelle de l'exagération et même de l'injustice, riposta vivement Georges ! voilà où mène le fétichisme de l'argent, il ne t'a pas suffi d'en faire le dieu du monde, tu décrètes maintenant de malhonnêteté quiconque n'en a pas.

— Pas d'une façon absolue, reprit de Rosenlauwi,

entendons-nous : et puisqu'avec toi il faut les points
sur les i, j'affirme que les gens privés de fortune, sans
être forcément déshonnêtes, courent moins de chances de rester purs que les riches, parce qu'ils seront
obligés de demander à des moyens illicites la satisfaction de posséder, que les autres ont la possibilité de
contenter; note que je n'établis pas de fourches Cau-
dines sous lesquelles je fais passer tout le monde sans
exception, je ne parle que des gens à passions, aussi
bien dans les riches que dans les pauvres, c'est-à-dire
susceptibles de faire des écarts.

Je transporte mon raisonnement d'un sens à l'autre,
note encore que je ne parle que des femmes à passions. Hélas! le nombre en est si grand qu'il faut toujours craindre de tomber sur une de celles-là. J'ai
posé en principe qu'il était de sauve-garde de n'épouser qu'une femme le plus grassement dotée possible,
parce qu'à défaut d'autres qualités, celle de l'argent
reste; je fais encore une sous-distinction, et je déclare
qu'entre deux filles qui n'ont en mariage que leur innocence, il faut prendre celle qui en outre son éducation, a été élevée dans un milieu où règne le sa-
voir-vivre; tu seras au moins certain d'avoir avec elle
des tartines de miel, avec l'autre tu les auras au fromage de Marolles.

Laisse-moi finir; je devine que tu veux me répondre que sans avoir été élevée dans le monde, une fille d'ouvriers n'a pas toujours eu affaire à des parents grossiers, qu'on n'a pas besoin de mettre une cravate blanche à ses pensées et un grelot à ses phrases, pour avoir des idées décentes et des mots convenables; d'accord, mais même dans cette catégorie, ta jeune fille aura-t-elle la virginité de sentiments de celle élevée dans l'aisance? Je suis loin de dire du mal des ouvriers, mais dans les conditions actuelles ces braves gens ne peuvent avoir les délicatesses que la fréquentation seule du monde donne; forcés de loger tous les uns à côté des autres, le père et la mère, malgré leur réserve, ne donneront-ils pas quelquefois à penser à leurs enfants, la jeune fille en allant aux commissions n'entendra-t-elle pas des mots qui défloreront son entendement? Non certes une fille d'ouvriers, bien élevée, dans la mesure du mot, ne sera pas pervertie, mais elle aura le sens moral plus étiolé que celui de la demoiselle qu'un peu d'aisance a permis d'élever séparément, comme une nonne dans sa cellule et que n'a jamais quitté l'œil maternel. J'en conclus que telle brave que soit une fille d'ouvriers, elle sera plus exposée qu'une autre à succomber devant les séductions du monde qui l'éblouiront davantage, alors que son sens moral plus émoussé la défendra moins.

Il ne s'agit que des braves filles, car pour celles qui

ne le sont pas, et c'est la grande majorité, autant introduire le choléra dans sa maison.

Et comprenons-nous bien, je ne veux pas dire que c'est le cachet de leur naissance qui fait fatalement de ces fillettes de mauvaises épouses ; dans leur sphère elles feront des femmes convenables parce que le mari, plus rugueux encore que son épouse, ne s'apercevra pas de ses aspérités, et que celle-ci manquera de sujets de tentation. Où je trouve qu'elles n'ont plus les qualités de la femme mariée, c'est quand on parle de les acclimater dans une région où leur vanité peut se griser et où leurs mauvais instincts se développeront ou germeront au contact de la tentation.

Je ne sais à quelle aune il faut mesurer ta fiancée...

— Ma fiancée, rétorqua instinctivement Georges, rougissant et oubliant son rôle passif.

— Ta fiancée, signifie celle de ton client. N'est-ce pas l'habitude du Palais de s'incorporer dans le langage de ses clients ? Tu as donc oublié ta langue, répliqua de Rosenlauwi, qui depuis quelque temps suivait du regard le jeu de physionomie de Georges, et qui après s'être étonné de la ténacité de ce dernier à rompre des lances en faveur des filles ouvrières, avait fini dans sa perspicacité par concevoir un soupçon, qu'augmenta la façon peu adroite dont Georges venait de défendre sa personnalité.

— Je crois, mon gaillard, pensa-t-il, que tu es l'Ar-
gonaute qui veut aller à la conquête de cette Toison
d'Or. Attends, je vais te souffler un vent de bout qui va
un peu contrarier tes voiles, et si je ne peux t'empêcher d'aller au but en courant des bordées, ma foi j'aurai fait mon devoir d'ami ; du reste je vais bien voir si
je me trompe, car je vais tellement t'identifier ton
prétendu client que tu t'oublieras à fringuer.

Connaissant la nature chevaleresque et désintéres-
sée de son ami, de Rosenlauwi commençait à craindre
qu'il fût la dupe d'une fille astucieuse, et se disposa à
charger le tableau qu'il allait tracer de telles unions,
dans l'espoir de l'en dégoûter.

Il poursuivit ainsi :

— Je le répète, je prends comme exemple ta fiancée :
je ne la connais ni des lèvres ni des dents ; je ne sais
si elle a les yeux bigles ou en amande, le nez en bec de
perroquet ou en pied de marmite ; si sa bouche ressemble à une caverne ou au séjour des grâces habité
par des chicots ou des perles ; j'ignore si elle est bossue, bancale, avachie, sans nénets ou si la Providence
l'a pourvue d'une taille de palmier, des jambes de
Diane et du sein de la Vénus de Milo.

Georges souffrait le martyre d'entendre de Rosenlauwi traiter avec ce sans-façon sa Madone, mais il n'o-
sait se plaindre, ce qui n'empêchait pas l'interlocuteur

de remarquer la vexation peinte sur sa figure, et de jubiler en voyant qu'il ne s'était pas trompé dans ses soupçons ; il n'en continua que de plus belle.

— Je ne suis pas éclairé sur son naturel : maltraite-t-elle les animaux ou pleure-t-elle quand elle voit tuer une mouche ; garde-t-elle ses allures habituelles quand elle s'endimanche, ou fait-elle sa Sophie ; lit-elle des romans ou raccommode-t-elle des chaussettes ; pré-frère-t-elle le bastringue à la promenade des champs ou *vice versâ ?*

Pour le coup Georges n'y tint plus, sa Charlotte ainsi salie.....

— C'est affreux, s'exclama-t-il, de parler aussi irré-vérencieusement d'une chaste jeune fille, que tu le ferais d'une traînée !

— Qu'est-ce que ça te fait puisque tu ne la connais pas, ou plutôt tu la connais donc, lui riposta narquoi-sement de Rosenlauwi, pour la proclamer chaste et te prendre d'une belle indignation contre mes paroles ?

— Non... balbutia Georges... mais on m'a fait son portrait : à peine seize ans, une Iphigénie ; ton cy-nisme révolte !

— Eh bien, pour te révolter moins longtemps, j'ar-rive au fait, et je t'assigne comme les Templiers assi-gnèrent Philippe-le-Bel (c'est tout ce que je sais de mon histoire) au ciel... non à l'enfer du mariage... non pas toi, ton client pour savoir si j'aurai dit vrai.

Un matin, un certain jour, ou par un beau soir tu rencontres, ah! tu ne m'as pas dit comment tu as rencontré ton ingénue?

— Mon client avait loué pour son fils, étudiant en droit, autre part qu'au quartier Latin, pour qu'il fût moins distrait de ses études, une chambre...

— Je reconnais là, interrompit de Rosenlauwi, l'excès de précaution des papas qui empêchent l'enfant de jouer avec un couteau de peur qu'il se coupe et lui laissent un sabre.

— Mon client, répéta Georges, lui avait loué une chambre dans une maison habitée par la famille de Charlotte; c'est là qu'ils se sont connus.

— Tiens, tu sais son nom aussi?

— Certainement, puisqu'on me l'a dit, répliqua Georges, se crispant à la nouvelle bévue qu'il commettait.

— Va alors pour Charlotte, reprit de Rosenlauwi, que tu trouves un jour sur l'escalier, toi le montant, elle le descendant. On n'entend pas voleter une fauvette dans un buisson, sans regarder et admirer la gentillesse de ses sautillements saccadés et lestes comme les reflets qu'en s'amusant l'enfant fait du soleil avec un morceau de glace.

Naturellement tu dévisages ta voisine que tu t'étonnes, puisqu'elle est jolie, de n'avoir pas encore vue avec sa simple robe de guingamp, son petit bonnet de linge, ses quinze printemps sur les joues, et sa petite façon accorte de se glisser en vous côtoyant ; elle forme un ravissant composé de jeunesse, de fraicheur et de grâce.

Tu as remarqué, qu'en te frôlant, un coin de son œil noir ou bleu t'a envoyé une étincelle, et qu'elle a disparu rapidement comme un courant d'air.

Tu es jeune, sédentaire, rangé, rangé surtout pour ton malheur. Ces diables de jouvenceaux rangés se gardent bien de lopiner leur cœur aux ingénues de carrefour, l'amour en coupe réglée horripile leur idéalité, ils ont honte de tremper leurs doigts dans la boue, leurs lèvres n'ont soif que d'un calice chimérique, on les croit anaphrodites parce qu'ils couvent le feu sous la cendre ; ils attendent le sentiment qui doit romaniser leur appétence, ils le revêtent des délicatesses mystiques de l'âme, ils ne le rêvent que dans la sainteté du mariage avec les dulcifications de la vie patriarchale, c'est un vrai culte de Dulie qu'ils rendent intérieurement à l'objet vague de leur conception, jusqu'au jour où le hasard se charge de le corporifier.

Mais vienne ce jour ! Le feu trop longtemps contenu fait éruption, l'appétit physique doublé des fantasmagories du cerveau enterre la clairvoyance, on a trop longtemps évoqué l'idéal pour le discuter quand on le tient, de peur qu'il s'évanouisse; il y a un amour-propre d'auteur à vouloir qu'il soit conforme aux créations de l'imagination, la chevalerie même du cœur s'en mêle si la jeune fille est sans naissance et sans fortune; le rôle de bienfaiteur a un vernis si paterne et la protégée sera si reconnaissante!

La petite être rouée (est-ce que la femme ne l'est pas d'instinct), qui s'aperçoit bien vite de l'érotomanie dont elle est la cause, spécule sur la candeur de l'éro-tomaniaque; paraître à l'occasion, disparaître quand il le faut, tantôt prendre un air penché et tantôt bondir comme un faon, jeter un sou à un pifferaro et jouer à la maternité avec le petit frère ou la petite sœur, voilà le prologue.

Premier acte. — Quand l'intimité s'ébauche, affecter parfois de grandes mélancolies, parler prés, bois, chaumières, soupirer, se mouiller un cil.

Deuxième acte, l'intérêt marche. — Se laisser prendre la main en rougissant beaucoup, accepter un billet de spectacle ou un sac de marrons, consulter sur la lecture, se faire prêter un livre de circonstance qui embête énormément.

Troisième acte. — Accepter avec ses parents une partie de campagne, trouver le prétexte de rester isolée

avec le fou, lui rendre la main s'il ne prend pas bien
l'allure, faire un pas en arrière quand on lui en fait
faire un en avant, avoir l'air de s'apercevoir seulement
qu'on s'est compromise, mettre en avant les grands
mots : Pauvre fille, pas d'espoir, trop de distance !
s'amollir aux protestations; mais non..... c'est impossible !..... se raidir, changer ainsi le combustible de la
locomotive pour mieux la chauffer, enfin se laisser
persuader.

Nota. — Ne pas jouer cet acte dans une cuisine, l'o-
deur du graillon, le chant du pot-au-feu, l'horizon du
torchon ferait manquer l'effet scénique, il faut un dé-
cor *ad hoc :* un vallon herbeux, moucheté de grami-
nées amoureusement entrelacées, avec un ruisselet
pour collier et une coiffure de bouleaux, de merisiers
et de frênes dont les feuilles se mêleraient en de mur-
murants baisers. Il ne serait pas mal qu'il y eût quelques ruminants dans le pâturage; les bœufs ne sont
pas indispensables, quelques vaches peuvent les remplacer, pourvu qu'il y en ait une avec une sonnette qui
égrène son gai tin-tin dans la mélancolie du paysage.

Choisir un ciel de trois heures, bleu, chaud, gaufré
de nuages gris chargés d'électricité, pas de vent, beaucoup de mousse et surtout pas de vachers.

Quatrième acte. — Etudier sur le visage du fou les
hésitations que les réflexions de la nuit y ont apporté,

administrer à temps le contre-poison des indécisions, rebattre le fer, au besoin présenter la carte du suicide.

Cinquième acte. — Tout finit par un mariage.

De Rosenlauwi étudiait, en finissant sa péroraison, la physionomie de Georges paraissant présenter de l'accablement. Etait-ce la vexation de l'avoir entendu traiter fort légèrement et à dessein un sujet sacré pour lui, ou le commencement des réflexions amères lui montrant la voie scabreuse où il allait s'engager? C'é-taient peut-être les deux.

En tout cas Georges le quitta avec moins d'abandon qu'il en avait mis à l'aborder, assez froidement même pour que de Rosenlauwi fût certain d'avoir frappé juste.

— Tu ne montes pas un instant, lui dit ce dernier, nous sommes à deux pas de mon bocal.

— Merci, une autre fois, il est tard et j'ai un rendez-vous (la vérité est que Georges ne pouvait plus sentir de Rosenlauwi depuis que celui-ci avait cherché à porter atteinte à la considération de Charlotte), je te remercie toujours, adieu, adieu.

— Eh bien, adieu. Transmets mon avis au fils de ton client.

— Oh! il ne l'éclairera pas beaucoup, car c'est moins un conseil que tu as donné qu'une satire que tu as faite.

Et Georges continua de suivre le quai pour rentrer

chez lui par la place de l'Hôtel-de-Ville, pendant que de Rosenlauwi regagnait son domicile par la rue Saint-Martin, se disant avec un haussement d'épaules : Allons, voilà un garçon qui va se perdre tout à fait. Dire qu'il y a des gens comme lui, qui ont ce qu'il faut pour parvenir à tout : instruction, intelligence, énergie du travail, esprit, position de famille, patrimoine et qui laissent tout pour de faux points d'honneur, quand il y en a tant comme moi qui veulent atteindre à la fortune avec rien; ah! si j'avais la moitié de ses capacités!

Il y a un défaut d'équilibre chez les gens de cet acabit qui leur est funeste. En effet, ils négligent le bénéfice en ne mettant aucune de leurs rares qualités au service du plus anodin charlatanisme, et ils courent à leur perte en se laissant entortiller par le premier intrigant venu.

Je n'ai pas l'habitude de m'apitoyer sur les infortunes d'autrui, c'est une profession qui ne peut guère rapporter que des anévrismes (c'est tout ce que je sais en médecine), eh bien vrai, ça me fait de la peine pour ce pauvre garçon, il est tellement complétement naïf qu'il n'y a pas de mérite à l'empaumer! Je voudrais bien connaître la gueuse qui l'a grappiné, je suis sûr que je découvrirais là conspiration à l'encontre de mon étourneau, et des détails qui pourraient modifier son opinion ; bast ! à quoi bon, il ne me croirait pas et me prendrait tout à fait en grippe. Entre l'arbre et l'écorce ne mettons pas le doigt. Allez avertir un mari que sa femme le trompe : Madame trouve moyen de faire accroire à Monsieur que le dépit de n'avoir pu le coiffer rend calomniateur, et l'on vous consigne à la porte ; ou bien Monsieur s'assure du fait, pour une pauvre petite fois, doit-on faire du scandale, lui insinue-t-on, il faut qu'on ait été surpris car on n'y comprend encore rien : des vapeurs... des nerfs... un homme qu'on déteste quand on a un chéri si adoré, les anciens jours de bonheur n'auront-ils donc pas de successeurs ! bref Monsieur pardonne, est plus que jamais amoureux, et vous êtes encore consigné. Il en est comme cela de tous les services que vous voulez rendre, aussi je n'en rends jamais... que de mauvais, quand ils me profitent.

Exemple : un quidam vient me conter ses peines à propos de la légèreté de conduite de sa femme ?

Je l'engage à se méfier des rapports et des apparences, ce qui l'arrête quelquefois sur la route de la séparation. La reconnaissance de Madame me dédommage de mes bons avis.

Mais il est sûr de son fait : je lui fais entrevoir les inconvénients de la rupture pour les enfants, la fortune ; ça n'est qu'un moment d'erreur... avec la repentance, l'oubli, etc... le bonheur à nouveau... Laissez-moi parler à votre femme et je réponds que cela n'arrivera plus !

On me comprend : Vous voyez madame j'ai eu bien de la peine à vous tirer de là, prenez davantage garde à vous une autre fois. Oh ! Monsieur que de remerciements je vous dois, c'est une leçon, je vous jure de ne plus recommencer ; je ne vous demande pas de serment, Madame. Diable elle est jolie, ce serait dommage, je vous engage seulement à mieux vous cacher. Une femme qui a une inclination ne doit pas se laisser prendre, péché caché n'existe pas ; elle a saisi ma pensée et je deviens son amant.

C'est la femme qui vient accuser les infidélités de son mari et parle de procès?

Y pensez-vous Madame, savez-vous quelle est la situation d'une femme isolée, la diffamation dont on va vous entourer, et vos enfants?

— Je n'en ai pas.

— Vous en aurez, c'est moi qui vous le dis. Dans votre situation une femme habile tient par sa faute le mari qui n'a rien à lui refuser, elle ne fait pas de bruit, et elle se venge par la peine du talion, et je suis le vengeur.

C'est une autre femme qui n'a rien à reprocher à son mari, mais c'est un bênet comme Georges, de l'honneur duquel elle a tant mésusé, qu'elle craint qu'un

jour ou l'autre la lumière se fasse ; puis elle voudrait
être complétement libre, car il est de ces goules qui repoussent un frein même nominal, elle a tout intérêt à
payer d'audace, à se faire accusatrice et à encercler
le pauvre mari de prétendus griefs tellement mons-
trüeux, qu'il rougisse rien que d'être exposé à s'en défendre. Il vient me trouver à l'instigation de la per-
fide ; il croit sa femme un dragon de vertu et me sup-
plie de lui faire entendre raison, affirmant qu'elle se
trompe; je lui objecte que les griefs sont graves, qu'il
serait perdu s'il fallait faire plaider, mais que je vais
tâcher d'arranger son affaire ; ce que je ne fais pas; et
je l'amène, par la peur du scandale, à une séparation
amiable et à une forte pension alimentaire avec Madame qui me paie en nature.

— Voilà comme on fait ses affaires, s'exclama de Ro-
senlawi, finissant ainsi son monologue et se frottant
les mains comme un homme content de lui qui rend
justice à son mérite. Et il entra dans son cabinet se
donner aux intérêts de ses nombreux clients.

Georges, arrivé à son domicile, monta quatre à quatre les marches de l'escalier, tant il craignait de rencontrer Charlotte dans la situation d'esprit où il était
et de la lui laisser lire sur sa physionomie. Il s'enferma
dans son cabinet moins agité que le matin, mais plus mé-
content de lui, car de Rosenlauwi lui-même, l'homme

peu scrupuleux, blâmait son futur projet qui n'avait
pu échapper à sa perpicacité. Il avait assombri le tableau, c'est vrai, mais comme repoussoir pour mieux
faire ressortir le principal, et Georges s'avouait intérieurement que, au fond, de Rosenlauwi avait raison;
seulement à l'instar de ceux qui ont une marotte, il
introduisait une exception pour son cas particulier. Il
ne connaît pas Charlotte pensait-il, autrement il eût
accordé qu'elle est au-dessus de sa critique; reste donc
le seul défaut de n'avoir pas de fortune; mais mon
Dieu, peut-on attacher de l'importance à un métal!
que des Épicuriens comme de Rosenlauwi, qui ne pri-
sent que les satisfactions sensuelles, placent au premier rang des biens la richesse qui les procure, ils
sont conséquents avec eux; mais lui, Georges. un fils
spirituel de Jean Jacques, qui fait résider le bonheur
dans le sentiment, a-t-il à se préoccuper de la question
monétaire? Il est certain que pour être indépendant il
faut de quoi subvenir au strict nécessaire, mais il possède au-delà, et il est dans la catégorie de ceux de qui
Rousseau a écrit qu'ils sont riches quand ils mettent
leurs besoins au-dessus de ce qu'ils possèdent.

Georges ne se dissimulait pas cependant que peu de
gens étaient de l'avis du philosophe Genevois, par la
raison que presque tous ont des besoins supérieurs au
chiffre de leur fortune, et que son père, par exemple,

serait plus que surpris quand il lui ferait part de ses intentions.

Son père l'avait toujours laissé libre de ses actions dont il n'avait pas abusé jusqu'à ce jour, mais n'allait-il pas se repentir d'avoir trop auguré de la sagesse de son fils?

Ce qui le tourmentait le plus, c'était le manque de formes et d'honorabilité de la famille de Charlotte, car malgré ses tentations pour s'illusionner à cet égard, il était bien forcé de s'avouer que si la mère Gendarme n'avait pas un dossier à la préfecture de police, elle n'aurait jamais mérité non plus le prix Monthyon, et que Tortillemuche était un beau-frère des moins recommandables; c'était en somme une famille tarée, qu'il ne pouvait montrer à qui que ce soit, et il se demandait encore comment la fille prendrait les raisons qu'il lui donnerait pour la tenir à l'écart.

Pendant quelques jours Georges jongla avec ses oscillations, évitant de voir Charlotte à qui il en voulait de la coûteuse détermination à prendre, tout en se reprochant de lui marchander si longtemps le bonheur.

Charlotte, de son côté, ne tendait pas à se rapprocher de lui, elle devinait la lutte de la conscience. Un fils de famille ne se décide pas de but en blanc à sacrifier à une grisette ses espérances d'avenir et celles que ses parents ont fondées sur lui, mais en fine mouche, elle pensait qu'il valait mieux laisser le jeune homme à lui même ; de la façon dont il semblait épris, elle comptait sur l'isolement pour photographier davantage son image dans son cœur, et le lui envoyer avec le tribut du vaincu.

Elle ne se trompait pas, car voici ce qui se passe ordinairement et ce qui allait avoir lieu pour Georges.

A force de remuer en lui le souvenir de Charlotte, il allait se faire d'elle, de ses traits, une habitude invétérée, allumer en lui un grand incendie. Le gourmet en tête-à-tête avec une bouteille de vin de Chypre, qui en sirote un verre, deux verres, songe aussi qu'il a assez donné au goût, qu'aller plus loin serait aux dépens de la raison, mais c'est si bon !... encore un verre, la raison ne sera pas ébranlée pour cela, hum !... il en contracte de délectation les papilles de la langue qu'il fait claquer contre la voûte palatine... ce n'est pas un quatrième verre qui me fera mal... et de verres en verres, de bouteilles en bouteilles, il se grise. Tel le gourmet d'amour avec plus d'intensité encore, parce qu'il n'a pas la possession matérielle pour blaser l'aspiration idéale.

Oui, l'amoureux, qui, dans la solitude, fait passer le souvenir de sa bien-aimée aux assises de son cœur, pour lui demander compte de la façon dont elle vole sa tranquillité et de l'emploi qu'elle en veut faire, ne lui fait président complaisant, que des demandes en accord avec les réponses qu'il en désire, il se persuade de son innocence, l'acquitte et comme dommages intérêts lui donne sa personne.

Puis, il est dans les contrastes propres à l'humanité, que moins on peut affirmer sa maîtrise sur une chose, plus on y tient. N'est-ce pas le fort du mari qui trop en possession de sa femme la néglige, jusqu'au jour où le moindre grain de jalousie le rend épris comme au temps de la lune de miel ; la seule crainte de perdre sa propriété a fait pousser des marcottes à l'ancienne affection.

A plus forte raison, Georges qui n'avait encore acquis aucun droit sur Charlotte, pouvait-il craindre que le moindre changement dans sa volonté, une ombrageuse susceptibilité peut-être devant sa temporisation, la lui fît perdre. Rien que cette idée allumant son sang, obstruait sa raison et le poussait à courir se précipiter à ses pieds, lui demander grâce et lui dire comme Orosmane à Zaïre : de prendre dans le sérail c'est-à-dire dans sa maison, puisque l'institution du sérail à domicile n'est pas licite, un souverain Empire.

Et puis encore à force de s'injecter la même idée, on la trouve peu à peu moins déraisonnable, et si l'on y a intérêt, on arrive à la croire parfaite et à être étonné de ne pas l'avoir vu telle en commençant.

Tel fut l'épilogue des incertitudes de Georges, qui au bout de trois jours, comme un homme qui s'est purgé et dont l'estomac et les muscles fasciaux se dilatent à la pensée du repos, se trouva pris d'une grande délectation de cœur et du désir immodéré de le faire souper de la vue de Charlotte.

Il se proposa de se lever de bonne heure le lendemain pour la rencontrer au moment où elle allait chercher les menues fournitures du ménage, le lait, le pain, la viande, etc.

Mais quand il se réveilla, il se trouva pris d'une grande lourdeur de tête et de frissons qui le forcèrent à garder le lit, il ne s'était pas impunément, pour la santé, fatigué le cerveau à l'assaut des idées contradictoires des jours précédents, et comme il était fort impressionnable, son organisme ressentait le contre-coup du choc moral ; aussi quand madame Veste monta pour remplir ses fonctions, le trouva-t-elle dans un état complet d'ataxie.

Il s'agitait convulsivement sur le matelas, chassant et rechassant des pieds le drap, ainsi que fait du volant la raquette, ramenant et détendant les bras comme dans la danse pyrrhique ; les muscles de la face avaient une raideur tétanique.

La bonne madame Veste fut tellement effrayée de
le voir dans cet état, qu'oubliant que c'était elle qui
fabriquait le rata du déjeuner, elle s'écria : Il aura été
empoisonné ! et elle courut à la cuisine voir s'il n'y
avait pas quelques restes de champignons malsains
dans le plat, ou une trace d'oxalate de cuivre dans la
casserole qui aurait servi à faire cuire l'oseille. L'aspect normal de la batterie de cuisine et de la vaisselle
détourna ses suppositions, et s'écriant de nouveau :
C'est au restaurant qu'ça lui sera arrivé ! Elle se pré-
cipita dans l'escalier comme une avalanche, venant
heurter dans la porte de la Gendarme qu'elle manqua
d'effondrer, criant : Monsieur Georges est empoisonné !
reprenant sa course bondissante, détonnant toujours :
Monsieur Georges est empoisonné ! pour aller après avoir
roulé par la force de la projection, de la rue Montmorency à la rue du Temple, s'affaler sur une chaise
dans la boutique du pharmacien, où, les yeux sortis
de la tête, haletante, elle put à peine articuler d'une
voix rauque : Monsieur Georges est empoisonné ! Les
voisins qui avaient vu passer comme une comète madame Veste d'ordinaire si magistrale, crurent qu'elle
était allé chercher les pompiers pour le feu, vinrent
aux informations, et s'en retournèrent avec la con-
viction acquise de Tortillemuche, qu'un crime avait
été commis dans la maison. Le pharmacien lui-même,

trompé par la phraséologie entrecoupée de la bonne
femme trop essouflée pour construire une phrase cor-
recte, saisissant seulement au passage le mot empoisonné, crut qu'il s'agissait d'elle et voulut lui administrer de force un antidote, quand elle put faire entendre à travers sa résistance, un : Ce n'est pas moi,
qui fit exclamer au pharmacien furieux : Mais qui
donc? vous tombez ici comme une ahurie, expliquez-
vous !

— C'est monsieur Georges, répondit madame Veste
dont la respiration commençait à reprendre son cours
régulier.

— Qui çà, Monsieur Georges ?

— Monsieur Georges? s'exclama à son tour madame
Veste, enveloppant d'un regard de stupéfaction mé-
prisante le pharmacien, tant il lui semblait hétéroclite
que quelqu'un, sous le soleil, pût ignorer qui était
monsieur Georges, son Dieu. Monsieur Georges...
c'est monsieur Georges qui demeure dans la maison
n° 4, rue Montmorency, ousque je suis la concierge
et là ousque j'ai l'honneur d'être sa femme de confiance acheva-t-elle la bouche pincée, l'œil dilaté,
la figure radieuse, comme un ciel qui, après l'orage
se ride de coins bleus qui vont s'élargissant et s'éclaire
d'un rayon solaire encore pâle, et avec une volubilité

qui lui parût propre à humilier le pharmacien de
son ignorance.

— Il y a une heure que vous auriez dû le dire,
répliqua celui-ci, sur qui l'effet électrique ne parut
pas produit, montrez moi le chemin.

Et suivant la brave femme, il arriva vers Georges,
au chevet duquel l'avaient déjà précédé quelques loca-
taires de la maison et Charlotte, qui se tenait à l'écart
à cause des soubresauts du malade qui le laissaient
parfois découvert, bien que cherchassent à le contenir les quelques femmes qui avaient atteint l'âge où
l'on peut tout voir impunément.

Il ne fallut pas un long examen au pharmacien
pour comprendre l'erreur stupide de la concierge qu'il
envoya chercher un médecin, recommandant jusqu'à
son arrivée aux autres surveillantes, de faire prendre
au malade, de quart d'heure en quart d'heure, une
cuillerée de la potion qu'il allait envoyer; le médecin
qui vint ensuite prescrivit une ordonnance, et
Charlotte vient s'assoir auprès du patient devenu plus
calme.

— Tu ne suffiras pas toute seule disait elle à la
portière, tu as ta loge, tu ne pourras passer toutes les
nuits à ton âge.

— Mais monsieur Georges est assez riche pour payer

une garde-malade, je vais en aller quérir une pour m'aider.

— Non ma bonne Veste, répliqua-t'elle d'une petite voix pateline, pas d'étrangères pour·veiller notre ami ! tu es comme sa mère, je suis sa sœur, à nous deux nous ferons la besogne ; je suis jeune, forte, je resterai nuit et jour à le soigner, toi tu feras les courses et la manipulation.

Cette indisposition venait à point pour seconder les plans de Charlotte, elle voulut en saisir aux cheveux l'occasion de faire du dévouement. Elle comptait bien la fine·mouche·sur·la·reconnaissance·de·Georges décuplée par le tableau exagéré que lui tracerait madame Veste de son abnégation, qui lui ferait comprendre qu'une jeune fille ne risque pas sa réputation, sa santé, sa répulsion, sans un mobile puissant, l'amour ! qu'il y avait là un appel à la seule réciprocité qu'il put lui rendre, le mariage sous peine de félonie.

Elle y trouvait aussi l'occasion d'une déclaration tacite, moins l'embarras de la faire directement.

Pendant ce temps, Tortillemuche arpentait le quartier, colportant la nouvelle ; chacun courait à lui, le questionnait, son importance s'était développée en quelques minutes d'une façon formidable, à celui-ci il contait que Georges s'était empoisonné en man-

geant dans un établissement de bouillon des navets
cuits dans une bassinoire ; à celui-là que prenant
une demi-tasse dans un café nouvellement ouvert et
tendu d'un papier vert velouté, les volatilisations de
son acétate de cuivre, base de la couleur verte de la
teinture, avaient produit l'intoxication (il avait lu la
veille dans un morceau de journal enveloppant les
deux sous de Brie qu'il avait acheté, quelques lignes
sur les dangers d'employer cette sorte de papier).

A ceux-ci, il construisait le récit d'une attaque
nocturne, dans laquelle on lui avait exprimé du jus
de chique dans la bouche, pour que l'effet de la
nicotine permît de le dévaliser plus tranquillement.

A ceux-là, il confiait qu'une jeune fille à qui il
refusait le mariage, lui avait fait respirer, dans un
bal, un bouquet empoisonné.

Les uns tournaient le dos voyant la mystification,
d'autres plus crédules accueillaient ces bruits qu'il
répandaient ailleurs.

Toujours est-il que le quartier fut assez sens dessus
dessous pour que le commissaire de police fît une
enquête.

Ainsi, il est en politique de ces fausses nouvelles,
ballons soufflés d'air qui, la plupart du temps œuvre
d'un farceur ou d'un spéculateur, crèvent sur la tête

des gens crédules, jurant comme maître corbeau, mais un peu tard, qu'on ne les y prendra plus.

Georges fut alité une quinzaine de jours, pendant les deux premiers il eut une fièvre ataxique qui lui donna un délire tranquille coupé d'une somnolence paisible, mais sans conscience de rien d'externe; c'était le nom de Charlotte qui venait sans cesse sur ses lèvres, avec les protestations de tendresse les plus variées; il lui demandait pardon d'avoir blessé sa pudeur et lui jurait qu'elle serait sa femme.

Charlotte recueillait avec une satisfaction indicible ces épaves du cœur naufragé de son amoureux, elle tâchait surtout d'éloigner madame Veste quand les accès de Georges le prenaient, ne voulant pas que la brave femme, malgré son amitié pour elle, fût dans une confidence qu'elle voulait céler à tous, jusqu'à ce qu'elle tint définitivement le succès; il faut si peu de chose pour faire avorter les desseins le mieux conduits, et Charlotte qui à défaut de cœur avait beaucoup de tête, craignait jusqu'au secours de l'amitié maladroite.

Une fois cependant madame Veste entendit Georges s'écrier : ma Charlotte, ma belle petite femme, donne moi ta blanche épaule que j'y repose ma tête brûlante!

— Tiens, tiens, tiens, qu'est-ce qu'il dit donc là monsieur Georges? il est fou tout à fait!

— Va t'en ma bonne Veste, voilà son accès qui le prend, et tu sais que quand on est plusieurs, l'accès est plus fort ; Charlotte prenait sous son bonnet cette opinion pathologique.

— Je m'en vais, mais... est-ce qu'il dit souvent des choses comme ça ?

— Non, c'est la première fois que je les entends, mais tu sais que les gens en délire disent tantôt une chose tantôt une autre.

— Mais au fait ça n's'rait pas déjà si bête, y m'vient une idée dit madame Veste fixant malicieusement Totote.

— Mais va t'en donc, articula de nouveau celle-ci, se levant un peu rouge, et la poussant à la porte de la chambre qu'elle ouvrit et referma sur elle.

Le troisième jour, Georges parut s'éveiller comme d'un long sommeil, il eut d'abord de la peine à rassembler ses idées, sa vue se porta sur Charlotte et il se crut le jouet d'un rêve ; celle-ci voyant à ses yeux nictitants, à ses lèvres balbutiant, qu'il cherchait à se rendre compte de ce qu'il croyait une vision, et voulant éviter toute émotion nuisible, mit un doigt sur sa bouche ; Georges se calma aussitôt et son œil dilaté ne quitte plus la belle statue du silence.

Charlotte retira alors son doigt, noyant son regard dans celui de son malade, et sous la pression des effluves magnétiques qu'elle lui envoyait, força bientôt ses paupières à se fermer et le plongea dans un second sommeil, cette fois réparateur, qui devait pour le réveil lui rendre sa lucidité.

En effet, quand six heures après Georges s'éveilla de nouveau, il était tout autre, il fut bien étonné de voir Charlotte à ses côtés, lui couché ; quelques mots le mirent au courant de ce qui lui était arrivé, il voulait se confondre en remerciments.

Vous me remercierez une autre fois, lui dit elle, le médecin a défendu la moindre fatigue, aujourd'hui est encore trop tôt, demain on vous permettra un petit dialogue, jusque là contentez-vous que je veille sur votre santé ; et lisant comme une protestation sur les traits de Georges, il faut m'obéir, ajouta-t'elle, ou je me retire, je tiens à honneur de mener ma cure à bonne fin. Tout vestige d'opposition s'effaça de la figure de Georges, pour n'y laisser qu'un air de résignation admirative, qui devient translucide, quand Charlotte, un sourire maternel aux lèvres, arrangeant de la main droite les oreillers sous sa tête, agita au-dessus de ses yeux, de haut en bas, les phalanges de la gauche en signe de recommandation de sagesse.

Le jour suivant, Georges n'eut rien de plus pressé que d'user de la permission octroyée.

— Vous êtes donc mon ange gardien, dit-il à Charlotte, en cherchant sa main de la sienne.

— Votre gardienne? oui, votre ange serait trop de prétention, mais ne retirez pas votre main de dessous la couverture, vous pourriez vous réfroidir; oh, je sais que je vous contrarie, mais je suis inexorable... pour votre chère santé, ajouta-t'elle, dorant d'un mot la dureté de sa défense, aujourd'hui on vous souffre une courte causerie, demain on permettra à vos mains un petit vagabondage. D'un air moitié souriant, moitié sérieux, elle lui cravata le cou avec le drap. Georges lui obéissait avec la docilité d'un enfant, mais si ses yeux eussent eu la chaleur d'un haut fourneau il l'eut fondue dans son regard instant.

Les jours se passèrent ainsi entre les adorables attentions de l'ange gardien pour son malade, et les tentatives enfantines, tantôt réprimées, tantôt tolérées de celui ci, pour ravir quelqu'innocente caresse.

— Savez-vous, lui dit il, le premier jour qu'il entrait en convalescence, que je vais regretter de ne plus être malade.

— Pourquoi?

— Parce que je perdrai ma sœur de charité, quand une fois on a goûté de ses soins, on ne peut plus s'en passer; j'ai du reste un très-bon motif de l'attacher à perpétuité à ma personne.

— Cela m'a l'air d'une énigme.

— Du tout, je suis malade de cœur, elle a guéri le corps, il faut qu'elle grérisse l'âme maintenant.

— Mais si cette cure demandé des capacités que ne possède pas la pauvre petite sœur?

— Il ne faut pour cela que des capacités séraphiques, et la petite sœur n'en chôme pas.

— Elle essaiera alors.

— Oh oui, ma Charlotte bien aimée s'exclama en s'exaltant Georges !

— Chut, l'interrompit-elle, et lui masquant la bouche de sa main qu'il aspira de baisers sourds, du calme ou vous retomberez malade de corps, et la sœur n'aura plus de force pour vous soigner, car elle est déjà bien fatiguée !

Charlotte en effet, qui n'avait pris depuis quinze jours que quelques rares heures de repos, était exténuée; Georges dans son égoïste contemplation ne s'en était pas aperçu, aussi fut-il aux cent coups quand Charlotte vaincue par la fatigue fut obligée de s'aliter à son tour.

Vingt fois par jour, il envoyait madame Veste lui chercher l'état de sa santé, et si on ne l'en eut empêché, il aurait commis l'imprudence de quitter sa chambre, pour rendre à sa chère petite colombe, comme il le disait, les services qu'il en avait reçus.

Madame Veste avait bien essayé de le tranquilliser
en lui expliquant que, l'invaletudinité de Charlotte,
n'était qu'une simple indisposition de fatigue, une
courbature que quelques jours de repos chasseraient;
il se créait mille fantômes de désolation, se reprochait
d'être cause de son état, et parlait de se tuer s'il lui
arrivait malheur.

Madame Veste ne trouva pas de meilleur dérivatif à
sa peine que de lui parler de Charlotte, aussi bien elle
avait son idée.

— C'est qu'il est vrai de dire que ce trognon d'amour
s'est joliment dévoué pour vous !

— N'est-ce pas ? répondit Georges attentif.

— Ah, si vous l'aviez évu quand j'lui ai appris votre
maladie, all' était sens dessus dessous, et qu'all'
s'fiche des perjugés pour s'installer près de vous. Ma
bonne qu'a m'a dit, v'là ma place !... avec lui sur la
terre ou avec moi dans l'ciel. Faut-y qu'a vous aime
c'te p'tiote ! j'm'en avais déjà douté, mais j'en suis sûre
maintenant, ah monsieur Georges, si vous abusiez d'la
faiblesse de c't'enfant pour la faire fauter, ça s'rait
joliment mal, vous m'excusez n'est-ce pas d'vous dire
ça ?

— Si je vous excuse ! mais vous me faite un plaisir
extrême, c'est un ange votre Charlotte, ma Charlotte !
moi abuser d'elle ? mon corps dormirait avant dans le

froid de la mort! voulez vous que je vous dise, elle sera
ma femme.

— A la bonne heure, c'est d'un brave cœur ça!
pourquoi donc qu'à ferait pas eune femme comme
euné autre, pus qu'eune autre même; trouvez-m'en
donc beaucoup de retapées comme elle, avec ça
qu'en' peut pas mettre l'pied dans la rue, qu'elle est
reluquée tout d'suite.

I'm'semble que je n'ai jamais rêvé qu'ça, un joli
p'tit couple comme vous et elle; ma fille d'adoption
avec le roi des hommes, ce s'ra encore eune occasion
d'mettre ma robe de levantine est-ce pas monsieur
Georges?

— Oui ma bonne madame Veste, lui répondit en
riant Georges, qui une fois à son aise avec elle sur le
terrain de Charlotte ne tarit pas; c'étaient mille questions sur son enfance, sur les mille incidents se rapportant à elle, et des réponses complaisantes.

Il rappelait ses diverses façons d'être, encadrant ses
dires d'éternels : n'est-ce pas qu'elle était charmante
ainsi, qu'elle est adorable comme cela, puis ceci puis
cela! et madame Veste opinait du bonnet comme un
conseiller au parlement.

Il recommanda le secret à madame Veste, et put
enfin après quatre jours de séparation revoir sa sœur

de charité plus fraîche qu'auparavant, car la réussite
dans les projets donne à la physionomie une animation qui ajoute à son éclat, puis sans éprouver pour
Georges de l'amour, Charlotte ne se sentait pas pour
lui de l'éloignement; la jeune fille pressentait le rôle
de la femme, ce qu'il y avait d'amorphe en elle faisait
place à l'amplitude, et la déchirance de ce voile
d'ignorance qui enveloppe la vierge comme un horizon
terne, laissait entrevoir le mordoré des joues dû à la
maturité du fruit de la nubilité.

Jusqu'à ce que Georges put opérer sa première
sortie, ce furent des caquetages sans fin, les mains
dans les mains, les yeux dans les yeux; on se répétait
bien souvent les mêmes choses, mais on les trouvait
toujours nouvelles et plaisantes.

Georges expliquait à Charlotte comment il entendait
l'existence maritale, il ne voulait pas commander
d'abord, Charlotte serait son capitaine, sauf pour les
devoirs de sa profession. Il ne voulait faire un pas sans
l'avoir en serre-file, avoir une seule pensée sans
qu'elle la partageât. Comme on se disputerait à qui
laisserait à l'autre le meilleur morceau! on aurait
une chambre tapissée et tendue en perse rose, une
salle à manger en sapin rouge de Norwège passé à
l'huile de lin, un salon en velours grenat, le cabinet
de consultations serait en reps vert avec vieux chêne,

Charlotte déclara qu'elle ferait tous les rideaux elle-même.

— Oh non cher ange, c'est trop dur à piquer, vous fatigueriez ces jolies menottes qui feront bien meilleure besogne en s'enguirlandant à mon cou.

— Et puis on aura un blanc, blond, rose chérubin !...

Mais Charlotte s'est levée confuse, et est allée coller son visage à la vitre de la fenêtre.

Georges aussi, confus de son *schoking*, ne sait quelle contenance tenir.

Il n'y a pas comme ces gens naguère timides pour franchir les limites, une fois lancés.

Ils avaient hier des carafons d'orgeat dans les veines, aujourd'hui c'est du vif argent qui y coule.

Pour sortir d'embarras, Georges changea la conversation.

— Il faudra pendre la crémaillière de ma première sortie, dit-il, on dînera ici ; voudrez-vous être mon Antigone pour cette promenade qui me rappellera le doux souvenir de la première ?

— Pourquoi pas. Quoique je ne comprenne pas bien l'image de votre phrase ; mais je devine que cela signifie si je voudrai prêter le secours de mon bras à vos pas affaiblis.

— Le sphynx vous eût donné un bon point. Oui, ma

douce amie, je me forge d'avance de cette promenade une joie inexprimable; il me semble que j'en rentrerai avec mes anciennes forces retrempées dans la rafraîchissante tiédeur du bain d'air, et dans la voluptueuse réconfortation de votre agréable compagnie.

— Et où irons-nous, monsieur mon chevalier?

— Vous me trouverez peut-être original quand je vous l'aurai dit, mais c'est dans un endroit de poétique mélancolie, où quiconque aime à méditer y trouve source abondante; c'est du reste un lieu de circonstance pour un convalescent.

— Vous m'intriguez.

— A mon tour je vous impose la continence; vous ne saurez mon secret que demain.

— Je me soumets, mais nous n'emmènerons pas Tortillemuche?

— Nous deux seuls, et pour la forme encore la brave madame Veste.

FIN DU PREMIER VOLUME.

TABLE DES CHAPITRES

FIN DE LA TABLE DU PREMIER VOLUME.

EXTRAIT

DU CATALOGUE

DE LA

LIBRAIRIE INTERNATIONALE

15, Boulevard Montmartre, à Paris.

A. LACROIX, VERBOECKHOVEN ET Cᵉ

ÉDITEURS A BRUXELLES, A LEIPZIG ET A LIVOURNE

ROMANS

COLLECTION J. HETZEL ET A. LACROIX

Beaux volumes in-18 brochés, à 3 fr. — Cartonnés, à 3 fr. 50

Andersen. — Nouveaux Contes suédois............ 1 vol.
Assollant. — Aventures de Karl Brunner.......... 1 vol.
Audebrand. — Schinderhannes .... 1 vol.
Bayeux (Marc). — La Sœur aînée................. 1 vol.
Belloy (De). — Les Toqués .... 1 vol.
Bernard (A. de). — Les Frais de la guerre........ 1 vol.
Bertrand. — Les Mémoires d'un Mormon........... 1 vol.
Biart (Lucien). — La Terre-Chaude. Scènes de mœurs
    mexicaines .... 1 vol.

FONTAINEBLEAU. — IMPRIMERIE DE ERNEST BOURGES.